PICCOLA BIBLIOTECA ADELPHI

342

Dolores Prato nel primo periodo romano

Dolores Prato

LE ORE

A cura di Giorgio Zampa

ADELPHI EDIZIONI

ISBN 88-459-1119-5

INDICE

LE ORE

Un battente del gigantesco portone si stava schiudendo e di questo fui cosciente; lo tirava una piccola monaca, la Superiora, e quando fu aperto gli rimase attaccata come una sua appendice.

« Questa è Lolita » disse la zia. Varcai la soglia e fatti due passi, rigida come un automa, mi fermai senza pensare di voltarmi indietro per salutarla con uno sguardo.

Davanti a me, in penombra, il gruppo delle educande immobili come se fossero di cartapesta. Alle mie spalle il contemporaneo rumore di opposti catorci e paletti mi disse che ero già isolata nell'altro mondo.

Non soffrivo e non capivo, ero spezzata. Avevo spezzata me stessa quando spezzai il pettine.

La zia mi ravviava sempre i capelli avanti di uscire; era l'ultimo tocco casalingo prima della vita pubblica per la strada; ma questa volta me li riavviava perché mi avrebbe condotta in collegio e lì mi avrebbe lasciata. Con urlo di belva pugnalata le strappai di mano il pettine e lo spezzai.

Fino a quel momento non avevo creduto che davvero sarei finita là dentro. Eppure lei e lo zio al collegio accennavano da un pezzo; ne parlavano a monosillabi ed erano discordi, loro che non lo erano mai: lui contrario, lei convinta che il collegio fosse per me un bene necessario. Non alzava mai la voce e dava più tempo ai silenzi che alle parole, ma era decisa; lo era stata da che ci aveva pensato e in quella casa si faceva la sua volontà.

Zizì non mi chiese mai se ci volevo andare; lo sapeva che avrei risposto con una fila di no. Il suo sorriso che non era mai risata, ma luce radiante come quella del girasole nel mezzo della fioritura, a volte pareva appassito. Quel suo stabile sorriso non era più fermo, ondeggiava. Finora c'era stata sempre in lui la volontà di non incrinare l'armonia raggiunta con la sorella, perciò le si uniformava senza che nel suo sorriso apparissero nebbie e intermittenze. Per la prima volta, e proprio per il bene mio, furono palesemente discordi: in lui tentativi di resistenza, in lei la volontà di rinchiudermi. Con poche parole e molti silenzi essa comandava.

Eppure era tanto devota al fratello, non perché fosse sacerdote, ma perché gli voleva bene; tutto il paese ne era convinto, figurarsi se non lo ero io che ne avvertivo il calore nascosto. Tutto il paese lo vedeva che quei due erano uniti come lo sono due capi attorcigliati di una stessa corda.

Per lo zio dovevo essere la sua cosa più cara se quella volta gli costava tanto aderire alla zia. Soffriva e si vedeva.

Ciononostante venne in casa Marietta figlia del sor Filippo Placidi, il vecchio devoto cliente dello zio, venne in casa per cucire il mio corredo da collegiale. Quand'ebbe finito, nella lunga luminosa stanza da lavoro su due tavolini e un'asse sospesa tra l'uno e l'altro, tutti i capi stirati e

piegati erano lì e la zia stava controllando che ci fosse tutto.
Durante la loro confezione entravo, guardavo, uscivo; se lo zio era nel suo studio andavo da lui e mi sedevo su un bracciolo della sua sedia. Di là m'incuriosivano certi capi, le mutande per esempio. Quelle che portavo erano a due sportelli, quello davanti legato dietro, quello dietro legato davanti, anche quelle per il collegio erano a due sportelli, ma molto più grandi perché io continuavo a crescere e si faceva tutto in abbondanza. Però in proporzione le gambe erano molto più lunghe e verso la fine una ripresa con entredeux attraversato da nastro e ricco volant di pizzo di sangallo.
Le camicie da notte con guarnizione di merletti e copripunto. I copripunto erano fettuccine colorate e bianche con ghirigori in rilievo. La zia nei suoi matinées ne aveva di bellissime; dopo molti bucati diventavano di colore indefinito, ma erano sempre nobili.
Alla fine di ogni capo, prima di stirarlo, chiamavano lo zio. Lo zio veniva e ci disegnava le cifre che Marietta avrebbe ricamato. In tutti i capi dopo il Delta che avevamo in comune, Domenico-Dolores, egli metteva la Ci di Ciaramponi che non mi apparteneva, ma erano le sue cifre; e sotto alle due lettere il numero che mi era stato assegnato, il 7.
Sul piccolo quadrato tavolinetto da lavoro della zia c'era sempre il « Programma » datole dal collegio. Aveva dovuto insistere per averlo. La superiora era recalcitrante, non voleva accettarmi. Erano certo filtrate anche in clausura l'antipatia con cui il paese mi aveva visto piombare

tra le sue mura e le chiacchiere su mia madre che proprio di lì s'era portata via il suo amante. Ci doveva essere anche la paura che avessi ancora i pidocchi. E poi, essendo il monastero un mondo superiore, evitava di avere legami col paese, invece le ragazze con la famiglia a Treja, li creavano.

Dovevo portare non so quanti asciugamani di spugna e no; quelli li comprarono belli e fatti, gli altri li confezionò Marietta da un tessuto operato preso da Florindo Ranalli molto affezionato alla zia perché da lui comprava sempre qualcosa; aveva già cominciato ad acquistare rotoli di tela di lino per il mio corredo, non per il collegio, ma per le nozze.

Gli zingari venivano in paese una volta l'anno, Florindo molto spesso.

Marietta completò quegli asciugamani con una trina di quelle che faceva lei al tombolo e chiamò lo zio perché ci disegnasse le cifre col numero. Lo zio venne e su ognuno disegnò un catino con dentro la brocca quasi al naturale; nella pancia della brocca, piccoline le due solite cifre e il numero. Per lui quei disegni furono atti disperati; avrà anche sorriso mentre li eseguiva, ma sfogo lo erano.

Il programma, un grande doppio foglio stampato, con le condizioni per essere ammesse e gli immensi benefici morali e intellettuali che ne avremmo ricavato, sempre che fossimo state « all'altezza di poter corrispondere »; nella terza pagina la lista di quello che si doveva portare; tra pettini e spazzole c'era lo spazzolino per i denti che non avevo mai adoperato; con Eugenia la donna di servizio che non era fissa perché

non ci dormiva, mentre quelle fisse ci dormivano ma cambiavano sempre, ci pulivamo i denti con una foglia di salvia quando la trovavamo. In casa non avevo visto mai spazzolini per denti; non li ricordo neppure nelle vetrine delle botteghe o nelle farmacie. Quando ne arrivò uno per me, quasi mi avessero messo davanti uno spazzolone; la sua presenza m'imbarazzò; forse era per una bocca più grande della mia. Fu come perdere qualcosa: un'illusione, un sogno, una specie di verginità, non avevo il fascino delle cose nuove, ma il disinganno di una violazione.
L'avevo dunque vista, vissuta e patita la lunga vigilia della mia entrata in collegio, ma non mi pareva vero; però quando la zia cominciò a lisciarmi i capelli per portarmici e tornare a casa sola, con urlo di belva pugnalata le strappai di mano il pettine e lo spezzai, spezzata io stessa da quell'imminenza che distruggeva ogni dubbio. La furia con cui spezzai il pettine avrebbe spezzato una trave. Spezzavo me stessa con urlo diabolico e gesto infernale, dato che spezzarmi bisognava, poi tutto cadde nel niente per me. Gli altri videro un automa silenzioso e calmo.
Io niente seppi più, niente vidi più, non ci fu più il tempo, non ci furono più i luoghi, non ci fu più nulla, neppure l'assenza del mio Zizì che s'era nascosto dopo aver detto alla zia « Fa tu, io non posso vederla uscire di casa »; non m'accorsi che non ci fosse l'onnipresente Eugenia. Aveva portato lassù la mia roba ed era scomparsa. In fondo avevano lasciata sola la zia.
Essa aveva avuto la deplorevole tenacia di vincere l'ostilità delle monache che mi rifiutavano, sostenuta dal fatto che Olga Didimi era entrata

da poco, che Caterina Acquaticci ci stava da qualche anno, perché la nostra no? avrà detto a se stessa, lei che non mi voleva da meno di nessuno e s'impuntò come ben sapeva fare spingendomi dentro quell'inutile incubatrice di adolescenti.
Il mio primo atto di violenza concluse la lunga infanzia, se l'infanzia può mai concludersi.

Non mi vidi uscire di casa, non me lo disse nessuno strappo; non so se andai a piedi o in carrozza; salii certo l'interminabile scalinata; per forza la zia avrà tirato la catena che dentro faceva rintoccare una campanella grossa come i mortai di bronzo della nostra cucina; avrà sussurrato chi eravamo alla richiesta della portinaia nello spiraglio della ruota, nulla sentii, nulla vidi fino a quando un battente dell'altissimo immenso portone lentamente cominciò a schiudersi fino ad aprirsi e la zia disse questa è Lolita ed io varcai la soglia fermandomi subito dopo.
Era mattina, era pomeriggio? Avevo mangiato? Non lo so.
Dopo quei due passi vedo un fondale da teatro, sta tra i tronchi di due cipressi che non vedo, lo stanno fotografando. C'è un altro fondale al posto dell'altro che era un bosco, questo è una fortezza. Le ragazze si scansavano sempre avanti a me, vogliono che io veda, hanno aspettato a fotografare quei due fondali per distrarre e divertire la nuova recluta. Per questo mi avevano condotto in fondo al grande orto, lungo il cammino mi avranno certo parlato, ma io nulla vidi, nulla udii.

Dopo la fotografia dei due fondali non so che successe, non so quando fu che mi fermai sul pianerottolo d'una scala, avevo certo disceso la prima rampa; la scala era larga; a metà della seconda rampa un arco, sopra l'arco, per quanto era larga la parete, una grande incisione riproduceva *La Crocefissione* del Tintoretto.
Suppongo che in onore della nuova venuta le ragazze avessero avuto il permesso di camminare a fila rotta non due a due per raccogliersi tutte intorno a me.
Rivedevo quella Crocefissione che m'aveva sempre incantata. Tutte le altre stavano ferme, questa era un turbinio di moto intorno all'immobilità del Crocefisso, il mondo girava intorno a lui; conoscevo uno a uno i personaggi di quella grande folla. La riproduzione che guardavamo insieme, Zizì e io era una stampa né grande, né piccola; questa era immensa.
Mi fermai di colpo come chi smarrito in paese straniero incontra un conoscente; giunsi le mani e dissi « Il Tintoretto ». Ritrovavo qualcosa di quella casa da cui violentemente mi avevano fatto uscire per essere educata.
Non seppi più nulla. Eravamo forse in Refettorio; non lo vidi, però sentii che in un intreccio corale le compagne dicevano:
« Madrina, ha parlato, sì, Madrina, ha parlato, ha detto "il Tintoretto", sì, ha detto il Tintoretto, ma con l'è aperta, non chiusa; com'è colta, quanto è brava, com'è istruita ».
E quel concetto rimase tra loro perché sono le prime impressioni quelle che contano.
Più niente vedo, più niente sento fino alla matti-

na dopo quando mi fanno entrare nella camera dei pettini.
Ci sono due panche basse e lunghe, alcune ragazze ci stanno sedute un po' distanziate, ma una di fronte all'altra, dietro in piedi, altre le stanno pettinando. Evidentemente io feci per sedermi perché una corale ripulsa che mi arrivò confusa, ma sicura, mi inchiodò dritta in piedi appoggiata allo stipite della porta.
Più nulla vidi, di niente m'accorsi più, eppure ci dovettero essere Messa e colazione che comportavano discese e risalite di scale, attraversamento di stanze, percorso di corridoi, niente vidi finché non mi ritrovai nella camera dei pettini con l'incerta sensazione che le altre erano andate a studio. Qualcuno mi aveva affidata a una ragazzona alta, robusta, energica che disse di dovermi pettinare, e coprendomi tutta con un grande accappatoio mi aveva fatto sedere. Lei si premuniva fasciandosi con ampi grembiuli; rimboccò le maniche scoprendo i gomiti e mani levate, in una il pettine, stette un attimo come per dire « incipit ». Si accingeva alla grande operazione: all'assalto dei miei pidocchi.
Ma dei pidocchi non c'era traccia, li aveva distrutti mio zio quel giorno che arrivò a bloccare la mia fuga aiutato da Eugenia che mi aveva immobilizzata, potendo così cospargermi la testa di arsenico. Con quell'arsenico che serve per imbalsamare gli uccelli egli aveva imbalsamato i miei pidocchi e probabilmente le mie facoltà intellettive. Sicché di pidocchi lei non ne trovò neppure uno, ma di nodi tanti che ne fu disperata. Quei nodi che quando mi pettinava, la zia rispettava per non impegnarsi a scioglierli e per

non sentirmi strillare: solo quando mi pettinava strillavo per un niente; quando il pettine le si imbatteva in un ciuffetto aggrovigliato, cambiava strada, tentava in un altro punto della testa. I miei capelli così neri, così ricci, così lucidi, erano un suo capriccioso amore; si contentava di lisciarli tanto erano splendidi lo stesso.
Quando ebbe finito di scioglierli e il pettine rado passava senza intoppi, provò con quello piccolo, tutto bene, allora con una pezzetta bianca inzuppata in un liquido leggermente odoroso, mi stropicciò tutta la cute, poi dei miei tanti capelli fece una sola treccia dura, la rigirò a crocchia sulla nuca fermandola con tante forcine di ferro, ognuna provocava la tiratura di qualche capello, impossibile allentare la fiezza a cui apparteneva, i miei capelli erano tirati sul cranio come se fossero stati tori in vena di scappare. Non c'era più neppure l'accenno delle onde, dei boccoli, dei ricci che inorgoglivano la zia. Avvertii il fastidio di quella crocchia e di quelle forcine e tornai a non vedere a non sentire più niente.

Ma era un'assenza interrotta da sempre più contatti con la realtà. Un giorno nel grande viale dell'orto si stava risalendo dai cipressi all'albicocco, la Madrina in mezzo a due o tre ragazze per parte, altre tenendosi sotto braccio, di fronte a lei camminavano all'indietro e io che da sola stavo vagando a destra staccata dalle due file, voltai la testa vidi il gruppo e sentii. Parlavano di nobiltà e di titoli – Visconte è meno di nobile – no, è meno di conte, ma più di nobile –

visconte è più di conte – e il barone dove lo mettete? – La Madrina sorrideva contenta.
L'avevo sentito dire quando preparavano il corredo che per entrare lì dentro bisognava essere titolate. Quel giorno cominciai a capire che era vero. In seguito fu come trovarmi a piazza Navona in precedenza del Natale. C'è un riquadro simile a una finestra nel cui breve interno s'alzano, volteggiano, scompaiono, risalgono i palloncini colorati che si devono colpire a volo. In collegio volteggiavano così i nomi dei titolati che lì dentro avevano depositato la loro prole femminile, quelli dei loro parentadi e dei loro amici. Conti Manzoni – Marchesi Honorati, non dimenticare l'acca avanti – Conti Fiorenzi – Conti Della Porta – Marchesi Trionfi – Marchesi Ricci Curbastro – Conti Grimaldi – Conti Pasolini – Marchesi Castellani – Conti Broglio D'Ajano, i Ruggeri Loderchi; era già titolato quel nome anche senza il conte davanti; Ruggeri Loderchi, tutto l'orto s'empiva di araldica; non era il « conte » non era il comunissimo Ruggeri, era quel Loderchi a dare tanta pompa. E nobili, tanti, i più considerati erano i nobili Porcelli.
Nel mio segreto io avevo i miei; tra i miei oltre ai Conti Duranti, ai Marchesi Torelli, ai Conti Bosdari e agli Sciava, c'erano i Castracane, ma essendo fuorilegge io, lo diventavano anche quei nomi.
Dato che si esiste, ognuno di noi per forza ha due radici, io ho l'aristocratica e l'ebraica; a questa cominciavo a sentirmi più attaccata che all'altra, ma l'ebraismo lì dentro veniva fuori solo per essere maledetto. Del resto non avevo né l'età né la tendenza a fissarmi su queste cose.

E poi aveva già troppo peso la conoscenza che stavo facendo di dove ero stata ficcata.
Ero entrata in un mondo che se anche contenuto nel paese, di fuori non si vedeva quanto grande fosse quanto complicato quanto diverso. Da quel mondo ignoto in un pomeriggio lontano passando con la zia lungo la scarpata che sosteneva l'orto m'era sceso un grido festoso « I moscerini, i moscerini! ». Il monastero era un mondo che confinava solo con l'aldilà; stava al confine fra Dio e la terra con i cippi del proprio Pomerio piantati nello spazio e qualche volta pareva che facesse parte addirittura del regno celeste. Un grosso pallone frenato ancorato da Dio in quel punto del paese.
Mio zio amava i luoghi; quando tornava dalla caccia o dall'averci detto messa li nominava sorridendo: la Roccaccia – Paterno – San Lorenzo – i Fraticelli – Santa Maria in Selva – L'Avenale. Chiesanova non la nominava, era forse una grossa pena per lui, ma l'amava, altrimenti non avrebbe tenuto accanto a sé la fotografia della chiesetta. Ma quel pallone frenato ancorato nel nostro paese lo ebbe in estrema antipatia da quando gli si parò innanzi la minaccia che la zia mi ci avrebbe rinchiusa. Spero che quel giorno fatale per non vedermi uscire di casa sia andato in uno di quei luoghi e che al ritorno la zia non gli abbia detto che io non l'avevo neppure cercato.
Non potevo più essere quella che ancora non aveva spezzato il pettine. Ogni tanto perdevo me stessa; tornando poi sempre più spesso a rivedere la realtà; rivedere la realtà era il segno che prima m'ero perduta. Non pensai mai allo-

ra quel che adesso dico così. Il perdermi era lo smarrimento che sempre capita dopo una sventura irreparabile; quello smarrimento era passiva ribellione alla violenza subita con l'essere stata rinchiusa, era la difficoltà agonica d'un pesce che dal suo elemento acqueo viene portato in quello aereo. Ma io non ero un pesce, ero un animaletto anfibio nel momento del trapasso dall'acqua dolce alla terra ruvida.

La Madrina non mi parlava mai, non mi guardava mai quando me ne sarei accorta, sicché credevo di essere fuori della visuale del suo pensiero. Invece aveva visto che cominciavo a starci, ma non sempre ci stavo, che ero spesso nella condizione di una fissa con tutta se stessa al proprio defunto, perché come quando entrai fotografarono i due scenari per distrarmi, adesso Antonietta mi diceva di andare con lei a sviluppare alcune fotografie. Non me l'avrebbe detto se prima la Madrina non glielo avesse suggerito. La ragione era la stessa di quando entrai, ma oramai quel giorno era abbastanza lontano perché non fosse preoccupante dover ricorrere ancora a certi stratagemmi.

Ogni piccola aveva la sua grande, io avevo Antonietta dei conti Manzoni. « Nipote di Alessandro Manzoni » diceva la mia mente. Antonietta era sorella di Olga quella ragazzona che la mattina dopo della mia entrata s'era accinta a debellare i pidocchi che non avevo. Alte tutte e due, Olga bruna e robusta, Antonietta bionda e sottile.

Una porticina scalcinata che portava a un buco di soffitta, oltre il quale un'altra porticina più scalcinata e senza battenti, immetteva nell'im-

mensa soffitta. Antonietta rischiarò quell'informe buco nero con una debole luce rossa. Con quella luce rossa Antonietta diventò più bella. Mi fece sedere su uno sgabello sopra la pedana dov'era un tavolino, lei in piedi per terra, altezza giusta per poter manovrare con bottiglie, acidi, bacinelle; un secchio d'acqua in terra, sul tavolino un piccolo catino.
Io avevo dietro, addossato al muro, un grosso e alto buzzo di legno con coperchio. Non sapevo allora che cosa contenesse. Era fatto di doghe leggerissime senza pancia alcuna, un cilindro.
Antonietta mi guardò e mi sorrise prima di cominciare il rito, poi fu tutto un moto ora rapido, ora lento ma sempre attento, di bacinelle, acidi, acqua. Mise una lastra con leggera patina biancastra nella bacinella dov'era l'idrochinone, sulla lastra si rivelavano lentamente macchie nere e grigie con degli spazi sempre più trasparenti. Osservò più attentamente e la tolse in fretta di lì immergendola nell'acqua, dall'acqua la passò nella bacinella dell'iposolfito « Per fissarla » disse. Quando l'ebbe di nuovo sciacquata e tentato di asciugarla me la mostrò. Era un ritratto di donna a mezzo busto, ma tutto al rovescio, quel che doveva essere scuro era chiaro e quel che doveva essere chiaro era scuro, nerissimo se la parte doveva risultare al sole. La guardai interdetta; lo zio non si occupava di fotografia sicché questo processo per me fu cosa completamente nuova. Non so come Antonietta facesse, ma manovrando quella lastra con impercettibili movimenti contro la sua manica, si vide il positivo, quello che sarebbe risultato sulla carta. Io risi.

Giacobbe vide una scala che dalla terra arrivava al cielo; era il ponte tra Dio e gli uomini. A Treja in uno slargo tutto irregolare dove di sghimbescio si guardavano le facciate di due chiese, dove sbucavano vicoli e vicoletti, dove una breve larga strada passava sotto un'antichissima Porta e casette e casupole si affastellavano alla rinfusa, una scalinata che non finiva mai saliva al convento. Per un portone che il custode chiudeva di notte, si entrava in una vasta anticamera: di fronte il gigantesco portone che aprendosi e richiudendosi mi aveva catturata, sulla stessa parete la ruota e una finestra quadrata chiusa da una grata di ferro, nella parete che faceva angolo con questa la porta del Parlatorio di noce massiccia ben lavorata con riquadri e modanature sempre lucidi, per le sue dimensioni era un portone. Di faccia alla grata e alla ruota, un finestrone con tenda manovrabile e sotto un paio di panche con lo schienale. Varcando la soglia del gigantesco portone si era in un altro mondo, un mondo preambolo del cielo, ma era tutto un dislivello quel preambolo. Ero entrata dal portone in cima all'interminabile scalinata, ma quando tentai la fuga lo feci da un portone a livello della strada; il Dormitorio sbucava dai tetti e il Refettorio affondava tanto giù che al suo livello c'era la porta oltre la quale si scendeva nelle grotte. Le monache salmodiavano nel

Coro a livello della Chiesa e mangiavano in un Refettorio all'altezza del suo cornicione; per digerire passeggiavano nell'orto dal quale ne vedevano il tetto.
Per orientarmi in questo groviglio di dislivelli invento la linea del mare così potrò fare come si fa con quelli della terra le cui diverse altezze si misurano partendo dalla linea del mare. Siccome le persone entravano e uscivano dal gigantesco portone oltre il quale cominciava la grande galleria tanto lunga che in fondo pareva piccola, questa Galleria sarà il mare. Ma mentre il mare vero ha tanti livelli in altezza e pochissimi in profondità, quella galleria ne aveva tanti in altezza ma diversi anche in profondità.
In paese pensavano che lì dentro si camminasse poco perché non sapevano quante scale bisognava salire e scendere per ogni piccolo spostamento.
Subito dopo il portone un tratto di galleria sempre in penombra dove s'erano radunate le collegiali quando il gigantesco battente s'era dischiuso per lasciarmi passare. La zona d'ombra era l'anticamera della luce che subito dopo sgorgava da finestre e grandi arcate inondando la galleria a tutto sesto interrotta da coppie di lesene sormontate da capitelli. In fondo una porta, una seconda zona d'ombra e un'altra porta con la luce assolata senza ombre dell'orto; tra le due porte la camera dei limoni.
Lungo la galleria tante casse di noce, una diversa dall'altra; forse le più belle erano quelle che a me sembravano più brutte perché più vecchie. Molto o poco scolpite, alcune solamente incorniciate, diverse con i piedi a zampa di leone.

Ciascuna era stata cassa dotale perché aveva contenuto il corredo della sposa. Nessuna cassapanca con lo schienale; erano tutte la testimonianza di solitarie mistiche nozze. Anticamente le spose entrando nella casa dello sposo portavano il loro corredo in una cassa come quelle. Il monastero era la casa dello sposo: uno solo per tutte.

Accanto alla grande porta arcata che immetteva nell'orto, mai vista chiusa tanto era protetta da un basso loggiato che di lì seguiva l'edificio per tutta la sua lunghezza, c'era la tabella. Di legno, naturalmente, con un capriccio di ornato in alto; era appesa vicino alla catena che pendeva dalla campanella centrale del convento, più grande delle altre e per il luogo dove era posta, riusciva a fare arrivare i suoi richiami nelle celle, nei luoghi di riunione, in chiesa, nell'orto; suonava le ore dell'ufficio dei pasti, il silenzio, la ricreazione. Nella tabella, in due file verticali c'erano tutte le suore; almeno due terzi i posti vuoti; prime quelle che avevano una carica: Madre Superiora – suor Deposta – Economa – Vestiaria – Segretaria – Portinaia ecc. Poi tutte le altre col nome di religione. Accanto ogni nome i diversi tocchi di campana per chiamarle. Le tirate di campana erano tre per la Superiora e due per la Deposta. Il segno del proprio suono accanto a tutti i nomi era una specie di alfabeto morse. Due trattini e tre punti erano due suonate normali e tre rapidi squilli. Quando le suore facevano ricreazione nella camera dei limoni, si vedeva, nonostante il soggolo che annullava visibilmente le orecchie, come invece ognuna le

tendesse al primo tocco di quella campana, tante volte chiamassero proprio lei.
Dopo quel primo tratto della galleria sempre in penombra, a sinistra una porta immetteva nel reparto sacro, chiesa, coro, coretti, composto dai soliti dislivelli legati da scale; a destra una grande arcata alta quanto la Galleria, confondeva questa con uno spazio anticamera di tanti ambienti e pianerottolo di due scale, una in salita, l'altra in discesa. Quella in salita era la prima rampa della Scala Regia, così la soprannominai più tardi, quasi dolcemente adagiata, molto larga e lunga, finiva in un pianerottolo che chiuso da muri sarebbe stato una grande sala, invece a sinistra proseguiva la Scala Regia accompagnata da una balaustra di marmo, pilastrini riccamente sagomati coperti da una larga striscia di marmo su cui sarebbe stato bello fare la scivolella se il gioco fosse rientrato in quelli programmati. La parete che dal grande pianerottolo saliva tanto alta da raggiungere il cielo della seconda galleria sopra a quella livello di mare, aveva due immensi finestroni da cui la mattina fluiva il sole e fino a notte la luce, a seconda delle ore; sole e luce pioventi dall'alto.
L'altra scala in discesa, larga come la regia ma più breve e chiusa da muri semplicemente scialbati, era quella su cui al principio della seconda rampa io mi fermai perché sull'arco che a metà la scavalcava avevo visto la crocefissione del Tintoretto pronunciando la mia prima parola da reclusa.
A destra la cucina, vasta e informe come se fosse composta da più stanze. Nel mezzo dello spazio più grande una gigantesca cucina economica

che doveva essere di recente acquisto perché la presentavano come si fa delle cose a lungo desiderate e finalmente arrivate.
Si chiamavano « cucine economiche » quelle di metallo che sostituirono il focolare. Le enormi pentole di acciaio non stavano sopra, ma infilate dentro. Quando le vidi mi prese tenerezza per le casseruole di rame di casa nostra e le pignatte di coccio usate in paese. Anche queste in fondo erano pentole, ma si chiamavano pignatte, venivano da Appignano.
La cucina conteneva anche un grande recipiente rettangolare, acqua calda tutto il giorno, dicevano.
Prima della scala che scendeva una porta, era la « Spezieria »; dopo la scala regia una porta simile, quella dell'« Economia », uno dei regni esclusivi della Madrina; salvo suor Depostina, non vidi mai nessuna entrarci od uscirci.
In casa c'era lo scrittoio di Zizì; lui ci stava seduto davanti e sopra c'erano tante cose interessanti, prima di tutte lo zampetto di lepre e la rosa di Gerico. In convento ritrovai il mobile in un solo esemplare, però non aveva nome, stava in Economia e aveva i cassetti di qua e di là dal vano dove stando seduti si infilano le gambe. In tutti gli altri posti dove in genere serve uno di quei mobili, in convento c'erano tavolini. Il nome del mobile che Zizì e tutti chiamavano scrittoio non era entrato in convento neppure corretto. Lo ritrovai dopo, ritornata « nel mondo » e si era trasformato in scrivania.
Quel mobile dell'Economia era ingombro di cartelle e registri per i conti, alcuni stretti e lunghi rivelavano le interne colonnine lungo le

quali si scrivono i numeri, le finche. I registri giganti stavano in un apposito sostegno, un'étagère sul cui ultimo piano inclinato, il mastro restava all'altezza necessaria per poterlo consultare in piedi; nei ripiani intermedi i registri meno voluminosi del mastro.
Di fronte alla porta dell'Economia un vasto angolo in doppia penombra, sempre aperto c'era l'uscio della Portineria: uno sgabuzzino con la finestra quadrata a grata vista già dall'altra parte, qui oscurata da una pesante tenda nera e accanto la ruota.
La ruota, come quella che un tempo serviva a sbarazzarsi di un neonato che diventava un Projetto, un Gettatello, un Innocente, un Esposto. La ruota allora serviva per questi Abbandonatelli e per introdurre roba di non grande volume nei conventi di clausura. Di quelle per i gettatelli se qualcuna ce n'è, sopravvive come monumento. Nel mio collegio c'era, tanto lì in Portineria che in Parlatorio. Nello spessore del muro una cavità secondo la dimensione della ruota che era un cilindro di legno girevole su due perni centrali, con una parte della superficie mancante per tutta la sua altezza che, a volontà di chi la manovrava, poteva presentarsi all'interno o all'esterno; all'interno un grosso gancio la immobilizzava. La ruota serviva per dare o ricevere roba evitando un possibile contatto delle mani e senza essere visti. Però in quella della Portineria avevano praticato un buchino rotondo che dall'esterno non si notava, ma dall'interno funzionava come l'obiettivo di una macchina fotografica. La persona di fuori,

ignara, parlava guardando altrove con l'imbarazzo di chi dialoga con una voce senza il corpo.

In casa esistevano le camere, le sale, lo studio, la cucina, non si diceva mai stanze, bensì camere da letto, sala da pranzo, salotto celeste. In tutto quel complicato edificio c'erano solo tre camere, una ce l'avevano i pettini; un'altra i limoni, la terza il lavoro, era la stanza dove noi si cuciva e ricamava. Per dormire le monache avevano le celle e noi il Dormitorio; c'erano i Refettori non sale da pranzo.
Niente di simile alla grande rettangolare sala da pranzo della casa del Beneficio, o al quadrato salotto azzurro col soffitto a cassettoni bianchi e azzurri come nella Casa Gentilizia, lì c'era il Parlatorio. Parlatorio come Purgatorio; Purgatorio dove ci si purga, Parlatorio dove si parla.
Subito dopo l'Economia, da una porta senza battenti aperta nella stessa parete dello sgabuzzino della Portineria, si andava nell'Archivio, un grande vano con suppellettile apposita, scaffali e stipi su tre delle quattro pareti, talmente chiusi che parevano blindate; la loro ermeticità era provata dall'uscio senza battenti. Nella parete dove si apriva la porta per entrare in parlatorio, a destra c'era un grande arazzo rettangolare posto per lungo; non era tessuto, era dipinto e pieno di gente; nel mezzo, colpiva come un pugno sugli occhi, un cataletto con il cadavere di Francesco di Sales vestito da Vescovo; perché lo si potesse vedere anche meglio, il cataletto era alto alla testa, bassissimo ai piedi. Alla sua destra una monaca Visitandina inginocchiata. Le figu-

re al naturale anche se per ragioni prospettiche diminuivano secondo la distanza. Una folla di dame e cavalieri in piedi o inginocchiati; da una porta aperta si accalcava gente.
Quell'arazzo era stato dipinto con sughi estratti da erbe e fiori.
Il volto del morto di un pallore gessoso giallo verdognolo era impressionante; un volto così cadaverico che nessun cadavere autentico potrà mai uguagliare. Non mi piaceva e mi attirava; mi ci fermavo davanti. Dietro una voce diceva « È fatto con sughi di erbe e di fiori – quella monaca è la Chantal? – No – chi è?... Ma il morto sta parlando? – Sì, parla alla monaca, le ha messo una mano sul capo... ».
Certo qualche voce di monaca dietro me ci fu, ma ci fu anche la mia dentro di me; quel morto mi disgustava e mi avvinceva; non volli più guardare quell'arazzo.
E invece bisognava guardarlo per quello che era: i sughi d'erbe e fiori avevano forniti colori un po' sbiaditi, ma sempre colori; erano i colori di un'antica stampa delicata.
Nel grande Parlatorio vuoto nonostante la spinetta e le sedie, nel muro divisorio una ruota e tre grate; due di grandezza normale, la centrale grandissima. Quando tutto l'Educandato era raccolto lì avanti, tra noi restava tanto spazio che raccolte lo eravamo per modo di dire. All'interno una curiosa serie di verticali bastoncini di noce; la grata non avrebbe impedito un bacio, i bastoncini sì. In ferro battuto, le grate, come una rete morbida e allentata; qualcosa di simile è alle finestre della sacrestia di San Pietro. Quelle però erano straordinarie; dovettero venderle

le acquistò un antiquario in un periodo di miseria della comunità. Dimensioni uguali le due parti del Parlatorio, ma mentre l'esterna era anche troppo ricca e adorna, l'interna era spoglia sino all'inverosimile. C'era solo una spinetta a metà della lunga parete forata da tante finestre con tende bianche tutte bucherellate. La madre Caccialupi diceva che erano state alla battaglia di Castelfidardo.
Le salesiane stavano ad Offagna prima di trasferirsi a Treja. Avrei voluto obiettare, ma Offagna era così vicina a Castelfidardo? Perché non capivo se diceva per scherzo o per davvero. Sempre in bilico io tra il vero e l'irreale. Le compagne certo non ne dubitavano, era un modo di dire scherzoso di gente vissuta intorno a quell'epoca. Anche adesso l'avverto: se mi stanno dicendo cose inverosimili penso che potrebbe anche essere vero. Beata stupidità, si può dire; sì, ma di beatitudine io non ne ho mai ricavata.
In quel locale così vasto e spoglio la spinetta pareva anche più piccola. Pensai che il nome le venisse dalla sua vocetta stridula con cui le note ballavano staccate una dall'altra; una vocetta che risuscitava tempi lontani, da minuetto; m'incantava quel suono martellato, metallico senza eco, senza alone. D'avorio i tasti consumati e ingialliti, ognuno un solco, un piccolo canale sfumato, impercettibile in alto, profondo alla fine; più segnati i centrali, meno i primi e gli ultimi. Solchi di suono svanito e invisibili dita. Quante dita per quanti secoli avevano battuto su quei tasti per scavarli così? E quanto tempo c'era voluto per accumulare quel colore di avo-

rio vecchio, quasi giallo che dava alla tastiera un'antichità trasparente? Odiavo il pianoforte, ma il suono stridulo senza morbidezza della vecchia spinetta mi attirava come la voce d'una vecchia signorina rimasta viva dopo due secoli. Se chiudo l'occhio che ancora mi dà un po' di luce risento e rivedo l'antica spinetta nel grande Parlatorio che le poche sedie rendevano più vuoto.
Invece la parte esterna avrebbe potuto essere una settecentesca cappella gentilizia. Abbondantemente modanati il tavolino centrale e le sedie, tutto di lucida noce. Alle pareti molti quadri, effigi di prelati vescovi e cardinali; a una delle due pareti che facevano angolo col muro divisorio ce n'era uno solo, ma grande, complesso, un quadro monumentale che faceva scomparire il sottostante canapè imbottito come le sedie. Quasi fosse una lapide un riquadro di legno scuro incorniciato, conteneva, a caratteri più scuri, un fitto discorso dedicatorio ed esplicativo; in alto diventava mensola e sosteneva due neri leoni scolpiti con le code al centro e i musi all'esterno; sulla loro groppa poggiava il quadro, un rettangolo verticale circondato da cornice e ornati intagliati e scolpiti a tutto rilievo, incoronato da trionfale cimasa. Nel quadro, dalle ginocchia in sù la figura del cardinale Giacomo Antonelli segretario di Stato di Pio IX, cardinale senza essere prete. Se avessi saputo che quel cardinale non aveva ceduto alle insistenze dello stato italiano per avere le chiavi del palazzo del Quirinale onde poter dare un asilo al suo re senza casa, costringendolo poi alla brutta figura di scassinatore dopo aver fatto

quella di ladro impadronendosi di conventi per i suoi uffici, mi avrebbe interessato; invece ero attirata solo dai due leoni neri perché seppi subito che in origine erano dorati, ma furono abbruniti da un fulmine.
Su quel complesso edificio di dislivelli cadevano spesso i fulmini: come minimo uno all'anno. La Madrina che avendo bisogno dei muratori per casa, edificava o demoliva in continuazione, pareva che avesse bisogno anche del suo fulmine annuale perché non le sarebbe stato difficile far alzare un paio di parafulmini.
Subito dopo l'arcata che confondeva la galleria-linea-di-mare con quel vasto ambiente dove cominciava la scala regia, subito a sinistra c'era un lavabo formato da una capace conca di marmo con diversi rubinetti, tre persone contemporaneamente ci si potevano lavare le mani senza sfiorarsi. L'acqua cadeva in un piano di marmo arginato da un suo piccolo parapetto e scompariva.
Di qua e di là dal lavabo, scorrevoli sui loro rulli, due bandinelle che stridevano quando le monache per asciugarsi le mani le tiravano nella speranza spesso vana di trovarci uno spazio illibato. Prima di andare in refettorio quelle che non l'avevano fatto altrove se le lavavano lì.
In paese le bandinelle stavano solo nelle sacrestie; le rividi in convento sacrestia del cielo.
Il Refettorio era una specie di cattedrale; la grande porta di noce si apriva a metà della galleria e la suppellettile era tutta di noce massello, un massello di almeno quattro dita di spessore. Le monache mangiavano senza tovaglia su quelle tavole lucide come specchi. Ognu-

na aveva di fronte un enorme scodellone come quelle tazze rotonde e senza manico, malate di gigantismo fossero cresciute a dismisura.
Le posate, tutte d'argento, erano un campionario di stili e di epoche; ogni monaca ne aveva portata una da casa, la regola dell'ordine aboliva la proprietà privata, sicché entrava a far parte del bene comune e a chi toccava, toccava.
Quando avevano finito di mangiare quelle che sparecchiavano portavano via piatti e bicchieri, le posate no. Allora la suora tirava a sé lo scodellone, lavava lì dentro la propria e l'asciugava con un canovaccetto che, piegato, stava sopra allo scodellone come il purificatoio sul calice.
In quella specie di cattedrale a pianta centrale, due erano i punti che uscivano dall'anonimato e si fronteggiavano. Quello che si imponeva alla vista era il pulpito da cui si faceva la lettura; nell'insieme appariva un colossale blocco di noce in quanto i quattro scalini per salire all'altezza del leggio, vi erano incorporati e non apparivano; al muro c'era la prosecuzione di una delle quattro pareti di quel blocco sorgente dal pavimento, in essa era inserito il sedile e i suoi due braccioli.
L'altro punto che, a fronte del pulpito, usciva dall'anonimato si distingueva per la sua dignità, era la solitaria tavola alla quale sedevano la Superiora e la Deposta.
Mi affascinò una frase dolcemente amorosa scritta sul muro dietro a loro « Sub umbra illius quam desideraveram sedi et fructus ejus dulcis gutturi meo ». Mi affascinò tanto che imparai tutto il Cantico dei Cantici.

Quante cose facevo mentre la Madrina mi teneva a distanza! Non furono mesi, furono anni.

La galleria, quasi alla fine, per mezzo d'una grande arcata come l'altra subito dopo la zona d'ombra, faceva tutt'uno con uno spazio più ristretto dell'altro; qui c'era solo una scala di servizio in salita e in discesa, una porta che mai vidi aperta, ma sapevo che era della Farmacia, sopra c'era scritto

San Gaetano Thiene
Fiducia in Dio.

Due errori ci trovai appena la vidi: il verbo tenere invece dell'avere e l'acca che in tenere non c'entra proprio. Quando Zizì tornò dall'America, nei primi tempi spagnoleggiava un po' e adoperava spesso il tenere invece dell'avere, ma che ci mettesse l'acca proprio no.
Una porta qualsiasi immetteva in una stanza libera per metà, occupata nel resto da quattro o cinque cessi separati tra loro e riparati da muretti alti un paio di metri, a ognuno corrispondeva una piccola porta sicché: separati per la vista, uniti per l'udito. Due che volevano parlare in pace andavano insieme al cesso. Dico cesso, ma lì non si pronunciava quella parola, lì si diceva gabinetto, o camerino. Per lo zio era « il luogo comodo » salvo quando lo chiamava « il licet » come s'usava in seminario, mentre « la Licet » era un'appendice dell'Inquisizione. Quello appeso di fuori come una gabbia, i muratori lo chiamavano latrina, ma noi ragazze dicevamo solo « quel posto ».
Se c'era un po' di frizzante allegria nell'aria

dicevamo « Vado in quel posto che nomar non lice ». Ma passarono anni prima che io sentissi di poterlo dire, gli anni nei quali la Madrina mi ebbe in dispetto.

Alla stanza occupata da quei quattro o cinque cessi, ne corrispondeva una simile nella galleria di sopra; mentre a quella di giù potevano accedere tanto noi che le monache, a quella di sopra solo le monache. In perpendicolo sulle due stanze, proprio sotto il tetto, ce n'era uno solo che facendo parte dell'Educandato era esclusivamente nostro; mentre quello appeso di fuori come una gabbia lo era anche di monache e muratori.

Ciò che da quelli si espelleva non andava perduto, ma si raccoglieva nel « pozzo nero ». Dove precisamente fosse non so, so che ogni tanto annunciavano domani si svuoterà il pozzo nero; l'operazione non aveva alcun riflesso all'interno si compiva all'esterno, per le Mura.

Alle Comunali per andare al cesso si alzava il braccio mostrando due dita alla maestra che diceva di sì con la testa. In collegio ci si avvicinava alla Madrina sussurrandole « vado in quel posto » che se era « in piccolo » bastava così, se era « in grande » lo si specificava per giustificare in anticipo la più lunga sosta. Ai muri, non certo maiolicati, di quei posti, erano inchiodate due rozze cassettine con dentro carta che sostituiva quella cosiddetta igienica; carta comune di tutti i colori. Chi avesse l'incarico di tagliarla e mettercela mai lo seppi e quando io accentrai in me tutte le incombenze possibili, non mi presi mai quella che restò opera d'ignoti. Quando si sapeva già che le cassette erano vuote ci si avvicinava alla Madrina « Per favore l'occorrente » dicevamo e lei da quella tasca la cui lunga apertura stava sotto all'ipertrofica corona pendente al suo fianco, tirava fuori un mazzetto di carta policroma della dimensione di quella che avremmo dovuto trovare nelle due cassette, l'afferravamo e via per quel posto che era anche posto dei sogni.

Due pozzi c'erano, uno allegro e uno pauroso. Questo era contenuto in una costruzione quadrata a tetto sporgente nell'orto, non solo era adiacente alla camera dei limoni, ma fuso con questa per mezzo di un arco e un breve passaggio. Dalla parte dell'orto un'apertura con due sportelli quasi sempre chiusi, la semioscurità che ne derivava aveva qualcosa di minaccioso. La bocca rotonda del pozzo era un circolo dentro un largo quadrato, sicché restavano parapetti e angoli spaziosi ove appoggiare qualunque cosa, anche uno dei due secchi che tirando di qua o di là la corda che scivolava nel solco della carrucola, facevano il saliscendi: scendeva quello vuoto, risaliva quello pieno. Il vuoto sotterraneo e chiuso è spaventoso. L'acqua che ricadeva nel pozzo ne era la voce. Ritrovai quelle risonanze paurose in qualche piscina romana anche nella Piscina Mirabilis benché fuse con la sua immane bellezza.
Appoggiandolo sul parapetto del pozzo mi scivolò dalle mani un bicchierino cilindrico di cristallo, apparteneva alla scatola dei colori acquarello che lo zio mi aveva mandato dall'America e serviva per lavare i pennelli, mi scivolò dalle mani e cadde nel pozzo. Un piccolo urlo di

strappo il mio e un tuffo al cuore: niente da fare, è finito, non lo rivedrò più. La mia prima cosa defunta.

Invece lo rividi. Dopo un paio d'anni vuotarono il pozzo per ripulirlo, vuoto era meno pauroso, ma repugnante; una grande stanza sotterranea incrostata di porcizia. Agli uomini che sul pavimento lo stavano liberando da un alto strato di fango nero, io, sporgendomi sulla bocca del pozzo, ogni tanto gridavo « se trovate un bicchierino di cristallo, datemelo ».

Io sola stavo lì perché io sola avevo laggiù un piccolo defunto; ma il mio piccolo defunto era incorruttibile, sicché se si fosse ritrovato la sua sarebbe stata una vera resurrezione e il miracolo avvenne, alleluja! Il piccolo bicchierino tutto lucente nelle sue tante sfaccettature cristalline ritornò nelle mie mani; gli uomini prima di farlo salire col secchio della carrucola, l'avevano lavato ben bene nella provvista d'acqua pulita che avevano laggiù.

Ma loro, me, come mi avranno vista? Non certo come quella figura che proprio fratel Pozzo ci mostra affacciata dall'alto a guardar giù nel vuoto della chiesa di sant'Ignazio, io ero affacciata alla bocca d'un pozzo chiuso nella semioscurità di una minuscola costruzione; avrebbero sòlo potuto fotografarmi per dirmi com'ero protesa proprio su quel pozzo che mi faceva tanta paura.

Uscendo all'aperto dal grande portone sempre spalancato al cui fianco era la tabella e la campana, si era sotto « gli Archi ».

Gli Archi erano un loggiato stretto e basso su cui

poggiava un'ala del convento; le travi del soffitto erano piene di nidi, essendocene tanti c'era sempre un gran chiacchiericcio di uccelli e un arruffio di voli come se sotto quelle travi basse si fosse concentrato un pezzo di cielo; in fondo, sopra una breve scalinata, s'alzava un'edicola alla Madonna; sui gradini, di qua e di là, stavano scaglionati vasi di gerani come sentinelle.
In un groviglio di edifici a tanti livelli diversi come era quello non ci poteva essere un chiostro, era bello che non ci fosse, meglio quel braccio solo di archi e tutto il resto orto.
Camminare sotto gli archi era camminare in trincea, per camminare di fuori, rasente ai pilastri, nella stradina che li accompagnava, bisognava salire due gradini, a destra, appena si usciva fuori. Un po' meno profonda, ma anche lì si camminava in trincea, una scogliera artificiale l'accompagnava; da ogni suo anfratto fioriva la pervinca. In collegio quelle pervinche furono per me quel che erano stati nella prima infanzia i nontiscordardime, attrazione, colloquio, comunione. Da vicino o da lontano, sola o in compagnia, i miei occhi cercavano le pervinche.
Il sopraelevato suolo dell'orto aveva per contrafforte la scogliera con le pervinche, ci si arrivava con una breve scalinata di fronte al portone di uscita. Quel dislivello non esisteva più alla fine dell'edificio; la camera dei limoni era alla pari con l'orto, però il terreno non presentava né salite né discese e allora? Tanti i dislivelli che penetravano anche nel mistero.
Due termini aveva quell'orto, principio e fine: l'albicocco e i cipressi. L'albicocco era un eterno

presente e un presente assente; terreno ed extraterreno; valeva per se stesso, immenso; piccoli frutti immangiabili; esisteva per se stesso; quasi un dio che gli uomini non cura e non serve.

In fondo i due cipressi si alzavano tanto da poter guardare il paese oltre la clausura, due giganteschi carabinieri. Sotto il sole imbalsamavano l'aria.

Risentii il loro effluvio a Firenze sul sagrato della Bella Villanella nascosta in un bosco di cipressi.

L'orto, a più di due metri di livello dalla galleria-linea-di-mare, era tagliato dall'albicocco ai cipressi da un ampio viale, inesauribile vanto di lì dentro proiettato anche di fuori, cento metri di lunghezza! Ci si passeggiava su e giù quando la ricreazione consisteva nel camminare. Poche grandi città ebbero corsi e strade esaltati come quel claustrale ettometro.

Non c'era ghiaia per fortuna, i miei piedi più sensibili dei polpastrelli delle dita, ne avrebbero avuto fastidio. Forse ci fu una volta perché un certo leggero biancore lo si avvertiva, ma poteva anche dipendere dalla sua compattezza prodotta da tanti piedi che l'avevano reso arido pavimento dove l'acqua scorreva senza essere assorbita, difatti non c'era mai fango.

Quell'orto pensile in cima all'alta scarpata, chiuso tra i suoi muri di cinta che escludevano la vista di qualsiasi orizzonte, in realtà era piccolo per poter essere, qual era, il nostro spazio vitale, ma per la suggestione creata dall'idolatria di quel viale mi sembrava sconfinato e i cipressi erano la fine della terra. Eppure, subito dopo i cipressi, dietro al muro, più in basso c'era un altro orto quello delle orfanelle. Di laggiù a volte salivano zampilli di voci, cicaleggi e risate delle ragazze; dall'arruffio di quelle voci vicine, lontane, intrecciate, si capiva che stavano correndo.

Ed ora ci stavo io dentro quell'orto così alto sulla strada bianca delle Mura dove passavo con la zia che già pensava di rinchiudermi e diceva « Lo vedi quanto è lungo? ». Lo sapeva anche lei che le Mura erano più lunghe, ma dicendo così faceva opera d'imbonimento.

Ero proprio giù per le Mura quella volta che mi fermai perché di lassù era scesa una voce che gridava « i moscerini i moscerini! ». Un mistero che aveva parlato. Ma ora taceva, non c'erano neppure i moscerini, se pareva che ci fossero, non erano moscerini, erano pappataci.

Partendo dall'albicocco a destra c'era l'appezzamento dei carciofi, in epoca di fioritura un insieme di colori smorti tanto simili all'arazzo dipinto coi succhi di erbe e fiori, le grandi foglie grigioverdi, più grigio che verde, capricciosamente spizzettate, un pesante bocciolone lo strano fiore duro come una piccola pigna con i suoi petali tenacemente stretti insieme di tanti colori sfumati grigioverdastri e amaranto ramato, che se qualcuno sfuggiva alla sorte d'essere mangiato e arrivava a sbocciare, diventava un lieve fiocco violaceo. Dietro a questo appezzamento di smorti colori, dall'artificiale scogliera che reggeva il terrapieno dell'orto, davanti alla linea ancora più bassa degli Archi, spuntavano le vivaci occhiute pervinche.

Dall'albicocco, a sinistra, due appezzamenti

consecutivi divisi da un minuscolo vialetto, coltivati a insalate, finocchi, broccoli e cavoli. Dietro ai due appoggiato all'altissimo muro di cinta che occludeva la vista dei tetti della sottostante zingaresca Ojolina alle dirimpettaie finestre di quella parte dell'edificio che si affacciava sull'orto, un pergolato che ombreggiava un viale per larghezza secondo solo al celeberrimo di cento metri, viale dove mai nessuno passeggiava.

Sparsi qua e là alcuni alberi di fichi, fichi bianchi e neri che avrebbero dovuto chiamarsi come due strade di Milano, Fiori Chiari e Fiori Scuri, perché bianchi e neri i fichi non lo sono; tutti però con la loro dolce boccuzza nella quale può infilarsi la traditrice forbicetta.

Dopo il pergolato il muro di cinta piegando ad angolo retto veniva in avanti per un bel pezzo, ripiegava ancora ad angolo retto, proseguiva restringendo di molto l'orto e sempre ad angolo retto ritornava indietro: un promontorio dentro il quale stava accovacciata una delle luride casette di Ojolina col suo vicoletto tutto attorno la cui esistenza fu ignorata finché, a modo suo, entrò in convento. Davanti al promontorio c'era una vasca quadrata molto profonda alimentata dall'acqua condotta. Sulla superficie di quell'acqua io scrivevo. Per cancellare se stesso un poeta dalla sua tomba dice che il suo nome fu scritto sull'acqua. Scrivere sull'acqua con un dito o con un fuscello si crea solo un confuso intreccio di piccole onde. Ma io ci scrivevo e riuscivo per un attimo a vedere lo scritto: ne ferivo la superficie infilandoci l'estremo d'un bastoncino che guidandolo dal basso in alto creava una scia, la scia

era una A; infilavo la punta del bastoncino e rapidamente due mosse, dal basso in alto e dall'alto in basso, le opposte scie facevano una M; lo infilavo nell'acqua e lo toglievo, c'era una corona concentrica di cerchi, mai al mondo una O più viva, una O che dilatandosi dileguava.
Avevo scritto sull'acqua la parola AMO. Sulla pellicola di quell'acqua qualche volta si vedeva passeggiare l'idrometra.
Dietro, il promontorio piegava sino a raggiungere il muro di cinta che dal pergolato avrebbe proseguito se lì non ci fosse stata l'inclusione della casetta di Ojolina. Da quella congiunzione proseguiva sino a un altro angolo dove il muro ripeteva la prima sporgenza del promontorio senza concludersi, ma proseguendo obliquo sino ai cipressi riducendo sempre di più lo spazio dell'orto. Nel terreno limitato dai tre muri e dal viale c'erano due brevissime siepi parallele, quella vicina al muro era fatta di due piante diverse i cui frutti non avevo mai sentito nominare prima: ribes e frambuà. Questi che a volte si velavano come noi quando andavamo in chiesa assomigliavano alle more, ma le more che coglievo dalle siepi tra le spine delle rose selvatiche quando andavo col mio Zizì erano più buone. Il ribes, gocce, rosse con la luce dentro come una medicina contemporanea il Micoren.
L'altra siepe era di mortella, se potata di recente pareva una tavola da refettorio conventuale, serviva per farci asciugare, dopo il secondo lavaggio fatto dalle monache, i lini necessari per la celebrazione della Messa; il primo lavaggio lo facevano i preti in sacrestia. In paese a quella pianta si diceva bosso o busso a piacere, in Qua-

resima serviva alle ragazze per il gioco del « fuoriverde » e ai pizzicaroli che il venerdì santo ci adornavano la bottega in generale e lonze prosciutti salami e cacio in particolare. L'angolo che faceva il promontorio ricollegandosi al muro di cinta era « il boschetto degli allori », per brevità noi dicevamo « gli allori ».

All'altezza del boschetto degli allori, dall'altra parte del viale, c'era il boschetto dei noccioli. Il nocciolo era pianta sacra nell'ordine della Visitazione, ordine a cui appartenevano le nostre monache in paese dette Salesiane. Ogni loro monastero aveva il suo boschetto di noccioli perché in un boschetto di noccioli, col cuore in mano, era apparso Cristo alla Beata Margherita Maria Alacoque. I parchi di enti religiosi ospitano due statue, la Madonna in piedi e Bernadette inginocchiata; i monasteri visitandini tra i noccioli, la statua di Cristo in piedi e quella della beata Alacoque inginocchiata; nel nostro c'era un pozzo; più che ospitarlo lo serviva perché il boschetto in realtà non era che una fratta leggera e trasparente di noccioli messi in curva dietro il pozzo come un suo sacro paravento. Nessun particolare fascino il fogliame di quel paravento, il frutto talmente modesto che passava inosservato, invece quell'involucro verde e puntuto che racchiudeva la nocciola aveva una sua delicata bellezza.

Su una tavola imbandita stile ottocento capita di vedere un centrale portastecchini fiancheggiato da due basse vaschette: saliera e peparola; quell'oggettino ricorda quel pozzo, anche lui aveva ai fianchi due vasche che le converse riempivano per sciacquarci il bucato già imbiancato dalla liscivia della cenere, altrimenti erano vuote. Sull'orlo di una delle due quando ci batteva il sole c'era sempre una vanessa policlora, non volava via al nostro passaggio; eppure le compagne si divertivano a prendere le farfalle col retino.

Tra il pozzo e la camera dei limoni « il Giardino » dominio della Madrina. Era un quadrato di terra recintato da un duplice giro di fil di ferro zincato sostenuto da paletti tinti di verde, con due aperture: una chiusa da un cancelletto di legno tinto come i paletti, che lei incatenacciava quando ne usciva, mentre l'altra rimaneva aperta essendo priva di cancello. Microscopici, tortuosi vialetti lo dividevano in tante aiuole piccole, capricciose, ma simmetriche; in mezzo due rotonde, agli angoli quattro ventagli senza stecche; sapiente utilizzazione del poco spazio ed eleganza di disegno.

Sul disegno di quelle aiuole che pareva un ricamo come un venticello incerto vagava l'idea che fosse stato eseguito dal fratello della Madrina. Dunque infransero la clausura. Forse no la sua presenza in loco non sarebbe stata indispensabile se lui avesse fatto un disegno su carta millimetrata con tanto di denuncia su quale scala era stato eseguito.

La Madrina diceva Tullo e noi signor Tullo. Generale dell'esercito e deputato al Parlamento era per noi una specie di laica divinità. Nessun riflesso religioso su lui dalla potente personalità di quella sua minuscola sorella, anzi mostrava chiaramente che non s'era ancora rassegnato al suo essersi monacata. Non usava mai il suo no-

me di religione, anche parlandone con noi diceva Elvira. « S'intestardì a farsi monaca per una delusione amorosa » questo disse a noi il signor Tullo e ci disse anche come lui facesse del tutto per dissuaderla sapendo bene che se nel periodo di prova si fosse pentita, sarebbe rimasta lo stesso.
Sposato con la signora Elena vedova di un conte Manzoni che l'aveva lasciata con quattro figli, Antonietta e Olga, educande lì dentro, Ruggero e Girolamo che vivevano con loro: Ruggero bruno come Olga, Girolamo biondo come Antonietta, la mia grande. Dal suo matrimonio una sola figlia che più tardi venne in collegio, la chiamò Elvira.
Adorava quella sua sorella della quale sparlava solo perché religiosa, ma lei non se ne faceva; qualunque cosa le occorresse, occhiali o forbici, a lui li chiedeva, non alla comunità, alla quale non avrebbe neppure dovuto chiederli perché lei era padrona di tutto.
Il privilegio lì dentro appariva sempre, anche nella raccolta dei fiori; incluso nel privilegio, come l'osso dentro la pesca, il giudizio. Era un premio per quelle due che essa chiamava a seguirla per i minuscoli vialetti tra le aiuole. Apriva e richiudeva le forbici recidendo lo stelo, il braccio teso all'indietro dava il fiore a quella delle due che era a segno per prenderlo.
Quando con la mano riversa prendeva una corolla fra le dita non era incertezza se farle grazia della vita, lo era sulla maturità del fiore; non amava i fiori, non li ammirava, i fiori servivano per l'altare della Chiesa e per gli altarini del

convento; coltivava solo i resistenti, escludeva i delicati.
Proibizione assoluta alle suore di camminare per gli angusti vialetti del suo giardino anche se avevano un messaggio riservato da comunicarle sottovoce, usciva lei. « Con codeste sottane mi rovinereste tutto », erano vesti uguali alla sua, ma non erano la sua.
Quel quadrato pezzetto di orto chiamato « Giardino » avrebbe dovuto chiamarsi « Campo di sterminio dei fiori ». Essi non esistevano che per essere sterminati.
Bimbi e monache avevano la specialità di mozzare i fiori con lo stelo cortissimo; mi riferisco alle monache, non alla Madrina che tagliando pensava ai mazzi e per fare i mazzi lo stelo ci voleva, ma a tutte le altre a cui era proibita l'entrata nel Giardino. Se coglievano una margheritona, la decapitavano; il gesto largo e deciso non era più per loro; ormai avevano bisogno del gesto rattrappito uguale al raccoglimento dell'anima, ma i bimbi perché? Forse la piccolezza della mano, non so, dato che è più facile reggere un fiore con lo stelo lungo.
La bellezza cambia col tempo; nella mia infanzia bella era una piccola bocca a cuore, oggi se non è uno squarcio da orecchia a orecchia, non è bella. Anche per i fiori è così: le stupende rose muschiate di quel tempo, non esistono più. Ma i fiori coltivati nel giardino non erano neppure di quel tempo, erano di un tempo passato e fiori comunissimi.
C'erano gli Astri di tutte le tinte, tinte ingenue; quelli viola mi parevano i più attempati, come le signore di una certa età che per evitare il nero e

non osando adoperare altri colori, si vestivano di viola.
C'erano le Zinnie, brutto e duro fiore, rigide sul proprio stelo come ossute zitelle, ma dai colori meravigliosi d'altri tempi; colori velati di vecchio, colori che ricordavano le sete degli abiti settecenteschi.
C'era la Salvia Splendida; era il nome che illuminava quei fiori rossi, perché il fogliame era di un verde polveroso.
C'era quel fiore simmetrico con i petali accartocciati con tale cura che lo fa parere finto. In paese lo chiamavano Dalia, in collegio Giorgina, due nomi di donna. E c'era anche un fiore che si chiamava Artemisia, come la sorella del Vicario, la signora Artemisia.
In quel campo di sterminio dei fiori conobbi i Fiocchi di Cardinale; erano certi fiori rossi, grassi e spessi che assomigliavano davvero non a un fiocco, ma a un mazzo di fiocchi e parevano proprio di seta; verso l'autunno, nella stagione della loro fioritura, il giardino sembrava un concilio ecumenico. Quando non avevano ancora raggiunta la loro morbidezza facevano pensare a un mazzetto di creste di gallo.
Scoprii anche la Verbena che lì dicevano le verbene; stavano tra gli altri fiori come io stavo lì dentro: non desiderata. In un'aiuola, da una sola parte vicino ai mattoni messi a punta, bassa, quasi strisciante per terra; così piccoli i fiori che un nontiscordardime, che lì chiamavano myosotis, pareva un fiore giovinetto; aveva il colore vellutato della mammola, più modesto ancora perché frazionato in così minuscoli petali. Un fiore conventuale; un fiore dall'odore spiritua-

le; col profumo di verbena impossibili desideri ardenti o troppo languorosi. Un profumo che non ingombra l'anima di mistero; un profumo simile a Dio, dice tutto e dice nulla.
C'erano le Canne a fiori rossi e gialli su grandi foglie tropicali; poco colti, lasciati lì facevano dei semi rotondi come i grani che segnano il pater noster nelle corone da rosario; a noi servivano per farci una corona a saliscendi che tenevamo sotto il pettino del grembiule per segnarci « i fioretti ».
C'era la Puzzola, fiore che ad aspirarlo forte un certo cattivo odore lo dava, mentre odorose erano le foglie e lo stelo.
C'erano i Fior Franceschi, color oro bruciato; c'erano i Spumetti dall'odore così nascosto che bisognava prima agitarli nell'aria e metterli subito sotto il naso per carpirlo.
Tutto questo c'era nel giardino dove il fiore padrone era il giglio, una quantità enorme di gigli. Li chiamavano gigli con un soprannome che li seguiva, ma non erano i gigli tra cui era quasi affogata la statua di sant'Antonio in Duomo col quale la zia litigava perché voleva che facesse tornare lo zio dall'America e lui non l'ubbidiva. Gigli di quel candore con i petali di quella leggerezza, con quel profumo, in collegio non entrarono mai. Lì dentro i gigli erano coriacei, colorati, punzecchiati di scuro e di nero; gialli punzecchiati di marrone, rosa antico punzecchiati di nero, rossi, arancione, violacei, tutti seminati di punti scuri e con stami e pistillo lunghissimi emergenti da petali più o meno frastagliati, più o meno arricciati. Il giardino ne era pieno ed erano chiamati indifferentemente

Gigli Tigrati o Gigli di San Giuseppe, legnosi come i ricci sotto la pialla del paziente falegname, sposo di Maria e padre di Gesù.
C'era il Mughetto che non si poteva cogliere senza che gli venissero dietro almeno due delle sue foglie lanceolate, verdi e lucide, con i suoi campanelli faceva mazzetto da solo. Se qualche volta la Madrina lo inseriva nei suoi mazzi, mi dispiaceva perché difficilmente lo stelo sarebbe riuscito a bere l'acqua del vaso.
Gli Iris così freschi fuori di quel loro involucro disordinato e secco come le foglie aride della pannocchia del granturco, canovaccio queste, battista quello. Li avevo sempre chiamati così, senza singolare, senza plurale, un iris, due iris; conoscevo bene il loro sottilissimo profumo, quella striscietta di peluria gialliccia sui petali come un sopracciglio senza occhio, ma in collegio cambiarono generalità, un Giaggiolo, due Giaggioli, ma non erano a portata di mano, ce n'era qualche pianta in cima allo sgretolato muretto di cinta, dietro il Giardino. Alto e lontano, per me non ci fu più anche se c'era.
Le Palle di Neve, per ultimo, fiori fatti di scialbore. Arbusti ai quattro angoli del Giardino; quando fiorivano si gonfiavano di quelle enormi palle bianche composte da minuscoli fiorellini.
La zia faceva palle con tanti fiorellini a un colore o a colori misti, le appendeva avanti alle finestre nel punto in cui le due parti della tenda divaricavano per andarsi ad appoggiare sui loro braccioli.
Quei mazzi della Madrina erano proprio brutti; mancavano i gelsomini belli e odorosi, ma cadu-

chi; i gigli tigrati tanti e tutti brutti, ma immortali fiori di legno, per questo consacrati a San Giuseppe.
Mancavano tanti fiori che avevo amato. Non c'era la Peonia che fu bambina con me, neppure col nome esisteva. Niente Viole del Pensiero, belle e spiritose quelle vecchiette, ma per la chiesa non servono. L'Amorino, neppure col nome francese esisteva. L'amorino è un fiore fine a se stesso, un fiore che si coltiva per la sua bellezza o per il suo profumo, così modesto di colore, per la chiesa e per i numerosi altarini non si sarebbe visto neppure. Assente il tenero profumato Gelsomino; una pianta ce n'era, ma stava fuori dal Giardino, per la chiesa non serviva, le sue piccole corolle sarebbero cadute subito, non avevano certo la resistenza dei legnosi Gigli di San Giuseppe.
Le rose non esistevano; neppure una pianta in tutto l'orto. Neppure i Gladioli troppo rigidi; rimetti la spada nel suo fodero aveva detto Cristo a Pietro.

Tra il giardino e la camera dei limoni uno spiazzaletto in terra battuta su cui d'estate mettevano i tavolini per la stiratura con l'amido dei sacri lini. Nella camera dei limoni le piante ci stavano d'inverno, d'estate ci facevano ricreazione le suore. I limoni, portati all'aperto erano scaglionati lungo il viale dai cipressi al pozzo. E noi che facevamo su e giù ne strappavamo una foglia la piegazzavamo tra le dita per sentirne l'odore. Dal pozzo ai cipressi l'orto si restringeva, a sinistra c'era l'altalena e lo spazio per mettere su due cavalletti una lunga tavola quando facevamo merenda in grande che diventava tutt'uno con la cena. Dall'altra parte c'era una capanna fatta con piante di sambuco, sotto c'era il letamaio, ma l'apertura era rivolta verso il muricciolo di cinta che da quella parte coronava la grande scarpata che sollevava in alto l'orto, sicché le nostre cene non erano turbate dalla sua vista. Dietro la nostra tavolata il muro di cinta era altissimo dovendo separare il sacro luogo delle sconnesse malfamate casupole di Ojolina.

D'estate l'orto era pieno di cicale, il caldo e il mezzogiorno avevano la loro voce. Tutto quel frinire raccolto lì dentro vi condensava il caldo, quando a un tratto tacevano, l'orto e il caldo si slargavano in un vuoto dove era sospeso il silenzio.

In quell'orto apparivano strani vermi; ce n'era uno grosso come un lungo pollice di color nocciola coperto sul dorso di perline azzurre in file regolari, ma alterne come se le perline fossero i nodi di una invisibile rete in traliccio. E un giorno che nel bosco degli allori, credendolo un germoglio di verde più tenero feci per coglierlo, mi trovai tra il pollice e l'indice un lunghissimo lucido verme verde. Se avessi avuto un pezzo di pomice mi ci sarei raschiata la pelle.

Quell'orto decantato per la sua immensità, non era che un piccolo orto dilatato dalle parole. Un paio di alberi di alloro dallo smilzo tronco in mezzo ai loro cespugli diventavano un bosco; un breve arco di cerchio di piante di noccioli, diventava un boschetto; un modesto quadrato recintato diventava il Giardino. Era un piccolo spazio dilatato da parole rafforzate dalla fede;

la fede non vede, la fede crede. Crede e suggestiona, si arrivava a pensare come se stesse in prigione la gente fuori di lì, mentre noi vivevamo in uno spazio sconfinato. Ma che magico potere avevano quelle parole se a tanta distanza può succedere quello che è successo poco tempo fa.
L'orto era costellato da un'erba puzzolente che io chiamavo « l'erba dei pesci ». Quel cattivo odore per me era un tormento. Le compagne non se ne facevano nulla, da loro nessun accenno che qualcuna l'avvertisse. Invece a me bastava che il mio vestito la strusciasse o che mi capitasse di calpestarla, ecco quelle zaffate di puzzo che mi nauseava. Cercavo di nasconderne la sofferenza credendola una colpa, che se colpa proprio non lo era un'intolleranza che le altre non avevano, lo era.
Poco tempo fa in un vaso dal quale avevo cambiato la terra ne spunta un germoglio, la riconosco, è l'erba dei pesci. Qualcosa a cui non s'era pensato mai più che improvvisa ti resuscita davanti, questo fu per me ritrovare quell'erba che tanto mi disgustava. Ero io che mi ritrovavo, era quell'orto che ritornava. Strusciavo le dita su quelle foglie, le accostavo al naso, sì sì sì è l'erba dei pesci! Quel germoglio apparteneva alle cosiddette erbacce che spuntano contro la volontà degli uomini, ma io lo coltivai, lo innaffiavo, lo riparavo dal vento; eppure puzzava.
Dunque la magia di quelle parole che creavano boschi e lunghezze infinite era una magia che, falsamente esaltando il presente, ne timbrava il futuro, altrimenti adesso non avrei amato quella ruta puzzolente.

Si diceva, si pensava che eravamo state in Chiesa o che ci si andava, in realtà in Chiesa non mettemmo mai piede.
La Chiesa dedicata a santa Chiara perché prima delle Salesiane c'erano le Clarisse, era il vuoto intorno a cui accumulandosi a diversi livelli giravano tutti quei pezzi del nostro edificio adibiti al culto. Il vuoto della Chiesa si apriva a livello della strada con una porta senza coltrone. Il coltrone era una pesantissima tenda di doppio cuoio imbottita e trapunta di misura più grande della porta; impedire gli spifferi e l'aria fredda quando questa veniva aperta era il suo compito. Santa Chiara non ne aveva bisogno perché meta del pubblico lo era solo nel mese di giugno dedicato al Sacro Cuore. Io lo sapevo perché giugno era uno dei tre mesi in cui con la zia uscivo tutti i giorni; andavamo sempre in anticipo, lei non so perché, a me serviva per accaparrarmi il basso banchetto che dividevo con la tanto brutta e tanto buona Zoe, un banchetto che pareva fatto apposta per i bambini. Nell'attesa guardavo. Il soffitto era tutto coperto da enormi rosolacci di stucco bianchi senza spazio tra di loro, non erano a basso o altorilievo ma a tutto volume, nati rosolacci e applicati su quel soffitto a sesto ribassato, una delle esasperazioni barocche. A me il bianco non è mai piaciuto sicché non m'incantavo a guardarli come avrei fatto se fossero stati colorati. Invece non mi stancavo di guardare il quadro con la Beata Margherita Maria Alacoque, cognome che la mia mente cercava di abolire per non offenderla con una particolare cottura delle uova.
Vestita alla visitandina, d'insuperabile bellezza

il volto, la mano sinistra lievemente appoggiata sul petto, il braccio destro energicamente disteso nella stessa direzione degli occhi che guardavano in alto sì, non però ad un'altezza celestiale, ma a una serena altezza umana.
Quando la zia s'accorgeva di quel mio incantamento mi sussurrava « È del Podesti ». Il Podesti, un pittore che più grande non ci poteva essere e tanto vicino a noi che quel quadro glielo aveva chiesto la madre Caccialupi, allora ancora ad Offagna. Offagna, Ancona così vicine che si danno la mano.
Niente di agiografico in quel quadro, solo la bellezza offerta a braccio teso, a chi? Ad un invisibile Sacro Cuore o al mondo? Il Podesti non poteva dipingere donna più bella di quella. Se lo portarono a Treja il quadro e lo appesero sotto al coretto di destra dell'altar maggiore, non su uno dei tre altari; una donna di così fascinosa bellezza non può stare sull'altare, perché quella, donna era, non santa; per stare sugli altari l'effigie deve avere la stucchevole bellezza dei santi. È chiaro che in convento non lo vollero e fu già molto che una così conturbante bellezza fosse appesa in chiesa come alla parete di un salotto. Le mie compagne non la videro mai.

Di fronte alla grande arcata che univa la galleria con lo spazio della Scala Regia e della cucina, subito dopo la zona d'ombra, una semplice porta piuttosto grande, che però porta non era perché priva di battenti, era l'ingresso alla zona religiosa dell'edificio.
Entrando si aveva dirimpetto la scala che scendeva al grande Coro delle monache, a sinistra

davanti alla balaustra di ferro che proteggeva il vuoto della scala, un altarino col Bambin di Praga. Mai gualcita la tovaglietta leggermente inamidata, sempre freschi i fiori, sempre accesi i lumi. Impossibile portare noi un fiore, accendere un lumino, sarebbe stato come violazione di domicilio, peggio come furto morale. A tutto provvedeva suor Chiara la cui famiglia era proprietaria delle famose cartiere di Fabriano, lei lo era del Bambin di Praga.

Biondo e rosso quel Bambino di Praga con grande corona imperiale in testa, carico di ampia serica veste ricamata in oro e di un sontuoso manto da re, il più piccolo Re del Mondo; il mondo lo reggeva con la sinistra come una palla di gomma sormontata dalla Croce; con la destra ci benediceva quel Bambin di Praga che nei secoli lontani era chiamato « Il Piccolo grande ».

Nel paliotto di finto marmo, su fondo azzurro, il nome di Gesù in oro circondato da raggi che volevano parere fiamme vive; era il famoso nome di Gesù mai disgiunto da san Bernardino da Siena che con i suoi « bruciamenti delle vanità » era stato un piccolo predecessore del Savonarola. L'ultimo bruciamento fu quando fece fare un falò delle carte da gioco. Il pittore che le faceva diventava un disoccupato, non sapeva fare altro che dipingere quei fanti quelle regine quei re quei cavalli. Il santo gli abbozzò il nome di Gesù in greco e gli disse: fanne tante tavolette in azzurro e oro, vendile al posto delle carte da gioco. Lui stesso se ne aggiudicò una e per mostrarla e favorirne la vendita gli applicò un manico come al disco del capostazione; in mano a quel santo che predicava con ardore l'amore di Dio, quella carta da gioco tra le masse acquistò valore taumaturgico. Fu così che una carta da gioco diventò l'inseparabile cartello di san Bernardino. Bisogna fare attenzione ai cartelli dei santi anche se non si capiscono, come successe a quella donna che disperata per le continue liti col marito chiese aiuto alla statua di un santo che mostrava un cartello con la parola Charitatis che lei, mezzo analfabeta, a stento la decifrò « cara ti, tas »; il santo poi teneva l'indice dell'altra mano a croce con le labbra sicché non c'era dubbio, le aveva detto « cara te, taci », lei ubbidì e le liti cessarono. Questo raccontava suor Chiara che parlando pareva succhiare le uova.

Nel pensiero c'era la parola Chiesa, ma era una parola senza immagine alcuna. La Chiesa era in mezzo al complesso edificio come quell'inconscio che ognuno di noi ha dentro di sé. Noi non la vedevamo, noi passavamo, pregavamo in uno spazio che le girava intorno; la Chiesa era nell'udito, il sacerdote che celebrava, un vecchio che scaracchiava, noi si andava ai Coretti. Erano quattro schiacciati bovindi chiusi alla vista sia di noi verso il basso che della gente verso l'alto. Gli ultimi due, uno a destra, l'altro a sinistra dell'organo, collegati da un corridoio lungo il quale c'erano banchi e inginocchiatoi per noi, sedia e inginocchiatoio per la Madrina, questo era la nostra Chiesa.
Il collegamento dei Coretti in realtà era quasi un matroneo invisibile dall'interno della Chiesa, dove noi, non viste, potevamo girare. Il matroneo vero finisce di qua e di là dall'abside, è

aperto e chi ci sta vede giù, chi sta giù lo vede sù; il nostro, che era circolare e nascosto, aveva come spie cieche quei Coretti avanti ai quali si faceva la genuflessione per Gesù Sacramentato, il più nascosto di tutti giù nel vuoto della chiesa; se si correva facevamo un accenno di genuflessione, se la ragione di correre era tanta neppure l'accenno, solo che la corsa era il più leggera possibile, una corsa in punta di piedi.
Capitava anche alla Madrina che andava sempre in fretta. Ero con lei un giorno e tenevo il polso in modo che ci si potesse appoggiare comodamente, me lo strinse e disse « Siamo le farfalle di Gesù, gli giriamo intorno come le falene intorno alla fiamma ».
Il Coro era un locale grande poco meno della Chiesa, stava al suo livello, ma in direzione diversa, puntava ad angolo retto sul suo fianco sinistro; aveva l'aria d'essere di recente costruzione. Il breve spazio intorno ai tre lati isolati era il pollaio dove noi, come in Chiesa, non mettemmo mai piede, con la differenza che dall'alto dell'orto, nei paraggi dell'albicocco, vedevamo le galline, mentre non vedemmo mai neppure un fedele della Chiesa. Di misteri in convento ce n'erano tanti, uno era l'introvabile porta del pollaio.
Tolte le pareti e il soffitto il Coro era tutto di noce-massello più del Refettorio dove il pavimento era di mattoni. Quello del Coro un meraviglioso tappeto intarsiato di noce scura e noce chiara con diverse intensità di colore: dal chiaro dell'abete allo scuro dell'ebano; chiaro e scuro facevano uno spinato percorso da due guide con grosse stelle luminose contenute da fascie di

un fitto intreccio decorativo. Nel mezzo del Coro un grande rosone con gli elementi delle due guide. Su quel rosone un alto leggìo reggeva l'antifonario: antifona, voce contro voce.
Le suore giovani non sapevano il latino e neppure qualche anziana lo sapeva, ma tutte cantavano in Coro l'ufficio della Madonna. Salmodiavano lentamente, staccando bene le sillabe, facendo al perfetto unisono il silenzio sospensivo dell'asterisco con tale apparente comprensione come se capissero tutto. E forse capivano benché i loro libri non avessero traduzioni né dei salmi, né delle antifone né delle lezioni. Forse era la musicalità del latino a suscitare uno stato di emozione facilmente scambiabile con la comprensione. Nelle giovani poteva essere lo slancio della giovinezza, l'età che ha bisogno di amare, qualunque cosa anche una tonaca e una nenia musicale.
Nei giorni festivi quando l'ufficio lo cantavano col canto lento, monotono, sempre uguale per ogni mezzo versetto del salmo, la dolcezza scendeva anche in me, prototipo degli impazienti.
Il falegname che aveva composto quel meraviglioso tappeto ligneo e che nessuno chiamò mai ebanista, tanto meno artista, era un modesto artigiano di Sanginesio.
Sanginesio, mai sentito nominare prima, un paesucolo in cima a una montagna, di lassù il falegname Ciocci scese a Treja e con il legno che le suore s'erano portato via da Offagna compose quella meraviglia.
Doveva averla composta da poco perché parlavano di lui come se si aggirasse ancora in con-

vento, ma non avendolo io visto, mi si situò a grande distanza. Ciocci diventò una mia menomazione come lo erano tutte le cose di cui non avevo avuto il privilegio di poterle testimoniare come facevano le altre. Essere l'ultima venuta era umiliante e triste. Come educanda cominciai a esistere quando ne arrivò una dopo di me, ma dovetti aspettare non so quanto tempo!

Nella parete che ad angolo retto s'attaccava alla Chiesa c'era una grandissima grata di ferro nero e lucido nel centro della quale si poteva aprire uno sportello. Dal pavimento uno scalino intarsiato lungo quanto la larghezza della grata, faceva da inginocchiatoio. Al momento della comunione, col velo abbassato fin sotto gli occhi, una alla volta le religiose s'inginocchiavano avanti allo sportello e protendevano la lingua al sacerdote che vi deponeva la particola consacrata.

Quasi per tutta la lunghezza del Coro due banchi a metà distanza dalla parete e dalla guida del pavimento, uno di fronte all'altro di noce-massello con alta spalliera divisi a stalli senza braccioli, ma con massicci tramezzi sagomati. Le due file di stalli non avevano inginocchiatoio. La Visitazione, un ordine inventato per signore di salute delicata, non avendo esercizi penitenziali come altri ordini religiosi, ripiegava su minori mortificazioni: ginocchia a terra invece che sullo scalino di un inginocchiatoio.

Nella parete del Coro di fronte alla grata, tra due monconi di stalli uguali a quelli che lo percorrevano, c'era il trono della Superiora dall'altissimo solenne schienale, due scalini per salirlo; avanti al seggio un rialzo che se si fosse

prolungato con l'appoggiatoio per le braccia poteva essere un inginocchiatoio, ma non lo era; come le consorelle s'inginocchiavano sul pavimento lei si inginocchiava sul suo piccolo onorifico pavimento.
Sopra al rialzo c'era la clessidra che misurava i tempi della meditazione. Il filo di sabbia non colava più, con abile battuta delle mani tanto da parere di legno anch'esse, ecco il secco segnale d'uscita. Le suore si alzavano, si volgevano inchinandosi a lei e in due file seguendo le meravigliose guide del falegname Ciocci, uscivano dopo essersi genuflesse per il Santissimo che stava in Chiesa, in ordine sparso su per la scala che le riportava alla Galleria-livello-di-mare.
In quel collegio la clessidra era ancora in servizio attivo, non era diventata una memoria, non era passata al grado di soprammobile. Per le monache in affettuoso raccoglimento interno lo sguardo alla clessidra, al suo filo di sabbia che scivolava uguale da sopra a sotto, doveva essere come uno sguardo all'eternità. Uno sguardo alla clessidra nei momenti d'impazienza doveva essere come vedere scivolare una silenziosa morte.
Nel blocco di noce che componeva l'umile trono della Superiora, nascoste nel vuoto di quello che avrebbe potuto essere un rialzo per inginocchiarvisi c'era la clessidra da 8, da 10, da più minuti; da 5, da 2, da un minuto, anche così piccole filavano l'eternità. E noi si trovava naturale che le monache misurassero il loro tempo meditativo con quel silenzioso filo di sabbia.
Se la Superiora era assente e il finis l'aveva dato la sua Vicaria, le suore facevano ugualmente la

riverenza al secchio vuoto e questo faceva tanto *tempo del Re Sole*. Quando c'era lo capivo: un inchino alla autorità, un atto di devota sudditanza, un'espressione di rispetto, ma quando non c'era quella riverenza mi pareva buffa; siccome buffa non poteva essere e capirla non riuscivo, diventava un gesto semireligioso come baciare l'anello al vescovo.

Da due parti si raggiungeva il Coro: dalla scala che si apriva di fronte al Bambin di Praga e dal Capitolo. « Il Capitolo » un altro dei misteri che giravano lì dentro. Era un'ampia stanza quadrata con intorno sedili di noce senza spalliera ribaltabili, ognuno offriva un ripostiglio; che ci fosse dentro non lo so, non mi venne mai in mente di controllarlo, ci potevano essere stracci, scopette, libri, incunaboli o niente. La parete di fronte all'entrata aveva un altare senza fiori e senza candele, pensionato o defunto; a destra la scala che con due rampe scendeva in Sacrestia di dove si poteva entrare nel Coro. Risalendo al Capitolo, a sinistra dell'altare, un'apertura che faceva tutt'uno con la curva avanti all'ultimo coretto dove cominciava il nostro luogo chiamato Chiesa. Nello slargo della curva una grande finestra e gli scalini che salivano al campanile, un pianerottolo buio, polveroso nel quale però si distinguevano le corde che bisognava tirare per far suonare le campane; la suora che vi si attaccava s'alzava e s'abbassava in obbedienza al movimento della campana. Il campanile era il punto favorito dei fulmini comuni, i più grossi lo snobbavano.
La Madrina era tutto: amministratrice gene-

rale, economa, esaminatrice delle pretendenti, maestra delle novizie; compilava e faceva stampare le farraginose circolari che si dovevano mandare a ogni monastero visitandino; corrispondeva con l'Arcivescovo e con la Santa Sede; teneva le necessarie pubbliche relazioni col mondo; fittissime quelle con le famiglie delle collegiali perché già si sa che del collegio era la direttrice, ma che ne fosse l'unica insegnante questo non si poteva neppure supporre. Superiora effettiva lo fu per tre anni, non venne rieletta; però talmente unita alla Caccialupi costantemente rieletta, che era come se lo fosse. Un fenomeno. Nel loro silenzio molte religiose pensavano che il fenomeno fosse di accentramento. Quelle sulle quali il suo fascino faceva presa si distinguevano per la sofferenza di un'acuta gelosia; in quelle altre, inespressa e cupa era l'antipatia e la condanna.
Ma lei padrona di tutto, sovrana incontrastata di muri e di persone, da alcuni ricercata come si cerca l'aria quando manca, da altri sopportata come nell'impossibilità di liberarsene si sopportano le pulci, lei chi era?
Forse un essere composito con un suo nucleo duro e pesante; questo centro doloroso cominciai a supporlo quando lei continuava ad avermi in uggia. Di certo il suo nome non era un nome, ma un mazzo composito di nomi diversi: Elvira fino alla sua vestizione nella Visitazione di Lucca; col cambio della veste c'è il cambio del nome, « l'Elvira » diventò suor Margherita Maria. Le educande alle quali fu addetta, la chiamarono Smitmaria. Lasciò Lucca per dirigere il trasferimento delle visitandine da Offagna a Treja e

qui, diventando presto superiora, fu chiamata Madre, ma dal piccolo educandato che lei aveva già formato uscì un nomignolo che si confaceva alla sua minuscola figura, Madrina, piccola madre; un affettuoso vocativo trasmesso alle future collegiali e relative famiglie. Quando non fu più superiora solo per la comunità fu suor Deposta, all'infuori restò « la Madrina ». Ma lei che nelle firme ufficiali doveva scrivere Margherita Maria Masi per tutto il resto inventò una sua firma apparentemente sbrigativa, « M^3 », in realtà era il suo nome elevato al cubo, il suo nome moltiplicato tre volte per se stesso, *emme alla terza potenza*.

Era nata a Lugo di Romagna, un bosco sul mare. Un giorno accennando al suo paese allargò le braccia e disse « Acqua, acqua tutt'intorno; terra d'alluvione ». Lugo per me diventò qualcosa come Betlemme.
Le romagnole, che nel collegio prevalevano, cantavano « Un cardinal recatosi a Lugo di Romagna per visitare in regola le chiese di campagna... » e poi? Non so più, non sono mai riuscita ad imparare niente oltre i principi. In principio era il Verbo, dice Giovanni; principio è invece il mio solo verbo. Dopo poche parole uno scatto taglia e chiude la memoria.

In religione tra uomini e donne è facile incontrare individui attaccati ancora ai genitori, soprattutto alla madre, innamorati della propria infanzia e di quella adolescenza non ancora cosciente della propria giovinezza in cui hanno abbracciato lo stato religioso, talmente innamo-

rati della freschezza di quella loro età che finiscono col diminuirsela. Questo non succede a quelli che non ci hanno pensato tanto presto, che si sono guardati dattorno prima, che hanno avuto altri progetti e tentato strade diverse.
La Madrina come se fosse venuta al mondo da se stessa, dei genitori mai una parola, nominava il fratello generale perché era lui a cercarla, a non staccarsi da lei; entrare in collegio e conoscere il signor Tullo era la stessa cosa; veniva spesso e aveva piacere di parlare con noi della sua Elvira. La prima volta che lo vidi le portò occhiali montati in argento e artistiche forbici dentro un loro astuccio di pelle. Le grandi raccontavano che, colpita dal crampo degli scrittori, fu lui a provvederla di quel leggerissimo cannello di sughero, panciuto al centro assottigliato alle estremità, col quale solo poteva ancora scrivere.

Offagna e Fognano, due paesi che pur sapendo di fogna lì dentro erano di capitale importanza. Con Offagna e Fognano cominciai a scoprire che i nomi si cercano se si assomigliano e in qualche modo si legano. Offagna doveva essere un paese piccolissimo dato che a Treja nessuno ne aveva mai accennato, neppure col solo nome e un braccio teso a indicarne la direzione come fecero con l'Aspio.
Io posi il fatto nella preistoria, ma erano appena dieci anni che le salesiane si erano trasferite da Offagna a Treja. Come a casa si nominava Macerata lì dentro nominavano Offagna. Con Offagna mi apparve quel che in paese non esisteva, la distanza tra i fatti che legavano cose e

persone, distanza infinita per me che non c'ero. Scolastica, la mia ottantenne bambinaia, cominciava le sue favole con « c'era una volta » che mi buttava lontana, nel sogno di un altro mondo; così faceva Offagna. Per il difficile trasferimento avevano chiesto un abile aiuto al monastero di Lucca. Questo, felicissimo di liberarsi di una religiosa scomoda, mandò suor Margherita Maria Masi, felicissima a sua volta di venirsene via; il signor Tullo diceva che si fosse proposta lei stessa di partire per Offagna. « Anche se mi pentissi resterei » aveva detto alla contessa Pasolini, l'amica di Carducci. Meglio non poteva andare, non era lei che se ne andava, era la comunità che la cedeva a un'altra comunità.
La monaca scomoda di Lucca fu comodissima all'unica grande intelligenza di Offagna, la superiora Maria Teresa dei conti Caccialupi Olivieri. Lo furono subito e restarono tanto legate che a me parvero il fenomeno di due età in una sola vita.
Da Lucca la Masi portò con sé una scatola molto capace dalla quale uscivano fuori, con lo stesso grande formato, monache e monache tutte in piedi con la bianca tonaca domenicana; tra queste la madre Lega, forse le due madri Lega. Una era la superiora del collegio-convento fondato a Fognano dal faentino Emiliani « per l'educazione delle fanciulle », tra le fanciulle ci fu la figlia di Byron. Una grandiosa costruzione che tra chiesa e convento accoglieva numerose opere d'arte, prediletta e protetta dal cardinale Giovanni Maria Mastai Ferretti.
Era talmente aristocratico quel collegio da provocare una clamorosa reazione. Una delle due

madri Lega se ne uscì per dar vita in Modigliana a un collegio per ragazze povere. « Qui aristocrazia di sangue e di censo, da me ci saranno le povere, le orfane, le abbandonate » dichiarò nell'andarsene.
La decenne Elvira Masi fu messa a Fognano. Ne era superiora l'altra madre Lega quella che da ragazza era stata fidanzata col giovane conte Mastai Ferretti.
Il 1870 era alle porte, presentendo che sarebbe stato l'ultimo suo giro per le Legazioni, Pio IX volle andare a Fognano.
Doppio imbarazzo della madre Lega, quello lì davanti che era il papa, era anche quello che... Il Papa le stava dicendo: « Vedete che abbiamo fatto bene a non sposarci; voi come religiosa siete arrivata a superiora generale, il sommo della vostra carriera, io come prete sono arrivato a papa, nessuno di noi due può andare più su ».
L'imbarazzo si sarà dissolto o infittito?

A Bologna mi capitò di conoscere una vecchia signora già compagna nel collegio di Fognano di Elvira Masi; io chiedevo chiedevo e lei fredda rispondeva con un'alzata di spalle, con un movimento delle labbra, poi disse che lei era con le piccole mentre l'Elvira era già con le grandi, perciò la vedeva poco. Ma trovò voce ed energia per dire « Certo però che aveva un caratterino... Dio! ».
« E si fece suora per una delusione... » dissi.
« E per non stare a ricasco del fratello » completò lei.

Ma da Lucca non s'era portata via solo la scatola con fotografie delle domenicane di Fognano, ma anche un librone scritto dal fondatore Emiliani; ripiegata alla fine del libro, un'immensa pianta topografica dove si contavano gli alberi della Montagnola. « E c'era anche una montagnola dentro l'orto » pensavo.
C'era, essa sola avrebbe ingoiato tutto il pezzo ultimo di Treja, da san Michele alla grande piazza dell'ospedale; il nostro famoso viale diventava un suo lombrico.
Da Lucca, senza scatola perché ne era piena lei, s'era portata una grande ammirazione affettuosa per il gran maestro della massoneria, Adriano Lemmi. E ne parlava, lei così parca di notizie, ogni volta che ne avesse la possibilità. La lingua batte dove il dente dole, dicevano in paese, ma lì non c'era dolor di dente, lì c'era tenerezza di cuore e tanta soddisfazione per averne goduto l'amicizia. Erano una raggiera, luoghi e persone; Carducci eletto deputato repubblicano a Lugo; Carducci e i conti Pasolini, tutt'uno; la giovane Elvira Masi sempre vicina ai Pasolini e a Carducci che quando rifiuta la cattedra dantesca con chi si sfoga? Con Adriano Lemmi.
Il nome di Adriano Lemmi per me era il nome di un santo demonio, più santo che demonio.
Nell'ora di lavoro una di noi leggeva a turno; i libri, naturalmente, li sceglieva la Madrina. Perché ci fece leggere: « Massone e Massona – Descritti dai documenti autentici dei settari – Racconto storico del padre Giov. Giuseppe Franco D.C.D.G. – Estratto dai quaderni della Civiltà Cattolica 1887-1888 »?
Due volumi rilegati insieme – sul frontespizio

del volumone c'era scritto « Alla Dilettissima Smitmaria le affezionate figlie Maria e Teresa – 17 ottobre 1890 ».
S'era portata da Lucca anche quel volumone che spalancando il nascosto inferno della massoneria avrebbe dovuto immunizzarne il mondo. Insopportabile lettura se ogni tanto non fossero apparsi il grande Architetto dell'Universo, i Potentissimi, i Veneratissimi, i Kadosch, i Cavalieri Rosacroce, il Grand'Oriente, le Logge, le Carbonerie, Le Vendite, Triangoli, Squadre, Compassi, Cazzuole, i Trentatre, i Venerabili che provocavano interruzioni da parte della Madrina pronta a cogliere l'occasione per parlare di Adriano Lemmi. Cominciando dal suggestivo Rosa Croce, quei nomi mi affascinavano con i tre puntini a triangolo che sparsi su tutta la massoneria la rendevano simile a un sentiero breccioso. Quel che proprio non mi piaceva era il grembiulino.
Ma perché ci fece leggere « Massone e Massona » se poi non poteva fare a meno di confutarlo? Un'anfora romana da secoli affondata nel mare tornando alla luce è incrostata di rena, alghe, pietruzze, conchigliette. Da un quarto di secolo la Madrina era monaca, volere o no qualcosa di quella vita s'era depositato su di lei, un'incrostazione che assomigliava a un rimorso dato che smettere la glorificazione di Lemmi, luce senza ombra, onestà senza difetto, non poteva; con Massone e Massona si dava l'antidoto al veleno che non cessava di propinarci.
Quando lei fu a capo dell'educandato di Lucca, il Grande Maestro della Massoneria le affidò le sue nipoti; occasione unica per ritrovarsi in par-

latorio e abbandonarsi a lunghe conversazioni. Quando con noi accennava alle ragazze non lo faceva individualmente, diceva « le Lemmi ». Nel pronunciare quel nome ci si sentiva l'orgoglio d'essere stata la confidente di quel Santo Padre della Massoneria.
Ma quell'uomo non era soltanto framassone. Sempre legato a Mazzini fu grande patriota; viaggiò per tutto il mondo con incarichi politici e finanziari, Kossuth e Garibaldi si appoggiavano a lui. Quando rientrò definitivamente in Italia l'Elvira aveva cinque anni. Monopolio dei tabacchi, concessioni ferroviarie e sovvenzioni all'uno o all'altro dei movimenti rivoluzionari nel mondo. Era già soprannominato il banchiere della rivoluzione italiana.
Essa aveva voluto monacarsi e stava lì perché, l'aveva già detto, ci sarebbe restata anche se si fosse trovata male. Male ci si trovava, Adriano Lemmi era il contrappeso necessario per il suo equilibrio.

Perché era finita in convento? Per una delusione amorosa; ce lo ripeteva il signor Tullo. Mai però un accenno intorno a colui che l'aveva stroncata.
Su quella delusione sorse l'illusione. Cristo la chiamò, non col suo nome, ma con quello della evangelica innamorata: Maria, non direttamente, ma per interposta lettura.
Stava piangendo Maria di Magdala quando si affacciò al sepolcro spalancato: i lini in terra e due angeli seduti, uno a capo l'altro ai piedi.
« Donna perché piangi? » le domandarono.
« Perché hanno portato via il mio Signore e non

so dove l'hanno messo». Sempre cercando si voltò indietro, c'era un uomo che le chiese: « Donna, perché piangi? Chi cerchi? ».
Credendo che fosse l'ortolano gli disse: « Signore, se tu l'hai portato via, dimmi dove l'hai messo, correrò a prenderlo ».
Un morto è pesante, ma l'amore può tutto.
« Maria! » dice l'ortolano. Il suo nome e quella voce lo rivelano, è Gesù.
« Rabboni! » grida lei e tenta di abbracciarlo.
« Non mi toccare » impose il Maestro.
Questo racconto si legge nel Vangelo di giovedì dopo Pasqua. In uno di questi giovedì a Bologna, a Lugo, o altrove celebrò e tenne l'omelia il gesuita romagnolo Alessandro Gallerani, forse il più grande e sereno oratore di quell'epoca ancora tesa fra ciò che era stato e ciò che era. Con lui sul pulpito le chiese si riempivano perché tutte e due le fazioni avverse volevano la pace.
In quel giovedì, tra la folla c'era « l'Elvira »; nel vuoto desolato della sua delusione precipitò la chiamata del divino ortolano « MARIA ». A padre Gallerani confidò quella chiamata. Un uomo l'aveva abbandonata, un Dio la raccattava, non come cencio, ma come oggetto prezioso.
Questa chiamata è la vocazione.
« *Vocazione* » una parola che riempiva il collegio; ci suggerivano di pregare perché il Signore *ci desse* la vocazione. Ma se è una chiamata, pensavo, non mi deve dar nulla, basta che mi chiami per nome.
Tutto sommato la vocazione se l'era imbastita da sé perché la vocazione è *una scelta*. Se quella scelta è voluta da Dio, bisogna dire che Dio ama i pugni dei pugilatori.

Ma se alla scelta si toglie l'alone mistico, si riempie di umanità, di passione, di eroismo. Questo fu la sofferta vocazione di Elvira.
Quanto tempo passò da quel giovedì dopo Pasqua al giorno in cui a Lucca davanti al convento attaccato a Porta Elisa, andava su e giù non potendo risolversi a suonare per farsi aprire?
I religiosi e le religiose che vivevano in convento chiamavano *secolari* quelli che ne erano fuori; essere nel secolo significava vivere fuori dei conventi. Tra la strada e l'interno c'era un vano dove i secolari arrivavano per comunicare con la comunità. Da noi era in cima alla lunga scala, a Lucca non c'erano scale, era pianoterra.
La contessa Pasolini l'accompagnava. Per toglierla da quell'agonia, « Suoniamo? » le diceva, e lei « No, aspetti ancora un po' ».
Finché la contessa che tutto sapeva, che s'era unita al fratello per dissuaderla di fare quel passo le disse:
« Ma non andare se non vuoi ».
« No, vado, ho deciso così ».
« Ricordati che sarai in prova, se non ti va potrai uscire ».
« Lo so, lo so. Ma so pure che non ne uscirò anche se ci starò male, anche se mi convincerò che ho sbagliato ».
Andavano su e giù, ogni tanto la Pasolini faceva il tentativo di suonare, ma lei supplicava:
« Aspettiamo, aspettiamo ancora un poco, quando avremo suonato, è finita ».

Ora per me dolcissima
i tuoi momenti affretta
la gioia che m'aspetta

gioia mortal non è.
Invan creature labili
domandan l'amor mio,
son tua lo sai, mio Dio,
niun può rapirmi a te.

Io ero l'ultima venuta e non sapevo quel che le altre sapevano. Per me erano parole senza radici come le spore trasportate dalla bellezza. Parole che vagavano intorno. Chi le aveva diffuse? Chi le aveva messe insieme? La Madrina forse. Dunque era arrivata ad amare la scelta che aveva fatta. Ma potrebbero anche essere frutto dello sforzo che faceva, una volta entrata in convento, per adeguarsi a quella vita. Un aiuto che dava a se stessa. Conquistai il segreto dell'universo quando seppi di quel giovedì dopo Pasqua. Chi me lo disse? Non so; lo chiusi nel cuore come se mi fosse arrivato da solo.
Poi da solo apparve un cartoncino coperto di tante piccole margherite dipinte dietro, non le contai, forse una parola per ogni margherita:

E disse a lei: Maria! Nome d'amore
che volse in gioia l'affannoso pianto
dell'amorosa donna e tutto il cuore
le ricercò con un fremito santo.
Si ch'ella riconobbe il suo Signore
e nel cadergli ai piè gli disse: Oh, quanto!
chiamandolo Maestro e con nuovo ardore
all'adorato ben si strinse intanto.

Io non vedo nulla della psiche delle persone, non vedo il perché dei fatti, vedo solo quel che appare. Del carattere della Madrina non so dire altro che mi sembrava contraddittorio. Si vanta-

va che nessuna delle sue ex educande avesse messo in collegio le proprie figlie e intanto esaltava la vita religiosa buttando nel ciarpame quella dei secolari.
Però so con sicurezza che non prendeva sottobraccio, non prendeva per mano, ma si appoggiava con la sua al polso di quella che le era vicina, la quale, sollevandolo, glielo offriva tenendolo saldo e rigido. Con qualche pressione delle dita sottolineava ciò che stava dicendo.
Altrettanto sicuro il suo bisogno di costruire. Finita una fabbrica ne progettava un'altra e presto arrivava il nuovo cantiere.
Se avrà mai sognato di camminare per prati e campi, certo avrà detto a quella di noi al cui polso s'appoggiava: Vedrai, vedrai che belle costruzioni faremo qui.
Era una passione e nello stesso tempo l'unico aspetto lampante del suo carattere. Non c'era soluzione di continuità. Il desiderio ne parlava, il progetto prendeva forma, arrivava presto il cantiere e si abbatteva un muro, se ne alzava un altro, si foravano tetti, apparivano camere dove non c'era nulla. « Non può stare senza muratori » diceva benevola suor Celestina dagli occhi celesti. Per noi vederla indaffarata tra i muratori era naturale.
In una grande segheria il frastuono è normale, se a un tratto cessa, il silenzio è stupore e paura. Per noi fu solo stupore e non istantaneo, si condensò lentamente in assenza di cantieri e di progetti. Stava per esplodere un edilizio « come mai? » quando si vide il campanile ingabbiato e tra l'impalcatura i muratori che operavano.
Sicurissima era la stanchezza di quella piccola

donna che si era autocaricata di pesi enormi, quando coricandosi diceva: « Sia benedetto chi ha inventato il letto ».
Precedendo di poco Pirandello ebbe la mania dei fiammiferi, meglio, l'avarizia dei fiammiferi; chiedergliene uno significava affrontare un interrogatorio da tribunale. Una mania da sorriso, un po' strana, ma niente più.
Stranissime furono invece le sue malattie. Una, nome e decorso misterioso, la ebbe per mancanza delle mutande. Negli indumenti prescritti dalle regole dell'Ordine quel capo è escluso, lei dovette toglierle e se ne ammalò.
In un'altra misteriosa e disperata malattia fu salvata da morte col brodo di ranocchie.
A volte era assalita da un male per il quale era necessario distenderla per terra senza cuscino in qualunque punto si trovasse. Io non vidi mai questa distensione ed era una delle tante menomazioni che avvertivo per essere l'ultima entrata. Quelle entrate prima di me raccontavano che più volte durante la Messa loro stesse erano state costrette a distenderla per terra, lì nei Coretti. Il sacerdote offriva a Dio l'Ostia consacrata elevandola con tutte due le mani verso il cielo, esse allungavano sul pavimento la loro Madrina.

Pare che gli occhi siano le finestre dell'anima; un'anima in vetrina ora che gli occhiali son tanto diffusi. Ma il sorriso che non ha paraventi è forse la cosa che più di tutte rivela l'animo di una persona: se è trattenuto si vede e quel freno parla; come parla quel mezzo sorriso a bocca chiusa con un solo angolo delle labbra sollevate.

Il sorriso non ha età; se restano i denti, meglio quelli finti, il volto può essere vecchio, ma se il sorriso appare è quello di sempre.
Pochi anni fa, tutte e due vicine alla fine della vita, ci demmo appuntamento Olga Manzoni e io; non ci eravamo più riviste da quell'epoca in cui distrigò i miei capelli cercandoci i pidocchi che non c'erano più. Lei mi aspettava in un angolo stabilito della piazza; stava là una donna in declino, alta, più corpulenta di allora, con un viso devastato. « Ne hai avuti di dolori, povera Olga, e si vede » pensavo avvicinandomi mentre lei non mi aveva ancora scorta, ma a un tratto mi vide e rise, il riso di allora! Con quel sorriso il volto devastato ricordò quello di Olga collegiale.
La Madrina ne aveva due di sorrisi; uno era della monaca, sempre uguale, con gente estranea su quel sorriso chinava leggermente la testa da un lato. L'altro era dell'Elvira, di una romagnola dura, qualche volta crudele, sempre maliziosa.
In un qualche libro del P. Bresciani, o del P. Franco, aveva letto qualcosa sui scandalosi vestiti moderni maschili la cui giacca finiva dove avrebbe dovuto cominciare. Ogni tanto ripeteva questa osservazione e rideva di gusto mettendosi una mano avanti alla bocca, quasi a nasconderne la malizia.
Io che sono stata sempre beata non capivo perché l'oscenità si condensasse nel punto in cui le gambe biforcano; per camminare bisognava che fosse così.
Nel testo di storia dedicava a Papa Clemente XIV un brevissimo capitoletto che finiva...

« soppresse la Compagnia di Gesù e morì di scorbuto ». A questo punto rideva di cuore sia nell'assegnarci quella lezione, sia quando la ripetevamo e l'anno dopo con un'altra classe a quel punto la stessa risata.
Per la pedagogia adottava un testo in tre volumi del De Dominicis. L'aveva conosciuto, lo ripeteva ogni tanto con un che di mistero che pareva lieve allusione, qualcosa ci doveva essere, sulle parole sorvolava un sorriso che per un po' durava anche nel silenzio, un sorriso che stava guardando lontano, che suscitava in noi possibili simpatie amorose e religiose rinunce.
Ma ci fu un terzo sorriso, apparve una volta sola e io lo fotografai. Sopra un alto mucchio di terra a fianco della buca scavata per le fondamenta di una nuova costruzione, con accanto secchi e badili, a braccio teso teneva un lungo filo a piombo, il viso leggermente voltato verso di me accucciata in basso con la macchina fotografica che lei non vide, guardava però in alto nel vuoto e sorrideva, guardava e sorrideva a qualcosa che la illuminava come un riflesso di sole. La fotografia che la ritrae è quella che chiamo « la visione ».
Quando entrai in collegio le mancava già un dente, il canino superiore di destra.

Lì dentro il papa era il papa, forse anche il pontefice, mai però il Santo Padre. Il Santo Padre era solo san Francesco di Sales, Vescovo-Principe di Ginevra, fondatore della Visitazione insieme con la baronessa Chantal vedova Fremyot.
Esaltavano tanto la verginità le nostre monache

che nel sottofondo forse avevano un po' di pena che la loro Santa Madre fosse vedova e non vergine, perché non cercarono mai di farci capire che era una delle pochissime sante complete; una donna che tutto aveva sperimentato e sofferto, una donna la cui vita s'era svolta nella sua interezza.
S'erano incontrati a Digione, lei, già vedova, in cerca di una direzione spirituale che incanalasse la sua esuberante attività. Abilissima nel curare gli infermi, cercava i più poveri e quelli che, per lo schifo emanante dalle loro miserie, erano abbandonati. I due s'intesero, i colloqui si susseguirono lunghi e frequenti. Lei parlava, svuotava se stessa, il vescovo ascoltava e con la sua luminosa forza ammantata di dolcezza a piccole tappe le tracciava la strada che il suo spirito doveva seguire.
Un giorno assolato, sotto un bersò lei riferiva ciò che aveva fatto, ciò che era arrivata ad ottenere e il vescovo disse tra sé « Piove la grazia di Dio su quest'anima », ma lei afferrò solo « Piove » e « Lasciamo piovere, Monsignore, intanto continuiamo a parlare » disse lei.

I fondatori di ordini religiosi dicono di averli eretti perché quella era la volontà di Dio. Aspettando una risposta che non verrà mai, mi domando: come faranno a distinguere quel limite oltre il quale non è più lecito affibbiare a Dio i propositi della propria natura organizzativa?
Il dubbio non riguarda Francesco di Sales, immensa anima moderna oggi, come ieri, come sarà domani, perché squisitamente umana. Egli non sfuggiva nessuno; incontrava tutti, santi ed

eretici, amici, nemici e indifferenti; la sua santità priva di fenomeni mistici, è imitabile dagli uomini di ogni tempo.
Agli uomini egli guardava abbandonati nelle loro miserie e pensava che gli ordini religiosi, chiusi nel loro splendido isolamento, per queste miserie non facevano nulla.
« Ebbene » disse alla baronessa di Chantal e alle altre dame che le si erano affiancate « voi vi dedicherete a queste miserie, avrete per clausura le strade, per casa le case dei poveri che visiterete per curarne le malattie fisiche e morali; vita d'azione la vostra, nell'esercizio della carità verso i poveri, per questo la vostra unione si chiamerà Visitazione Santa Maria, visiterete e vedrete ».
Tutto bene andava, le Visitandine visitavano e si moltiplicavano; nel tepore del clima meridionale le autorità civili ed ecclesiastiche, il popolo, tutti felici della nuova vita religiosa che affiancava il passato senza distruggerlo allargando la fede e la chiesa.
Ma non fu così a Parigi. Come? Religiose che se ne vanno per le strade? Religiose che entrano nelle catapecchie e ci si fermano? Ma questo è uno scandalo!
La Visitazione fu abolita, non doveva esistere più neppure il nome, Visitazione sarà cambiato in Presentazione. Francesco di Sales con immenso dolore aveva obbedito e ritirato dalle strade le sue figlie in un convento di clausura.
Sulla richiesta che andò a Parigi scrissero Presentazione, ma l'autorizzazione tornò con la parola « Visitazione scritta in oro » raccontavano

le mie suore. È chiaro, chi stese il documento pensava di scrivere Presentazione e non Visitazione; un lapsus. La Visitazione si chiama così da quasi quattro secoli, senza che vada, senza che veda.
Amico di Francesco era Vincenzo de' Paoli, entusiasta della prima Visitazione, addolorato per la sua condanna, parlandone con lui, con la Madre Chantal, con le altre, l'idea non morì; fu un granello che presto spigò. La società e le autorità oramai assuefatte all'idea videro fiorire l'opera ospedaliera delle *Figlie della Carità di San Vincenzo de' Paoli*.

Il nuovo ordine della Visitazione apriva le porte a tutte le età e a tutte le debolezze fisiche. Per servire Dio non è necessario come nei concorsi statali un limite d'età e avere le physique du rôle.
La Visitazione, mi spiegavano nei primi tempi quando ero quasi assente, è stata istituita per donne di costituzione delicata che non potrebbero sopportare la vita austera degli altri ordini religiosi dove il mattutino si canta spezzando il sonno, a metà nottata, oppure costringendo ad una levataccia assai prima dell'alba, noi invece, dato che liturgicamente domani comincia dopo i Vespri, dopo la chiusura ultima di Compieta, diciamo mattutino prima di andare a letto.
Nella penosa passività di quel primo tempo, « Tu passerai per la porta di San Claudio », frase profetica detta da chi non so, squarciò una mia assenza; il 6 giugno diventò la Porta di San Claudio.
I due santi fondatori presiedevano uno l'inver-

no, l'altra l'estate: 29 gennaio il Santo Padre, 21 agosto la Santa Madre. A questa festa era legato un bicchierotto di limonata col quale libavano insieme noi e le monache. Era acqua intorbidita da qualcosa che poteva anche essere un po' di zucchero e di limone.

Nostro era il vestito, quello delle religiose era l'*Abito*, il sacro Abito indossato il giorno della Vestizione dopo aver deposto l'ultimo vestito secolare; assumendolo diventava un vincolo che legava a Dio.
Però le stanze dove li confezionavano, dove li riparavano, si chiamava « la Vestiarìa » e la capo delle suore ivi addette « la Vestiària » cambiava l'accento.
Simmetrica con la porta della Vestiarìa era quella della Comunità. Qui non cambiava neppure l'accento, Comunità era la grande stanza, comunità era l'insieme delle suore che vi si riuniva. « La comunità è in Comunità ». Preceduta da una anticamera era un largo lunghissimo rettangolo con solo sedie tutto intorno, neppure l'ombra di un tavolino. Il posto della Superiora e delle maggiorenti, di fronte all'ingresso; sopra a loro una vecchia tavola sagomata di color bluastro, elencava tutto quello che la carità è, tutto quello che non è.
Tra la porta della Comunità e quella della Vestiarìa c'era un altare che se quello del capitolo mi sembrava defunto o pensionato, questo era senz'altro scheletro d'altare.
La porta della Vestiarìa introduceva anche alla « Lingeria », erano su due piani diversi. Sopra alla Comunità non c'era nulla; era stato uno dei

primi cantieri della Madrina; sfondando il vecchio tetto e alzata una parte della facciata, aveva rubato al vuoto lo spazio per la Comunità.
Tutto questo stava nella galleria sopra a quella linea-di-mare, galleria dove sfociava la scala Regia e si aprivano le porte delle celle. Tra una porta e l'altra due pilastri con capitelli, sopra alla porta in grosse lettere nere il nome di un santo con la sua particolare virtù. La galleria era di scagliola, lucidissimi i pilastri che parevano di marmo, meno lucide le pareti. In fondo, alto sul cielo alto, un immenso finestrone da cui sgorgava il fiume di luce che invadeva la galleria; in penombra solo lo scheletrico altare e le porte allato.

Le monache non potevano usare i bottoni; la loro biancheria era tenuta chiusa da fettucce e da lacci. Il pesante bustino bianco a cui era attaccato il sott'abito di lana nera, si allacciava davanti con buchi e stringhe. Per tutto il resto solo spilli.
Forse a Francesco di Sales piacevano le spille, non quelle preziose, ma le spille umili, quelle che sono davvero piccole spine. E doveva anche portarle su di sé se è vero che ne tolse una di sotto la mantellina vescovile per offrirla alla baronessa Chantal affinché riducesse un poco lo scollo del vestito troppo aperto sul petto.
Le monache degli ordini recenti sono tutte aliculate; la romana alicula, l'odierna pellegrina o mantellina fatta non solo per nascondere il petto, ma per abolirne l'esistenza.
Le nostre niente alicula, ma un monte di lana nera tra cui scomparivano le piccole e ingiganti-

vano le grandi. Sopra all'ampia sottoveste la tonaca di un tessuto più pesante a pieghe fonde, stretta alla vita da una bassa cintura; grandi maniche foderate con la stessa stoffa fino a dove si poteva vedere una volta risvoltate; ché se non lo erano scendevano un mezzo palmo dopo le dita. Per tenere le braccia al sen conserte infilavano un braccio nella manica dell'altro, sicché in ogni manica c'erano due braccia e davanti un mucchio di stoffa, un agglomerato di pieghe che nascondevano il petto e pancia.
La tonaca non cambiava mai durante i giorni, i mesi, le stagioni. Sia che sfaccendassero per le pulizie o che in Coro cantassero o meditassero mentre la clessidra filava la sua sabbia, sia che mangiassero o si ricreassero, sia che ricevessero l'Arcivescovo o accompagnassero gli operai, la veste era sempre quella. Una volta all'anno se la cambiavano; dalla Vestiarìa scendeva quella dell'anno precedente accomodata, lavata e stirata, in Vestiarìa saliva quella che portava con sé l'usura di un anno.
La tonaca di suor Raffaella, la cuciniera, emanava sentore di grasso cucinato. Quelle che l'aiutavano andavano e venivano, un'ora in cucina e poi a lustrare le scale a zappare l'orto sicché l'odore grasso assorbito in cucina svaniva. Ma suor Raffaella stava sempre lì dentro; lei e la sua tonaca erano immedesimate con la cucina.

Quando andava in Coro, in Parlatorio e in Refettorio, la Madrina teneva il sacro abito come andava tenuto, altrimenti, quasi rimboccasse le maniche, rimboccava la veste, vale a dire la sollevava davanti, scoprendo la sottoveste e la fer-

mava dietro, al punto della vita, con due grossi ganci di acciaio, maschio e femmina; la forma quella degli uncinelli che servono per i nostri vestiti, la proporzione quella di un grano di riso con l'uovo. Reggevano l'ampiezza della veste che ricadeva dietro quale ponderosa coda. Facendo giardinaggio, o servendoci a tavola, legato alla vita aveva un grembiule grigio scuro, unica cosa di leggero cotone sulla montagna di lana nera.
Anche quello che si chiamava « Velo » era di un fitto tessuto di lana nera. Per fissarci il velo la testa doveva essere fasciata in bianco prima, poi in nero; su quella stretta fasciatura con le spille appuntavano il velo, doppia piegatura sopra alla fronte per poterlo tirar giù fin sotto gli occhi in presenza di uomini. Appuntato sulle spalle con una certa larghezza per poter volgere il capo da una parte all'altra, veniva rimandato indietro; il doppio pizzo che ne sarebbe risultato non c'era, finiva pari pari. Quei due pizzi li aveva tagliati il Santo Padre nelle prove dell'abito; di quella angolatura con cui lui li aveva tagliati, nei secoli intercorsi si continuarono a tagliare. Quello che stavo osservando aveva una gobba « La fece lui e voi continuate a farcela? » chiesi. Non mi risposero.
In tanto nerume il viso era rischiarato dal soggolo di lino bianco, liscio; dopo l'incavo per il volto finiva a rettangolo; le spille che lo tendevano sulle spalle e sul petto lo tenevano liscio e tirato. Quel grande e semplice chiarore sotto e intorno al viso era il galeotto del Sacro Abito.
Di sotto al soggolo, appesa a una ruvida massic-

cia fettuccia di lana nera fissata sul dorso alla cintura sotto il velo, pendeva una pesantissima croce d'argento. Era un ripostiglio di reliquie a forma di croce; difatti si poteva aprire come una scatola e leggere anche le minutissime iscrizioni delle reliquie. Il sopra della croce oltre al nome di Cristo nel centro, aveva incisi tanti ghirigori; anche quelli li aveva disegnati il Santo Padre e nei secoli intercorsi li avevano ripetuti ugualissimi.
Al fianco destro dalla cintola pendeva un'inutile corona per il rosario, inutile, giacché se serviva ne tiravano fuori dalla tasca una come quella dei secolari; la corona che pendeva sul fianco, nerissima, aveva i grani più grossi delle nocciole e finiva con una croce di legno nero.

Usavano i matinè in quell'epoca. Erano corpetti bianchi, sciolti, tutti adorni di trine, di copripunto, di entredeux. Un buco sì, un buco no, come un filo che cuce, il nastrino colorato li percorreva e alla fine formava un nodo, un fiocchetto.
Il nome diceva che era un indumento da camera, ma le signore d'estate lo portavano in casa indifferentemente la mattina e il pomeriggio. Era leggero, era sciolto, era fresco.
Ci vestirono da monache apparentemente per divertirci, ma in fondo con la speranza che ci affezionassimo al Sacro Abito. Ne fui oppressa; soffrivo come per mancanza d'aria perché, lo cominciai a capire allora, io respiro con la pelle quasi più che con i polmoni.
« Le monache non respirano » dissi.
La Madrina mi buttò uno dei suoi sguardi pieni

di disprezzo solo a me riservati ai quali cominciavo ad abituarmi.
E pensare che quei vestiti in poesia diventavano *le sacre lane*.

Ogni tanto c'era una che lo tirava fuori, magari per metterne al corrente la nuova venuta, come se quel fatto fosse un cardine per la conoscenza del nostro mondo.
Le monache non portavano le mutande, è proibito dalla regola. La Madrina non ci si poté abituare e s'ammalò; per lei era una necessità portare le mutande.
Sentii questo racconto cento volte, ma nessuna disse mai di che cosa si trattasse. A me sarebbe piaciuto sapere almeno come si chiamava quella malattia che dipendeva dalle mutande, ma se le compagne non lo dicevano era segno che non lo sapevano. Del resto appena chiuso il discorso non ci pensavo proprio più.
Però era certo che le mutande le monache non le portavano perché sarebbero stati mutandoni e quando il bucato era steso li avrei visti come vedevo le camicie che erano immense, larghe tutte, lunghe a seconda della statura della suora; erano certo di suor Maria Adelaide quelle che parevano di Pietro il Grande.
Dalla parte del dorso, a metà dello scollo, su tutte era attaccato un rettangolo della stessa tela che catturato dalle bordature della testa evitava al velo di venire a contatto della pelle e così restava pulito. Francesco di Sales era un signore.
Per frenare l'ampiezza della manica della camicia e nasconderne il biancore la ripiegavano intorno al polso infilandoci sopra fino al gomi-

to una stretta manichetta nera; a togliere la necessaria larghezza per il passaggio della mano provvedevano le spille, sempre curando che intorno al polso sporgesse un filetto bianco della camicia.
La parola biancheria non esisteva, « lingeria » era al suo posto e « Lingeria » era anche il luogo dove entrava ed usciva tutto ciò che era bianco compresi i fazzoletti da naso delle suore grandi più dei tovaglioli d'allora: quadrati, ricavati da pezze di lino misuravano un braccio di lato. Erano rifiniti con un orlettino arrotolato simile a un cordoncino; vedere i punti che pure dovevano fermare quel minuscolo rotolino, era impossibile.
Nei giorni di raffreddore, quando noi ragazze avevamo esaurito i nostri fazzoletti, come supplemento ce ne prestavano uno dei loro.
Sebbene non riuscissi a ficcarlo tutto nella tasca, ero orgogliosa di avere un fazzoletto che da oltre tre secoli manteneva la misura stabilita dai santi Fondatori. Quello che pendeva dalla tasca lo sostenevo come la regina Margherita sosteneva il suo manto d'ermellino.

Il voto di povertà era in atto. Non possedevano che pochi oggetti personali, la corona, il ditale, le forbici, il cerino; neppure il cesto dove mettevano il lavoro quando andavano in Comunità; ogni anno lo riportavano in Vestiarìa di dove venivano ridistribuiti; per caso poteva capitare quello dell'anno scorso. Era un cesto senza manico, oblungo, come un vassoio piuttosto cupo; dentro c'era la roba da cucire o rammendare.
Più che povertà era *distacco*; a questo aveva mi-

rato il santo di Sales imponendo di mutare ogni anno letto, camera e la grossa simbolica corona nera. Il distacco è pace.

Mai dicevano « mio », sempre « nostro », anche del proprio ditale. « Nostra Madre » era la Superiora. « Cella nostra » era la cella di quella che parlava. « Il nostro abito è consunto... Le nostre scarpe sarebbero da risuolare ». Non so se dicessero « La nostra testa » accusando un mal di capo.

Avevano tutto in comune, anche lo sposo e non erano gelose tra di loro, anzi erano felici quando ne arrivavano altre per servire lo stesso sposo.

« L'amore di Dio è tale che dividendolo si moltiplica » dicevano.

Però le espressioni di quell'amore erano tanto simili a quelle dell'amore terreno che lo confermavano amore umano trasferito al divino. Con l'illusione certa che l'altro riami, amare da soli può bastare.

« Figlie di celesti colloqui, io vi prego, anzi vi scongiuro, di sentir tutte un amore istesso con una stessa concordia ».

Questo aveva detto loro Francesco di Sales e questo fu nei primi tempi. Ma i monasteri si moltiplicano, cresce il numero delle religiose, i secoli intercorrono, resta l'angolatura nel taglio dei due pizzi del velo, resta anche intero e ardente l'insegnamento scritto dei due fondatori, ma praticamente in qualche punto il tessuto si logora e anche una comunità spirituale può scendere a considerare capitale umano la creatura che domanda di nascondersi con Cristo in Dio.

Diceva anche il Santo Padre che è vana superstizione l'eccesso di mortificazioni che rende più deboli che santi, piuttosto infermi che mortificati. È un inganno dell'immaginazione costruire la santità nell'austerità, privare piuttosto lo stomaco del cibo che la mente della propria volontà.
« Suona l'obbedienza » dicevamo quando la campana dava quel tale segno. Sapevamo che la Superiora dava e le religiose ricevevano l'obbedienza. L'obbedienza era di fare ciò che dovevano fare.
« La giornata è tutta di obbedienza » stava dicendo il Vescovo di Ginevra seduto su una sedia sull'alto di un terrazzo, le religiose sedute sul pavimento intorno a lui ascoltavano « se la Superiora ordina qualcosa l'obbedienza deve essere pronta e totale ».
« Monsignore » disse una giovane suora « io sono qui, da basso la Superiora mi vuole e per far presto mi dice di buttarmi giù, debbo ubbidire? ».
« Madre, le risponderai, farò il più presto possibile, ma scenderò per le scale ».
« Domani non si può, c'è Capitolo ». Capitolo era anche la stanza dove il Capitolo avveniva. Che cosa ci facessero, di che cosa discutessero, segreto; ma una parte del mistero era trapelata « Dicevano la colpa ». Dalla Madrina mai un accenno, neppure quando se ne andava perché era suonato il Capitolo. « Dire la colpa » era una parziale confessione affrontata liberamente, o un'umiliazione obbligatoria? Seguiva qualche penitenza? Mistero. « Suona il Capitolo » le suore lentamente si avviavano.

Il venerdì sera, poco prima di cena, invece della campana si sentiva il rumore legnoso della traccola. Nella settimana santa, nei giorni in cui le campane erano legate, in paese la usavano per segnalare qualche funzione. Ferri che battono su legni risuonanti, grosso naso di legno scattante su ogni dente di una ruota dentata, manovelle che girano, maniglie che scuotono. In quella di lì dentro gli elementi rumorosi erano inseriti in una cassetta rettangolare alta e vuota che faceva da cassa di risonanza. Suonava la traccola e noi sapevamo: le suore si ritirano ognuna nella propria cella e si danno la disciplina. La Madrina restava con noi e fingeva di non avere sentito la traccola. Anche qui oggetto e funzione lo stesso nome; la disciplina era un mazzetto di cordicelle annodate in fondo; le suore ci si frustavano le natiche. Non portando le mutande l'operazione era sbrigativa anche se dolorosa.
Ma perché il posto della traccola era un angoletto in fondo alla nostra scala?

La giovane che entrava perché voleva monacarsi si chiamava « Pretendente », veniva istruita e in parte ammessa alla vita di comunità, non certo al Capitolo. Quando l'autorità la giudicava degna di passare al noviziato, avveniva « la Vestizione ». Deponeva il vestito laico per assumere il « Sacro Abito », il velo sempre bianco, anche se la novizia non sarà conversa, ma corista che giunta alla Professione lo cambierà col nero, mentre le converse rimarranno col bianco.
Cambiano il nome di battesimo della novizia con un altro nome; con ciò vogliono dire che la difettosa laica è morta; col nuovo vestito, col

nuovo nome nasce la religiosa avviata alla santità, comincia quel giorno una vita sempre più perfettibile. Ma il nome che cancellano è quello con cui era stata chiamata la sua anima il giorno del battesimo, dirà qualcuno. Pazienza, resta il significato. Per fortuna una monaca non è una pianta, che se la si taglia per farla morire e quella riciccia, riciccia com'era, non più bella.
Le Sorelle Domestiche addette ai servizi e ai lavori manuali, mutavano lo stesso il primitivo stato laicale con quello monastico, per questo erano chiamate «Converse». Però mentre le coriste salmodiavano, esse sfaccendavano.
Nel Coro avevano il loro posto nello spazio tra le pareti e gli scanni delle Coriste; ci andavano la mattina per la Messa e durante il giorno quando potevano, una scappata, magari per sgranare la corona e via.
Dopo le Converse venivano le Toriere; loro compito sbrigare ciò che c'era da sbrigare fuori di clausura. Il Santo Padre aveva stabilito che il loro vestito fosse quello delle zitelle del luogo. Sottana, corpetto, zinale e cuffia neri; abitualmente vestivano così le mature zitelle di allora e così vestirono le prime Toriere. Ma il fatto fu che avendolo stabilito lui, i secoli scivolarono su quel vestito senza che avvenisse nessun cambiamento. Il vestito delle zitelle di allora è il costume delle Toriere di oggi più la croce d'argento come le altre.

Nel coro, davanti alla doppia grata e alla grande tenda nera, sul pavimento una coperta funebre arrotolata; poco discosta quella che faceva la professione con accanto da una parte la Supe-

riora, dall'altra la Deposta; nel silenzio assoluto s'alzava forte e squillante la sua voce:
« O cieli, udite quello che sto per dire e la terra ascolti le parole della mia bocca, oh mio Salvatore voi siete quello al quale il mio cuore parla benché altro non sia che cenere e polvere ». E continuava.
Bello per loro, rovinoso per noi che ne venivamo affascinate senza capire.
Quando aveva finito si stendeva bocconi sul pavimento, le due che l'assistevano srotolavano sopra di lei il drappo funebre e intonavano il Dies irae. In quel momento lei moriva al mondo.
Può darsi che poche spose inginocchiate con lo sposo di fronte al prete, fossero felici come quelle che stavano sole avanti a un drappo funebre sentendosi fuse con lo sposo. Può darsi che poche spose adagiandosi la sera sul letto nuziale fremessero come quelle che si stendevano bocconi in terra perché le coprissero con la coltre funebre.
Certo non tutte; qualcuna avrà anche simulato una felicità inesistente, ma contro queste quante donne accettano uno sposo senza vero trasporto?
Nel loro vigesimo quinto anniversario della professione, nel loro cinquantesimo le mettevano sopra il velo una coroncina di fiori finti. Neppure in queste occasioni appariva il rosolio. « È fatto in convento » assicuravano le Benedettine quando l'offrivano; non ce n'era bisogno, non poteva essere fatto che da mani claustrali; aveva una dolcezza languorosa speciale. Nel mio collegio non si faceva; forse per questo io ne

sono uscita ruvida e rabbiosa: m'è mancato quel rosolio.

« Non si faranno bambocci né per rappresentare nostro Signore, né la Madonna, né gli angeli. Si terranno solo immagini ben fatte ».

Così aveva ordinato Francesco di Sales, con la barba, gli occhi che guardano di lato e la zucca pelata del suo più vero ritratto.

Giù, vicino al Coro, io m'incantavo avanti a una nicchia dove dentro c'era lui. Se si fosse alzato in piedi forse sarebbe stato alto un metro, ma stava seduto dentro una nicchia circondata da cornice e protetta da vetro, alta molto meno di un metro. Interno rivestito di damasco rosso e come si conveniva a un Vescovo-Principe di Ginevra, più trono che seggio la poltrona dove sedeva rifinita in modo mirabile nelle imbottiture e negli ornamenti dorati. Quel che prima m'incantava e che fissavo a lungo senza stancarmi erano il principio delle caviglie e i piedi perché li teneva piuttosto avanti. Scarpe di pelle così sottile mai vista e mai ritrovata, suola leggermente sporgente sotto la tomaia, fibbie d'argento adeguate, calze bianche di maglia tanto minuta da non poter supporre come l'avessero tricotata. Nella veste di seta paonazza una meraviglia i bottoncini e le corrispondenti asole; le trine del rocchetto e della cotta finissime nella minuzia del disegno; la mozzetta rifinita con bassissima pelliccia; in capo il nicchio, la berretta a tre punte, quelle tre alette così pratiche per poterselo togliere e mettere. Il volto non so se era di coccio o di cartapesta colorata, ma la barba biondiccia era di peli veri. La crocettina d'oro appuntata a un occhiello della mozzetta pareva

riprendere la duplice cascata della catenina che scendendo dal collo avrebbe dovuto reggere la croce. Teneva le mani sulle ginocchia e all'anulare destro un piccolo prezioso anello vescovile. Quel piccolo anello m'incantava più delle scarpe delle calze e dei bottoncini.
« Non si faranno bambocci... » e toccò proprio a lui.

In quella vita claustrale erano avvenimenti l'arrivo delle « Circolari »; più grosso avvenimento la partenza della loro « Circolare », avvenimento al quale noi avevamo dato il nostro aiuto per la compilazione, correzione delle bozze e spedizione, pur non essendo nel programma che davano alle famiglie prima della nostra accettazione; questa e tante altre prestazioni che davamo alla comunità stravolte in modo che non era un favore che facevamo noi a loro, ma un onore che ci si elargiva; noi dovevamo ringraziare, non essere ringraziate. E adoperando noi invece delle monache si scavava sempre più il solco tra la Madrina e la comunità.
Nella parola era sottinteso « lettera circolare » come le encicliche dei papi; però il papa è uno, mentre nella Visitazione ogni Superiora era papessa al suo convento, sicché diramava la sua enciclica a tutti i monasteri dell'Ordine. Niente latino, lingua obbligatoria il francese. Altra differenza: le encicliche dei papi sono dottrinarie quelle erano informative: cambio di superiorato, decessi, incremento del noviziato, qualche festa speciale. Stile amabile e fiorito, languida e falsa imitazione di quello del vescovo di Ginevra.

« Madame la Supérieure de la Visitation de... » sull'indirizzo. « Nos très honorée et bien chère Mère » in apertura; « De votre Charité, ma très honorée Mère et bien chères Soeurs » in chiusura. La firma: « Les très humbles et indignes Soeurs et Servantes en Notre Seigneur les soeurs de la Visitation Sainte Marie de Treja ». Se a firmare era la Superiora restava sempre très humble et indigne.
Nel corpo della Circolare con resoconti pieni di beatitudine per l'inopinata visita di un qualche prelato ci poteva essere la morte della soeur Portière e un lungo piagnisteo strabocchevole di superlativi per la morte de « Sa grandeur » l'arcivescovo; una quantità di saluti a particolari monasteri, au cher Paray, au bien-aimé Troyes, au très cher Marseille; due buoni terzi di parole inutili.
L'artificio cessava quando preannunciavano l'andata in solitudine; le parole allora passeggiavano davvero per i pascoli celesti.
Le Visitandine non facevano gli Esercizi Spirituali, « Andavano in solitudine ». La Madrina ci andava di rado, ma quando ci andava di giorno scompariva; al suo posto, mai però nella sua sedia, suor Maria Saveria; dormiva nel suo letto, ma si coricava che noi già dormivamo e si alzava prima che ci svegliassimo. Sui nostri banchi lasciavamo un foglietto con un saluto e il racconto di qualche cosa se lo meritava; di notte lei passava nello studio, li leggeva e spesso ci aggiungeva qualche parola.
Era più di mezzo secolo che gli Esercizi Spirituali spronavano la vita religiosa quando Francesco di Sales preparava le Regole per la sua Visitazio-

ne; stimava molto quel libretto di Ignazio di Loyola, ma evitò di stabilirne la pratica; non volle per le sue figlie un ritiro fatto di militaresca violenza, santa, santissima, ma sempre violenza; le sue figlie lui le mandò in *solitudine*: sole con se stesse.
Ma le sue figlie del collegio di Treja un paio di volte imposero proprio a noi collegiali gli Esercizi Spirituali: una noia da morire.
All'una di notte il 26 agosto 1895 uscirono dal monastero di Offagna dirette a Treja. Ci saranno arrivate che non era ancora giorno. Era andato a rilevarle il canonico don Raffaele Curzi che sarà il loro confessore; prima del monastero ebbero il confessore.
Nel discorso delle vecchie monache ritornava Offagna come i però e i perché nel parlare ordinario. Il primo nome che mi si offerse paludato con una sua grandezza mistica; lo seguiranno i nomi dei conventi da cui arrivavano le circolari, il resto del mondo lì dentro non esisteva.
Offagna era un passo da Ancona, per questo avevano potuto accapparrarsi il pittore Francesco Podesti per quella loro beata che per bellezza andò oltre le loro attese. Offagna aveva un bellissimo castello, Treja solo la sconquassata torre di un castello che non c'era più. Perché se ne vennero via? A casa avevo il mistero sul perché gli zii fossero venuti a Treja, lui dal Delta Padano, lei non so neppure di dove. In collegio si aggiunse perché a Treja da Offagna.
Era un antichissimo edificio il monastero di Treja, volte a crociera in basso, a vela nel mezzo, a botte in alto; forse costruito dai Camaldolesi

verso il mille, poi passato di mano in mano fino alle Clarisse; l'originale chiesetta barocca è santa Chiara. « Le coeur tout à la joie nous venons annoncer à Votre Charité la bonne nouvelle de notre translation à Treja ». Così scrivevano nella Circolare; alludevano a « dolorose peripezie » e promettevano tanti dettagli « Sur cette délicieuse demeure ».

Comprarono questa deliziosa dimora insieme con suor Serafina, l'ultima clarissa sopravvissuta, un gigante imbottito di carne senza prominenza di pancia; un deambulante monumento. La Madrina era più piccola di sempre accanto a lei.

Le nuove padrone le dissero che se voleva poteva andarsene.

« E dove devo anna? Se me volete resto con voialtre ».

Se restava, doveva entrare nell'Ordine, altro vestito, altre regole.

E lei passò al nuovo Ordine tanto abito diverso sì, ma il resto era tutto meglio di prima perché era stato fondato per donne delicate non troppo robuste. A lei importava restare lì dentro, in casa sua e continuare a zappare il suo orto. La Madrina e lei, la prima e l'ultima, la più piccola e la più grande.

Veramente più piccola della Madrina ce n'era un'altra, camminava con una mano o l'altra sulla schiena, certo per trattenere un dolore, tanto curva che la sua faccia non distanziava un metro da terra; se anche si fosse drizzata avrebbe raggiunto la Madrina appena alla spalla.

Si chiamava suor Margheritina. Tra lei e le altre c'era la differenza che c'è tra le margherite e le primule, quelle che crescono lungo i bordi delle strade di campagna, quelle che in casa chiamavo le primavere. Suor Primula avrebbe dovuto essere il suo nome.

L'interesse per i Liberi Muratori le era venuto con l'amicizia di Adriano Lemmi, la passione del murare e dello smurare, il bisogno di avere intorno a sé i muratori in azione, forse l'aveva anche a Lucca, ma non potendolo soddisfare fu una voglia che condensandosi acquistò forza ed esplose nell'impatto col nuovo monastero. Nell'antichissimo venerabile edificio sfondamento di tetti, prolungamento di muri, innalzamento di facciate a tutto andare, e non perse tempo; ben presto essa poteva ricevere le prime tre educande; la Comunità costruzione sbilanciava l'edificio, ma dava alle suore una sala immensa gonfia di luce dove radunarsi; il Coro grande con una chiesa sorto dal nulla si abbelliva per merito del materiale portato via da Offagna e il falegname Ciocci creava le sue meraviglie.
Erano appena dieci anni dal trasferimento quando molto mal volentieri la Madrina mi accettò, ma tutte le cose sopra accennate a me sembrarono lontanissime; io capitavo in un calmo proseguimento, quando il frenetico ardore costruttivo s'era placato, ma suor Celestina dagli occhi celesti poteva ancora ripetere « Non può stare senza muratori » perché essi venivano, malta calce e mattoni qua e là, partivano, dopo non molto ritornavano.
Guardando di fuori l'edificio si vedeva quel che era accaduto, sullo scuro di vecchissimi muri il chiarore dei nuovi; sopra alle antiche, finestre

nuovissime; piani interi affiancati in basso, sopraelevati in alto; creato da lei l'edificio dei tanti dislivelli; la madre Caccialupi consenziente più per amore che per convinzione, le altre silenziosamente contrarie.

Il nome ambivalente di Felice in paese restava Felice se era portato da un uomo, le donne diventavano Felicetta, Felicina, Feliciola. In convento dove tutto si femminilizza, trovai suor Felice, un grosso corpo di donna col nome da maschio.
Suor Felice e suor Agnese tutte e due toriere avevano un cognome che data la povertà della loro intelligenza, pareva un'insegna: Raponi. Suor Felice sembrava felice davvero: piuttosto alta, grossa e grassa, faccia rossa e rotonda senza una ruga, gonfia com'era per il sottostante grasso che trasudando la lucidava come se fosse stata spalmata di sugna; rideva sempre, un ridere silenzioso da scema.
Suor Agnese era piccola, secca come un fuscello, tanto nera per quanto rossa era la sorella. Da più generazioni la loro famiglia era alle dipendenze dei conti Rasponi. I nomi simili si attraggono ma Raponi e Rasponi non si amavano. Quando in convento nominavano i conti Rasponi se le monache fossero state uomini si sarebbero tolte il cappello. Per le due sorelle nate in una miserevole dipendenza, approdare al benessere conventuale fu più che un riscatto. Forse un sollievo anche per i conti Rasponi che le avranno salutate con gioia, « Addio, sorelle Raponi! ».
Suor Felice stava seduta alla Galleria-linea-di-

mare avanti a un minuscolo telaietto che tesseva una tela larga due centimetri; nonostante la sua lentezza il rotolo del tessuto cresceva a vista d'occhio, lo chiamavano « Il trecciolo » più o meno pesante, ora bianco, ora nero. Il trecciolo era la fettuccia, il passamano che dir si voglia, più ruvido di quello che si comperava, ma a suo confronto, indistruttibile. Da quel piccolo telaio fluivano chilometri di trecciola.

Quando smetteva, suor Felice si alzava e percorreva la Galleria appoggiandosi a un bastone, se era l'ora di vespro si faceva notte prima che arrivasse.

Le due Toriere non erano solo le più ignoranti, ma le sceme del monastero. Come Toriere avrebbero dovuto uscire, sbrigare fuori le cose che le suore in clausura non potevano, ma queste, trasferite a Treja, avevano preferito tenersele in clausura piuttosto che mostrarle fuori, non per il loro aspetto, ma per l'inarrivabile stupidità.

Per questo i Dominicé ebbero la sorte di essere assorbiti dalla nuova Comunità come suor Serafina.

Abitavano nella Foresteria, una casetta a due piani attaccata al vecchio colosso di fronte alla lunga scalinata, in mezzo c'era la porta di servizio del convento preceduta dal solito vano intercapedine tra i claustrali e i secolari; ci legavano muli e somari che avevano portato le loro some per il convento. Lo so bene io che da quella porta tenterò la mia fuga.

I Dominicé facevano per le Clarisse quel che le Toriere facevano per le Visitandine, con in più

che essendoci uomini servivano anche da sacrestani.
Quale fosse il nome e cognome di Dominicé non so. La figlia più giovane, Peppina, bella e signorile, sempre ammantata con ampio scialle nero dalle lunghe frange, veniva in casa degli zii a portare l'omaggio delle Salesiane, una bocca di dama adagiata su vassoio d'argento e coperta da un leggero drappo di seta con lunghi nastrini agli angoli per fissarlo sull'involto; faceva scivolare la bocca di dama su un grande piatto rotondo che la zia le aveva avvicinato, raccoglieva la sua roba e se ne andava sorridente e gentile.
Il padre provvedeva alla chiesa; in cotta bianca sulla veste nera da cui uscivano i pantaloni, serviva la Messa. Una sorella di Peppina era morta, si chiamava Chiarina in omaggio alla santa titolare della chiesa. Un'altra, Meschina, apparve appena una volta alla porta di sotto mentre scaricavano la legna e morì poco dopo.
Adesso dico questa parola, allora la morte era rara e anche la parola lo era; una persona scompariva e basta. Forse fu in occasione del suo scomparire che ne rievocarono la venuta al mondo. Talmente piccola era nata che il dottore aveva esclamato « Meschina! ». Suo padre lo credette un nome e dato che oramai era stata chiamata così, glielo lasciò.
Il maschio era venuto dopo le tre sorelle e faceva il calzolaio. Francì de Dominicé non era mai cominciato, come ricordavo me ricordavo lui. Mi metteva a sedere sull'orlo del tavolino quando mi faceva le scarpette col cinturino; era innamorato del mio piede, lo prendeva tra le mani e

ripeteva « Che bel piedino » quando ne prendeva le misure con la striscietta di carta doppia su cui faceva le sue misteriose intacche, quel forte stringere della striscietta su punti diversi del piede e il contemporaneo tocco delle sue dita, mi faceva tanto piacere. Anche quando stavo seduta su una sedia e lui avanti a me, un ginocchio a terra, l'altro piegato come i contadini quando pregavano in chiesa, le donne tutti e due i ginocchi a terra, l'uomo solo uno, e io gli allungavo il mio piede, il cerimoniale era lo stesso nella carezzosa ammirazione, nel prendere le misure salvo che mi faceva poggiare il piede sul suo ginocchio sollevato; il piacere mio intenso come sempre.

Se avessi detto questo in collegio mi avrebbero cacciata, ma di scarpe Francì non me ne fece più. Le ultime furono gli stivaletti di pelle di guanto bianca per la prima comunione. La zia mi acconciò tutta in bianco, ma scegliendo scarpe stoffe e fattura che servissero per il passeggio; a lei della prima comunione non importava nulla e se non me l'avesse fatta fare era meglio; lo dicevano il giorno più bello della vita, per me fu il più brutto, avendo riguardo alla capienza che allora potevo avere per il dolore.

Quando io ci entrai non so quante monache vivessero lì dentro; delle vecchie e inferme non solo ne ignoravamo il nome, ma anche l'esistenza. Di quelle che circolavano, una trentina forse; riconobbi subito l'alta, slanciata bellissima Stella Zuccari diventata suor Maria Adelaide. Era quella da cui sentivo ripetere « Mimà, mimà » rivolta alla Superiora, mentre lei di sicuro diceva in fretta « Mia madre », ma già da piccina

i miei orecchi sentivano più con la fantasia che con i loro complicati congegni; fu quella volta che mi regalò l'elegante cannetta, adagiata su una zatterina di seta azzurra, perle e fili d'oro, da mettersi al fianco per infilarci il ferro facendo la calzetta. Lo vidi lì in quel Parlatorio quell'inutile aggeggio, a casa mai più; dove lo buttasse la zia non so. La bellissima Stella prima di entrare in convento pregò la zia d'insegnarle a fare i fiori finti, voleva entrarci con quella dote in più. Proveniva certo da lontani coltivatori e commercianti di zucche perché l'accento era sull'a.
A Roma, da studentessa, abitai in una pensione dove c'era un enorme salone che, per essere stato adibito a un conclave fu affrescato dagli Zuccari, con simboli inerenti alla clausura e al silenzio, grandi belle donne qua e là sulle pareti facevano cenno con l'indice a croce sulle labbra di tacere.
Ma sul nome dei pittori l'accento era su l'u.
E suor Maria Adelaide profilo greco, alta, dritta come una imperatrice in piedi avanti al trono; con la voce che fu poi di Greta Garbo; bellezza e voce parevano incrociarsi sopra un mistero: non rivelando alcuna tendenza mistica, perché s'era fatta monaca, perché?

Ci si accorgeva subito che la Madre Maria Teresa Caccialupi e la Madrina erano un blocco. Tra le due più che un attaccamento affettivo, c'era una saldatura. Può darsi che dalla Caccialupi venisse anche il consiglio, ma quel che appariva era la sua totale ammirazione per l'altra.
Quando ebbe concluso un suo periodo di supe-

riorato e per la Comunità fu suor Deposta, le ragazze la chiamarono suor Depostina, mentre alla Superiora continuavano a dire Madrina.
Vecchia suor Depostina, ma sul viso persisteva, in leggera dissolvenza, una bellezza appassita, ma indubbia.
Era dei conti Caccialupi Olivieri di Sanseverino e si chiamava Paolina, come mia zia. Il nome della sorella di Napoleone, aiutato dal Canova, spuntava come i papaveri in un prato.
Era soprannominata « La bella di Sanseverino » e quando partì per andare a rinchiudersi nel monastero di Offagna, dovette tirar giù le tendine del landau e nascondersi alla gente che si accalcava per le strade onde vederla ancora una volta. Non ebbe il coraggio di sorridere e lasciarsi ammirare come fanno le spose regali. Si nascose mentre avrebbe desiderato vedere ancora una volta le strade che lasciava per sempre.
Da come curava la sua persona era evidente che se non si fosse monacata alla sua bellezza avrebbe tenuto moltissimo.
Alla fine dei pasti nell'attesa che tutte avessero finito di mangiare, si riempiva la bocca con una grande sorsata di vino che sbatteva da una parte all'altra come per sciacquarsela, in realtà era per tenerci il vino perché l'acido tannico, diceva, cura e conserva i denti. Lo ingoiava quando si alzava per uscire.
Vecchia com'era aveva tutti i suoi denti, chiari come quelli d'una giovinetta. La Madrina molto meno anziana, per i denti era un disastro.
Per non accendere la luce di notte girava con la lanterna; un pezzetto di candela dentro, quat-

tro facciate di vetro, sopra, staccato dall'insieme quel tanto necessario per lasciare penetrare l'aria necessaria alla fiammella, un cappuccio conico di ferro nero; in pizzo una breve catena di anelli per infilarci un dito senza scottarsi.
Ogni tanto ci diceva che pregava il Signore di farla morire « pulituccia ».

Suor Chiara invece si vantava di non avere mai fatto il bagno. Suor Chiara la personificazione dello scrupolo, la protettrice del Bambin di Praga, veniva dritta dritta dalle famose cartiere, la carta di Fabriano aveva nobiltà imperiale. « Carta di Fabriano » ci si sarebbe levato il cappello se fossimo state maschi, inchinarci avremmo potuto, ma non ci veniva in mente; si guardavano i bordi e se erano sfrangiati la sua nobiltà arrivava alle stelle. Liscia o ruvida e sbrozzolosa, carta di Fabriano, carta sovrana. Se arrivava un pacco « Dalle cartiere di Fabriano » era più che se ne fosse arrivato uno con le porcellane di Sèvres.

Suor Chiara, un po' mummificata anche se non vecchia, involontariamente portava in giro per il convento quella nobiltà. Se le avessi accarezzato le guance forse avrei sentito la stessa ruvidezza d'un tipo della sua carta. Le cartiere di Fabriano erano anche la nostra gloria.

Suor Vittoria era la Portinaia; non la vidi mai alla luce solare, scura di pelle si aggirava, strascicando i piedi per pigrizia, in quel reparto di ombre bucate dalla portineria. Andare nei conventi, telefonare ai conventi vuol dire *aspettare*, fare anticamera. Per la prima volta lo vidi stando lì dentro: suonava la campana di fuori, Suor Vittoria si trascinava adagio verso il suo sgabuzzino; se stava parlando finiva il discorso senza fretta. Tutte le monache erano convinte di essere tanto impegnate solamente loro, la gente di fuori poteva aspettare, la gente di fuori non aveva niente da fare.

L'unica a non crederlo era la smaliziata suor Giovanna Francesca che s'incontrava dappertutto senza che facesse mai qualcosa. Su di lei era passata una misteriosa vita laica; forse era vedova. Pesante, anziana, ma dritta e forte, virile; la fascia un grosso lungo rettangolo bruno spennellato di rosso, una mano sempre in tasca. Era un rude pezzo di Romagna e noi ci chiamava « le burdele ». La si vedeva sempre sola; girava per l'orto in ore che per le altre erano di lavori o di preghiera. Quando mi capitava di scontrarla non mancava di dirmi « O, carina! ». Lo credevo un complimento; non sapevo che teneva in tasca un'« ocarina », popolare strumento di coccio con dei buchi che chiudendoli o aprendoli quando ci si soffiava dentro, suonava. Chissà perché quando mi vedeva con la mano dentro la tasca carezzava la sua ocarina e ne diceva il nome. Finché un giorno la tirò fuori, me la fece vedere senza darmela in mano; un qualcosa mai visto; la forma ricordava la spola dei telai. Se l'accostò alla bocca, ci soffiò dentro, ne venne fuori un suono più che lo zufolo, una musichetta curiosa di poche note. « Questa è l'ocarina » mi disse e se la rimise in tasca. Mona-

candosi non aveva abbandonato proprio tutto, quell'ocarina se l'era tenuta.
Incontrandomi continuò a fare dello spirito chiamandomi « ocarina, piccola oca » e il suo faccione rettangolare dove il buon umore era più visibile delle rughe, rideva; ma essendo io veramente oca, non otteneva tutto l'effetto aspettato.
Forse era meno misteriosa di quel che si poteva supporre. Intanto nella sua pronunzia, nella sua ocarina, in tutta lei c'era la Romagna senza altra commistione.
« Non dire a nessuno che hai sentito il suono dell'"ocarina" » mi disse un giorno.
Poi non la vidi più. Forse morì. La morte lì dentro fu sempre assenza e scomparsa. Ma quell'episodio non lo dissi a nessuno.

Se non ci fossimo state noi non ci sarebbe stato rumore di scarpe in convento, le monache camminavano come se fossero calzate di feltro. Eppure ogni quindici giorni la robiera metteva nella ruota un sacco pieno di scarpe che mandava a risuolare. Non c'era rumore di scarpe in quell'andare ovattato che però se si fosse scandito con l'un-due, un-due, il due era segnato dal colpo secco della gamba artificiale di suor Maddalena. Si chiamava Bianca Benfenati, bolognese, amputata di una gamba.
L'aveva spinta a farsi monaca proprio quella gamba che le mancava. Non era attratta dalla vita religiosa dove molte cose la infastidivano, soprattutto il cambiamento di nome; tra i nomi che non amava, Maddalena era quello che detestava. La vita religiosa è schiacciamento della

propria volontà, pensava, perciò andò dicendo che avrebbe voluto chiamarsi suor Maddalena; era sicura così di evitarlo. Invece proprio perché le mancava una gamba la accontentarono, glielo misero.
Di natura festosa scherzava anche con la sua menomazione. « Mi duole la gamba che non ho » diceva allegramente quando sentiva dolori lancinanti alla gamba che non esisteva.
Ma quella gamba che non c'era arrivò a sconvolgere secolari usanze, ad assumere diritti che non aveva neppure l'Arcivescovo.
Da Bologna, per rivedere la Bianca, arrivò la troupe dei Benfenati: sei persone; il vecchio padre, alto e robusto che portava un bastone per gioco; il fratello con sua moglie; la sorella con suo marito e Carletto un ragazzino di cui non si udì mai la voce, ma si vide sempre con un grande berretto rotondo in capo.
Il Parlatorio, dove monache e collegiali ricevevano le loro visite, per i Benfenati non esistette, per loro si spalancarono i battenti del grande portone, sulla soglia comparve una ringhiera di legno che segnò il limite della clausura, di là loro, di qua suor Maddalena e spesso qualcuna di noi. La Madrina e altre suore andavano e venivano a volte si sedevano, a volte due parole in piedi e via.
Per me s'era schiuso lentamente solo un battente e la Madrina gli era rimasta accanto come per reggerlo, o reggersi. L'Arcivescovo pure andava in Parlatorio; se entrava si aprivano i due battenti che però si richiudevano appena lui e il suo seguito avevano varcato la soglia. Per i Benfenati il portone restò aperto senza limite di

tempo. Sulla ringhieretta divisoria che limitava le due aree, quella di Dio e quella del mondo, ci si appoggiava noi di qua e loro di là.
Sfiorai con la mia la mano della cognata, dissi « Scusi » e lei « Prego ».
Prego... pregava me di non prendermela, per la prima volta sentii che il prego non si riferisce soltanto a Dio.
Misi il gomito sul cancelletto, urtai lieve la mano della signora, dissi « Scusi » e lei « Prego ».
Così si continuò. Non avevo mai colto che la preghiera non era solo il linguaggio adorante avanti a Dio; non avevo mai pensato che tutti dicevano « Ti prego, sta buona ». Quel « prego » mondano, quel prego detto e ascoltato, me lo disse; Dio non ci entrava. C'era una signora elegante e profumata che diceva ad un'oscura collegiale « Prego ». Era uguale a: la supplico, non si prenda pena se mi ha sfiorato la mano.

Per me fu prima l'Acqua di Felsina che l'Acqua di Colonia perché con i Benfenati arrivò quel profumo; un profumo che non vedevo in bottiglietta, ma sentivo nell'aria a ogni movimento che facevano le due signore.
In casa degli zii il profumo era solo un nome ironico « Patchaulì » ed era forse pasciulì quel vecchio odore che veniva fuori ad alzare il coperchietto d'argento annerito e annusare forte da quella bottiglietta vuota con zone colorate ciclamino e celeste rapprese nel cristallo; una delle misteriose memorie che la zia conservava nel cassetto tra ditali forbici e cotoni.
In collegio un po' di odore mi nasceva quando,

strappata una foglia dalle piante di limoni, la maciullavo tra le dita.
Questo era effluvio in atto, effluvio vivo, veniva da quelle maniche a sbuffo quando le signore gestivano, emanava dal fazzoletto che gli uomini toglievano dal taschino, « acqua di Felsina ».
Felsina il primo nome di Bologna. Felsina nome alto, Bologna nome largo.
E seppi anche che l'Acqua di Felsina era stata inventata da Pietro Bortolotti, profumiere bolognese nel frivolo elegante Settecento. La sola nozione attinta in collegio che sapeva di mondo e non d'incenso.
Veramente lì dentro non c'era neppure l'odore d'incenso perché Messe cantate dove il turibolo è necessario, non si celebravano. L'incenso era necessario solo nelle sere di Giugno per il mese del Sacro Cuore, ma a noi non arrivava, i Coretti non ne filtravano un filo.
L'odore d'incenso era l'incanto perduto delle altre chiese quando vivevo nel paese.

Quei Benfenati che comunicavano con noi in un'aria non interrotta da grate, penetrarono in convento con un loro fantastico mirino fotografico. Erano quadri le loro fotografie, altro che le nostre miserabili formato visita e gabinetto. In tutte in primo piano c'è « la Bianca » che evidentemente posa, sa mettersi bene in luce e risulta bellissima. Nella Galleria-linea-di-mare, impettita come sta, mette in evidenza la sporgenza a tetto del petto; il soggolo non poggia sul vuoto sottostante come per altre monache, in lei poggia sul solido.

Nel Coro, tutte le suore raccolte lungo gli stalli di sinistra perché tirati i fluttuosi tendaggi, dai tre grandi finestroni di destra entra gran luce; suor Maddalena è la prima, la più vicina all'obiettivo, tutte fingono di pregare, mani giunte e viso leggermente chino, anche lei lo finge, ma è chiarissimo che sta recitando; le mani e il viso suo recitano, fingono di essere mani e viso da monaca, ma c'è solo il vestito; il volto alzato segue lo sguardo puntato verso l'alto, tutta la luce cade su quella faccia che è di Bianca Benfenati, quella che se non avesse perduto la gamba, monaca di sicuro non ci si sarebbe fatta; posa così bene che in questa foto è fin troppo bella.
Ma il mirino dei Benfenati girò anche intorno ai muri esterni, si arrampicò su per la scarpata che in cima reggeva il nostro orto, un mirino prodigioso che tutto prese: la bianca strada delle Mura, l'angolo del convento da cui diramava l'orto, della scarpata si contano le pietre, non c'è una grondaia che sfugga e sull'orlo della strada rasente il fosso erboso e alberato il gruppo allentato dei Benfenati.
C'è la sorella col vitino, il cappello carico di fiori, la lunga collana col ventaglio e l'occhialino, le maniche a sbuffo che lassù al portone emanavano Acqua di Felsina; con la destra impugna la veste e la regge leggermente staccata da terra; nella sinistra tiene la paglietta del marito, un fotografo non può avere quell'impaccio.
In mezzo il possente capofamiglia, poi la cognata con la sua solita aria sdegnosetta, incurante che la sua veste sfiori la polvere, il braccio sinistro abbandonato sul fianco a reggere la borset-

ta, la mano destra sta gingillandosi con la cascata di collane che le scende dal collo. L'altra signora è tutto colore, lei è tutto buio. Accanto suo marito, il fratello di suor Maddalena, calzoni bianchi, giacca nera, mani sui fianchi; con aria spavalda e gambe incrociate si appoggia a un albero, paglietta in capo non ha, forse la regge quasi dietro la schiena la mano più nascosta.
Seduto accanto all'albero, vestito di bianco, il grosso berrettone rotondo in capo, Carletto sta frugando tra l'erba.
Senza il prodigioso mirino dei Benfenati mai avrei capito come la Madrina avesse manipolato quel millenario edificio, rendendolo un impasto di vecchio e di nuovo in alcuni punti a strati come il pan di Spagna e la crema nella zuppa inglese.

Non feci in tempo ad afferrare la figura della suora Sagrestana, visione confusa di piccola vecchia monaca rubiconda prima, paralizzata poi, scomparsa come scompariva chi moriva. Neppure dopo molto tempo affermavano che sì, quella scomparsa era morta. Non esisteva più nella parola di nessuno neppure col nome; forse avevano l'obbligo di nascondere a noi che la morte esistesse anche lì dentro.
Era anziana la nuova sagrestana suor Celestina, dritta, alta, ben messa, una figura morbida un po' beota, con la voce da uomo forse perché nei cori aveva sempre fatto da basso, con gli occhi così azzurri che doveva chiamarsi così, anzi il diminutivo era di troppo. In assenza della Madrina veniva a farci assistenza quando suor

Maria Saveria ne era impedita; mai nelle ore di studio, non la facevano salire su da noi, solo nella ricreazione dopo il pranzo perciò quasi sempre nell'orto.
Se c'era il sole, al di sopra dell'insieme di cuffie e di bende che le fasciava la testa e il più volte ripiegato pesante velo nero essa stendeva il suo fazzolettone da naso perché il sole le faceva male. Neppure i beduini attraversando il deserto si fasciavano tanto la testa per difendersi dal sole. Ma lei ne sapeva più dei beduini perché il nero assorbe i raggi solari, il bianco li rinfrange.
Mentre camminava su e giù per seguirci faceva la calza in silenzio. Se noi eravamo un po' spente e quiete, per ravvivarci ci diceva che era vicina la fine del mondo. Gli antichi lo avevano profetato; smetteva di sferruzzare perché ciò che stava per dire, anche se ripetuto, era solenne.
L'antica profezia lo diceva chiaramente: quando i preti non porteranno più il cappello a tre punte; quando le carrozze cammineranno senza cavalli; quando una scatola si metterà a cantare, il mondo finirà. Tutte cose che sono già avvenute quindi, ragazze, è meglio prepararsi, forse l'anticristo è già apparso.

Suor Pierina insegnava pianoforte; giovane, piccola, aveva con sé un suo inseparabile sorriso, un sorriso che era per se stessa, non per gli altri, o degli altri sorrideva per sé. Di carnagione chiarissima, il minuto e bel visetto emanava luce.
Di una monaca che s'era staccata dall'ordine religioso a cui fu legata, neppure gli ecclesiastici

dicevano che ritornava allo stato laicale, ma che *s'era spogliata.*

La magìa del Sacro Abito alimentata nei chiostri, per osmosi era filtrata all'esterno. Il sacro abito era la sua regalità, abbandonandola è rimasta nuda. Era la splendida Regina di Saba affrescata nella chiesa di San Francesco ad Arezzo da Piero della Francesca, e ridotta come Eva cacciata dal paradiso terrestre di Masaccio.

Anche il paese quando una monaca usciva dal convento e ritornava nel mondo, diceva che si era spogliata. Lì dentro invece non si diceva nulla perché non se ne parlava, però c'era un'aria strana intorno alla monaca che stava per spogliarsi e per suor Pierina qualcosa era trapelato; forse da quel suo sorriso volto a qualcosa che si identificava con se stessa.

Tutta la complicanza di berrette fasce e bende sottostanti al velo, non s'appuntava sui capelli che le suore tenevano corti come allora gli uomini. Una volta al mese andavano a farsi rapare; luogo e personale addetto per la bisogna un mistero più assoluto della disciplina che si avvertiva con la traccola. Su quell'operazione a cui anche la Madrina doveva sottoporsi, aleggiava qualcosa di leggermente erotico, una lieve carezza sensuale.

Proprio a causa dei capelli stava trapelando l'idea che suor Pierina si preparasse a uscire dal convento. « E i capelli? Come farà per i capelli? ». Qualcuno che sapeva disse « Li lascia crescere ». Dunque girava nel mondo claustrale sapendo che presto se ne sarebbe andata, ma dovevano crescere ancora un poco i capelli. I

capelli, sordi alla sua ansia, crescevano come cresce il grano indifferente al desiderio dell'agricoltore.
E un giorno tutte lo sapemmo che se ne sarebbe andata. Una collegiale che aveva penuria di capelli, al contrario di me che avevo troppi, i suoi la rifornivano di bottiglie di Tricofilina il cui effetto era quello di farle crescere rapidamente una lunga incolore peluria che capelli non era. In ogni modo suor Pierina, a mani giunte gliene chiese una bottiglia. Fu quella bottiglia di Tricofilina che confermando le supposizioni dette un significato al suo incantato sorriso.
Scomparve lentamente, la vedemmo sempre meno finché non la vedemmo più.

Ne prese il posto suor Serafina Panzani chiesta a Lucca il cui collegio era chiuso da tanto tempo; Lucca ce la cedette. Come insegnante di pianoforte e di mandolino per loro era inutile, a noi necessaria per il pianoforte; al mandolino si pensò dopo. Arrivò una piccola e brutta monaca, scura come un tizzo spento e prese il posto della luminosa suor Pierina. Apparteneva a una famiglia tutta consacrata a Dio.
Poco dopo la sua venuta ci distribuì un'immagine-ricordino della prima Messa del suo quarto fratello. Veniva da Firenze, proprio da via dei Panzani e sul retro raccontava che con lui « si chiudeva la corona dei sette figli che la pietà materna vagheggiò a Dio consacrata ». Sul dritto una grande rosa sullo sfondo di un Messale con sopra buttata la stola.
La rosa color rosa era della Klein; oramai l'ave-

vo imparato: quando su un petalo c'era una goccia di acqua, l'autrice era Klein.
Mio zio m'insegnava i solstizi, gli specchi ustori; il collegio mi subissò di rose con la goccia d'acqua.

Non esisteva l'unità del « popolo di Dio » che allora nessuno avrebbe mai chiamato così. Oltre la grande divisione di claustrali e secolari, c'era divisione tra i secolari, aristocratici titolati e popolo; ma diversa era anche la Chiesa: la parte giusta, vera, santa, quella del Sillabo e quella eresiarca modernista dei Semeria, dei Murri, dei Bonomelli. Due poli opposti il Cardinale Bonomelli ed Adriano Lemmi: il Gran Maestro della Massoneria un santo laico, il Cardinale un ecclesiastico eretico.
Nella parte modernista della Chiesa rientravano anche strane figure di santi nel tempo vicino a noi, ma lontanissimi dallo spirito del nostro collegio: estrema diffidenza per loro. Una era la stigmatizzata Gemma Galgani entrata nella Visitazione di Lucca per farsi monaca, che le religiose dopo una prova avevano rifiutata.
« Sfido io » diceva con calore suor Serafina « arrivava in comunità per l'ora di ricreazione e rimaneva a mezza sala fissa al Crocefisso, alzava pian piano le braccia e affondava nell'estasi. Toglieva la ricreazione a noi che in estasi non andavamo mentre la nostra regola diceva che in quell'ora dovevamo divertirci; non avevamo che quell'ora di svago... dovere restare attonite e silenziose per non disturbare i suoi rapimenti, una due volte, tre, va bene, poteva anche essere curioso e divertente, ma dagli e dagli no.

« E poi anche le sue stigmate non ci convincevano. Cristo fu inchiodato al polso e non nel palmo della mano che non avrebbe retto il peso. Le stimmate di Gemma, suggestione, nient'altro che suggestione. A forza di fissarsi sui Crocefissi disegnati dipinti o scolpiti, ma inchiodati sempre nelle mani si suggestionò tanto che le mani le si bucarono; anche i piedi, dicono, io non li ho visti come non le vidi il petto. A me le cose straordinarie hanno sempre ripugnato, forse perché sono paurosa.
« Giacché avevamo avuto la seccatura di Gemma Galgani ci furono delle pressioni esterne perché diffondessimo *Storia di un'anima*, autobiografia di una giovane carmelitana morta tisica, languorosa, caramellosa, parolaia... ».
« Per carità » interruppe la Madrina « di questa neppure il nome ».
Intanto mi convincevo che noi eravamo nel vero forte cristianesimo, tutti gli altri fuori.

Anche tra le converse c'erano due sorelle: suor Raffaella dolce e sorridente impregnata del grasso odore di cucina e suor Gabriella seria dura e scontrosa. Nei gruppi fotografici dove tutte converse e toriere sorridono, lei guarda minacciosa l'obiettivo.
Nel convento immenso una sola gatta, era nera e non si vedeva mai perché un mattone ove posarsi per lei non c'era; si rifugiava nell'orto e fuggiva se con gli occhi o con le orecchie avvertiva l'arrivo di qualche monaca. Suor Gabriella era la sua nemica principale.
L'orto mi pareva vuoto, per caso arrivai dove invece c'era suor Gabriella che con forza sanso-

nica stava sbattendo contro il tronco di un albero un sacco con dentro qualcosa. Dentro c'era la gatta nera. Ogni tanto lo apriva per vedere se era morta; non era morta. Ricominciava il massacro.
Quanto durò quel martirio? La gatta non moriva mai. La suora apriva il sacco, ci guardava dentro e ricominciava da forsennata a sbatterlo contro il tronco dell'albero.
Quando capì che ce l'aveva fatta ad ammazzarla, la tirò fuori; era morta sì, con gli occhi spalancati, immensi quegli occhi che non vedevano più.
Molto ho dimenticato della vita, tutto potrò dimenticare, non mi sarà mai possibile dimenticare quegli occhi che erano TERRORE.
E la faccia finalmente ridente della monaca, demoniaca. Se il demonio c'è io lo vidi quel giorno. Era il demonio quella monaca che se ne andava col sacco dove aveva rimesso la bestia morta.
Ma che aveva fatto la povera gattina per essere trucidata a quel modo? Che aveva fatto?
Aveva figliato; dentro il monastero aveva figliato.
Ma la vostra fondatrice quella che chiamate la santa Madre, non aveva fatto anche lei quel che ha fatto la gattina? Sì, ma quando fondò l'Ordine era già vedova, da diversi anni. Già, avevo dimenticato che per essere sante bisogna essere vergini o vedove; non c'è una santa morta mentre era ancora in servizio attivo nello stato coniugale. Neanche se di comune accordo avessero fatto voto di vivere come fratello e sorella? Niente da fare se non muore il marito e lei non

vive qualche anno da vedova, nessuna ascesa agli altari; neppure per le regine si fanno eccezioni, neppure per le imperatrici. Proprio con lo stesso nome di Cunegonda abbiamo due sante vedove, una regina, l'altra imperatrice.

Sempre ultima nelle file come il brutto anatroccolo suor Angioletta. Esile e magra assomigliava ai ritratti di Leone XIII, a quelli che benediva con le scarne dita, a quelli nei Giardini Vaticani, dove si appoggiava a un bastone; suor Angioletta si appoggiava alla sua rocca. Se avesse avuto in capo un cappello da papa invece che un velo da monaca l'illusione sarebbe stata perfetta; anche lei camminava con fatica, curva, come piegata dal peso del suo naso.
Di dove usciva suor Angioletta? Da qualche parte doveva pur stare con la sua monumentale rocca, ma dove?
Noi stavamo giocando in principio della Galleria-linea-di-mare e in quello spazio dove si aprivano Portineria, Cucina, Scala Regia; io la vedevo solo quando aveva cominciato a salire i primi scalini dello scalone.
Di dove usciva suor Angioletta? Laggiù non c'erano celle, in cucina ci stavano le cuciniere e lei non lo era. In fondo alla Galleria c'era solo suor Felice avanti al telaietto con cui tesseva fettucce e treccioli, ma dal declinare della luce lei scompariva, restavano telaietto e sgabello e adesso era buio, quella era la ricreazione di dopocena.
Saliva a fatica suor Angioletta, con la destra s'aggrappava al bastone di ottone che sul muro accompagnava la scala, con la sinistra si appog-

giava alla sua rocca reggi-conocchia: una piccola pedana di legno per sostenere il bastone che reggeva la conocchia, il reggifuso e una minuscola mensoletta che non so a che servisse; ci si appoggiava per montare da uno scalino a quell'altro, ma faceva una gran fatica a sollevare il suo strumento-apparecchio, dallo scalino basso a quello alto.

Vedevo questo suo arrancare quando essa era già a tre o quattro scalini da terra, correvo da lei, prendevo io nella mia sinistra il portaconocchia e davo a lei il mio polso destro perché ci si appoggiasse. Raddrizzava il capo e volgeva a me il più bel sorriso di tutto il convento.

Prima del mio aiuto saliva con la lentezza di quelli che salgono la Scala Santa in ginocchio, dopo andava più spedita perché non doveva sollevare la rocca a ogni scalino per poggiarla sul seguente.

Una sera mi accorsi di suor Angioletta che era quasi alla fine della prima rampa. Dissi tra me « Ci andrò domani sera » e feci in modo di non vederla, guardavo fissa altrove per non vederla salire.

La sera dopo non comparve, neppure quell'altra, neppure quell'altra, finché chiesi dove fosse suor Angioletta; la suora a cui lo chiesi mi guardava, ma non rispose. Capii da me: era al cimitero.

Le suore morivano sempre a nostra insaputa, neppure le campane suonavano a morto, questo lo sappiamo, solo molto tardi collegai la morte di una monaca, o meglio il suo funerale, la sua uscita dalla clausura monastica per quella

definitiva del cimitero, esso coincideva con una nostra deliziosa dormita.
Una crudeltà quel farci alzare ad ore antelucane. Suonava il campanello, ma non bastava, il sonno rimaneva appiccicato agli occhi, passava la voce della Madrina, un nome per ogni letto, Olga, Antonietta, Flavia, Giannina, Dolores, Enrichetta... qualcuna non rispondeva, altre lo facevano con un grugnito, le più generose, io purtroppo tra queste, con uno squillante « Madrina! ». Però con la voce o senza voce, il sonno bisognava spezzarlo, la giornata cominciava. Ma in certe mattine non c'era sveglia, il sonno continuava tranquillo fino a che un festoso batter di mani e la voce della Madrina « Bimbe, su, su, leste » ci spalancavano gli occhi, al di là delle tende traspariva il sole. « Su, su, pigrone, avete dormito abbastanza ».
Quell'allegria era segno di morte; la concessione di quel sonno prolungato era il paravento tirato avanti alla morte. Le compagne avevano certo suonato quella coppia di doppi rintocchi, due più bassi, due più alti, ma noi eravamo sprofondate tra i papaveri nella terra dei Cimmeri.

Non traspariva mai un cenno che quella religiosa stesse agonizzando, nemmeno che fosse malata grave; mai trapelava un segno di segreta mestizia.
Dove avveniva la veglia funebre? Quando le esequie?
Eppure io lo vidi un segno di morte: un piccolo vassoio con cinque palline di bambagia bianca preparate perché il sacerdote ci si nettasse le

dita dopo le cinque unzioni con l'olio santo nell'estremo sacramento.
Dove, come, quando lo vidi? Non so. Nessuno lo regge, non poggia su niente.
Tutta la meraviglia era nel vederle così rotonde, così perfette, come se fossero state di cristallo opaco.
Anche adesso mi chiedo « Come le avranno fatte? ». Perché dove, come, quando lo vidi quel piccolo vassoio che nessuno reggeva, che poggiava su niente, non lo so, ma io lo vidi.

Stava quasi sempre con noi la Madrina, ma c'era la campana che ogni tanto la chiamava: Tre strappi, era per lei. Dico campana, ma di campane era fornito ogni punto del monastero e non dico campanella perché pure essendo lontane dalla piccola pettegola campana del Suffragio, erano sempre piuttosto grosse; il femminile lo dice; se fossero state piccole sarebbero diventati i maschili campanelli.
A mangiare doveva pure andare e, Superiora o no bisognava che andasse, accanto a suor Depostina, alla prima tavola per la benedizione mentre le altre in piedi e a testa china avanti al loro posto aspettavano il momento in cui si sarebbero fatto il segno della Croce prima di sedersi. Per quelle che andavano alla seconda tavola, le cuciniere e altre trattenute da impegni diversi, bastava il segno della Croce che ognuna si faceva prima di sedersi; le tavole erano già benedette.
In sala di Comunità doveva pure andare, almeno finché dicevano la sentenza. Qualche volta non poteva esimersi dallo scendere in Parlato-

rio, sicché aveva assoluto bisogno di una persona che stesse con noi quando lei non c'era. Non scelse una monaca, ma l'unica Pretendente che c'era, quella che ci trovai io quando entrai, quella che un paio di volte ho chiamato suor Maria Saveria. Allora non si chiamava così, le compagne la chiamavano « Signorina », la Madrina niente, un leggero cenno del capo quando arrivava, un altro quando partiva come un silenzioso « sì, venga, sì, vada ».

Era di Recanati, altissima e voluminosa non perché fosse grassa, ma perché aveva uno scheletro enorme; i suoi ossi coperti da un leggero strato adiposo e da una pelle gialla come l'avorio vecchio, erano poderosi. La faccia: un grande rettangolo, nel mezzo l'allungatissimo naso e la bocca sotto era uno scatolone di grossi denti con la mascella inferiore di molto sporgente da quella superiore. Per carità non accostiamola a Dante; nel difetto di Dante c'era pensiero, qui animalità.

Questa enorme persona era anche zoppa; aveva una gamba molto più corta dell'altra e il piede di questa stava dentro una scarpa così grossa e alta che pareva il monte Conero. Nonostante questa colossale scarpa ortopedica quando nel camminare era quella gamba ad avanzare, il tronco di lei doveva piegarsi quasi ad angolo retto.

Brutta storta zoppa e così alta che diventava più brutta più storta e più zoppa proprio per quella sua statura che come un pantografo ingrandiva i difetti.

Con la vestizione ebbe abito e nome da religiosa, suor Maria Saveria. In collegio stavo conoscendo tanti santi mai sentiti nominare. San France-

sco Saverio, missionario in India e in Giappone, convertiva tanta gente che quando era assediato da una folla sterminata chiedente il battesimo, per poterla battezzare tutta gli si allungava un braccio fino ad arrivare ai più lontani. Mi disgustava. Quel nome legava benissimo con il grosso aspetto animalesco di suor Maria Saveria.
In presenza della Madrina non apriva bocca, sola con noi non taceva mai e quel che diceva era sempre ambiguo, spesso sfacciatamente malizioso. Il suo faccione lanciava parole, sguardi, sorrisi, spennellati di osceno. Le compagne ci stavano perché nessuna riferì mai alla Madrina i discorsi che facevano con lei, non le fecero sentire neppure la canzonetta mezzo dialettale di un piccolo arrotino, la cantavano solo con lei: « Mi padre fa il moletto e mi fo il molettin, quando sarà morto mi padre il moletto lo farò mi. E zing e zung la mola e chi la sa molar. Mi padre ciappa il soldo e mi ciappo il quattrin, quando sarà morto mi padre il soldo l'acciapperò mi. E zing e zung la mola e chi la sa molar ».
A me non rivolgeva mai la parola, per lei non esistevo; come gli animali avvertono se la persona che li avvicina li ama o no, così lei avvertiva che mi era ripugnante.
In giro per l'orto potevo benissimo estraniarmi, ma su nello Studio prender parte ai loro discorsi no, però sentirli, per forza li sentivo.
Non ci diceva mai « Ragazze studiate »; stando con noi essa dava sfogo a qualcosa di brutto che doveva avere dentro come l'aveva di fuori.
Quasi senza parole dialogava con le compagne di cose poco lecite; io ne vedevo l'ambiguità

senza capire niente, al contrario delle compagne che capivano benissimo. La lingua che nei silenzi appariva affacciata alla bocca della suora era oscena.

Certi maliziosi battibecchi finivano spesso con una sua fragorosa risata.

Col suo furbesco sorriso un giorno stava domandando a caso, all'una o all'altra, non in ordine, ma non perdendone nessuna; senza nominarla, indicandola con lo sguardo e l'enorme indice « Tu, sì, è vero? – tu pure – di te sono sicurissima – per te, incerta – tu sì, non negare – tu forse no – ma tu e la tua vicina, Dio quanto! ».

Tutte erano imbarazzate, qualcuna negava, altre alzavano le spalle abbastanza seccate, finché una azzardò:

« Ma lei, come lo sa? ».

Rispose una risata fragorosa come se fosse scoppiato a ridere un ippopotamo seguita presto dalla spiegazione.

« Ma sono io che prendo nota della biancheria sporca prima di mandarla in lavanderia ».

Ebbene? Mi chiedevo io che non capivo allora come non capisco ora che cosa lei capiva dalla biancheria sporca. Che eravamo tutte mestruate non c'era bisogno della biancheria sporca per saperlo. E poi quella faccenda, al principio della soffitta, accanto al tavolino su cui c'era il necessario per lo sviluppo delle lastre fotografiche, un recipiente rotondo, di legno, molto più alto di un metro, col suo coperchio di legno, lì dentro buttavamo il pannolino quando ce lo eravamo cambiato. Noi lo chiamavamo « il buzzo ». Nessuno contava quanto c'era dentro; traspor-

tavano il buzzo in lavanderia, lo svuotavano e lo rimettevano al suo posto.
Per la biancheria sudicia nel grande gabinetto dalla cui finestrella quadrata si vedeva san Francesco, due enormi sportelli bassi, ma larghissimi, chiudevano lo spazio risultante dall'estremo pendio del tetto appoggiato sul cornicione esterno dell'edificio. Lì dentro buttavamo camicie, mutande e sottovesti. Di lì tiravano fuori tutto per mandare in lavanderia senza contare nulla; i capi erano tutti segnati con le cifre e con il nostro numero.
E allora?
Allora continuavo a domandarmi perché la Madrina non avesse preferito prendere una monaca invece di quella Pretendente che non si modificò neppure quando fu suora professa. La celeste suor Celestina non poteva metter piede su nell'educandato, poteva sostituire l'altra solo quando eravamo nell'orto.
Il noviziato di suor Maria Saveria fu lunghissimo. Il noviziato claustrale corrisponde al fidanzamento dei secolari e questo, si sa, può essere più o meno lungo, l'importante è che arrivi alle nozze. Suor Maria Saveria ci arrivò e il convento le offerse un pacchetto di immaginette-ricordo stile liberty, equivalente ai « Sonetti » che allora si offrivano agli sposi con disegni e frasi augurali che essi distribuivano per ricordo ad amici e conoscenti.
Dopo averla vista per anni camminare in quel modo pietoso e faticoso, nei ricordini scrissero: « *Corri*, o fortunatissima, alle nozze con l'Agnello Immacolato ».

Oltre alle monache lì dentro conobbi i pappataci. In paese non c'erano, del resto neppure le monache di clausura c'erano. Nei pasti le monache osservavano il più assoluto silenzio, come i pappataci quando pinzavano.

Dopo le due rampe della scala Regia, attraversata la Galleria di scagliola, cominciava una lunga rampa di scala, in confronto della Regia pareva stretta, era di larghezza normale. Dal pianerottolo si entrava a sinistra in un luminoso vano nel quale si apriva un corridoio con le celle delle converse. Queste erano celle e il corridoio era corridoio, non come l'immensa Galleria su cui si aprivano le celle delle coriste, stanze ampie, altissime dove non ingombrava l'enorme letto dentro il suo baldacchino sostenuto da colonnine di noce delle quali s'avvertiva più l'altezza che la grossezza pur gareggiando questa col braccio di un pugilatore.
Proprio in fondo al corridoio, vicino a un piccolo finestrone, piccolo in confronto con quello della sottostante Galleria, c'era la camera dei fiori della Madre Caccialupi.
Su quel pianerottolo finiva l'edificio prima che da Offagna la comunità avesse portato con sé quella compressa bomba edilizia che era la Madrina. E lei, alzando facciate, demolendo tetti, strappando spazio alle soffitte e al cielo, aveva costruito l'Educandato. Da quel pianerottolo a sinistra la nuova lunga rampa di scale che ci portava lassù. Nel gomito, appesa di fuori come una gabbia di uccelli, la latrina, così dicevano i muratori. Esposta al sole di mezzogiorno e di ponente, d'estate ardeva; dentro la gabbia a

destra c'era il sedile col buco; quell'angolo era tutto muro cieco, il resto del gabbiotto, muro sino a metà altezza, poi vetri inamovibili; senza scarico d'acqua il tubo discendente infuocato rigurgitava zaffate di puzzo. Mentre salivamo Maria dei conti Fiorenzi sussurrava « su per lo suol che d'ogni parte oliva ». Accanto alla porta che riparava senza chiudere, su una pietruzza liscia che affiorava tra lo scialbo in caratteri minuti, ma leggibili, aveva scritto la stessa frase.

Su per quel suol si arrivava alla camera da lavoro. Due finestre alte tre scalini da terra son profondi sguinci, un tavolino in mezzo, un armadio tra le due finestre, telai da ricamo appoggiati dappertutto. Di fronte alle finestre la nicchia per la statuetta della Madonna, sotto una ribaltina che nel piano alto con tovaglietta e fiori fungeva da altarino. La Madonna stava tra la porta da cui si entrava e una porticina con una scaletta senza appoggio che finiva in una camera con due letti chiamata « Infermeria ». Una parete era presa da un grande credenzone con l'imperiale che era il magazzino necessario ai nostri lavori: stoffe, cotoni, sete, zagane e, appena arrivata da Lucca suor Serafina, i suoi due mandolini.

Dalla camera da lavoro si entrava nello Studio sorto a cavalcioni dell'antico timpano; vastissimo, più lungo che largo; una finestra a levante, sei a mezzogiorno, una a ponente, questa era dietro la sedia della Madrina che sedeva a metà di un tavolino rettangolare intorno al quale noi ci si disponeva quando lei faceva lezione. La sua sedia stava sui trampoli, le aveva fatto allungare

le gambe altrimenti una volta seduta, non sarebbe emersa neppure con tutto il soggolo; così emergeva tanto che pareva intronizzata.
Dietro a lei, una di qua, una di là dalla finestra due piccole credenze come quelle che la gente teneva nella camera da pranzo; in basso una parte chiusa da sportelli, sopra su due supporti, più rientrata, la parte a vetri. Invece di vetri, lì c'erano tendine verdi imbullettate. Tra le due parti quello spazio tanto comodo per appoggiare la roba. Nella credenza bassa gessi, fiori, ornati, figure che si tiravano fuori per copiarle nelle ore di disegno, rotoli di carta, album da disegno e carta comune. I libri che non riempivano le due credenze erano « la Biblioteca », c'era solo per poter dire che avevamo una biblioteca e quel poco nessuno lo consultava. Se si fossero accorti che tra quei quattro libri c'era « Pei sentieri fioriti dell'arte » del modernista P. Semeria, avrebbero bruciata la biblioteca intera.
Sopra a una di queste credenze la Sfera Armillare, tutta polverosa, i colori sarebbero stati scoloriti anche senza la polvere tanto era antica; i cerchi di pergamena sostenuti da cerchi nascosti di fil di ferro, avevano preso il colore del tempo; mi parevano segni cabalistici le cose pitturate sulle strisce; il globo in mezzo era di metallo, anche qualche armilla era metallica. Una confusione di cerchi nella quale non capii mai nulla. Forse per questo mi piaceva tanto.
I nostri banchi erano isolati, ognuna aveva il suo; di legno chiaro, piuttosto alti, una breve parte piana e una inclinata; nella piana c'era il calamaio, una campanella di vetro che con la

sua penna leggermente rovesciata si reggeva sull'orlo del buco nel quale si nascondeva. Prima del piano inclinato un solco impediva a cannette e matite di scivolare. La parte inclinata era ribaltabile, nell'interno risultava un vuoto trapezoidale dove si dovevano tenere in ordine libri e scatole. Sotto, un capace cassetto per quaderni, album e l'occorrente per il disegno. Al disegno serviva anche una robusta asse annessa al banco; una vite allentata la lasciava ciondoloni verso terra, ma una volta alzata e stretta la vite sosteneva gli esemplari per il disegno, anche i gessi.

Non avevamo sedie, ma sgabelli, ovverossia sedili portatili, senza alcun appoggio alle spalle, scomodi per sederci, comodissimi per essere trasportati; un buco fatto ad S come un occhiello serpentino nel mezzo, ci si infilavano le dita e lo sgabello, leggero, veniva via come se fosse attaccato alla mano. Per infilarci così bene le dita è chiaro che non era una S stretta, era una esse in allungato riposo.

Io sola guardavo dalle finestre. Quella a ponente di dove avrei rivisto Pitì e la Roccaccia era dietro alla sedia della Madrina che se arrivava trovandomi fuori posto, mormorando qualcosa d'incomprensibile mi avrebbe fulminata con uno dei suoi sguardi sprezzanti riservati a me.

Guardavo dalla finestra di levante dove gli ulivi quando soffiava il vento erano cangianti come un vestito di seta della zia, verde ulivo e verde argentato. Da quella finestra aperta coglievo quel silenzio che sentii da bambina sperduta nella campagna; ma era un attimo.

A valle c'era una casetta colonica con un gran

pino; quella casetta era così vicina nonostante che fosse proprio in fondo, che ne seguivo la vita: le donne stavano lavando, sbattevano con forza i panni sulla grossa pietra levigata, vedevo le braccia levate e giù i panni contro la pietra; un attimo e arrivava il rumore. In quell'attimo tra il vedere e l'udire c'era il silenzio. Scrollavano i panni prima di stenderli, il suono dello schiaffeggiamento tra stoffa e aria, arrivava che l'avevo già visto; l'intervallo era il silenzio.
Nel mezzo di quel che vedevo da quella finestra, una collina schiacciata come una pagnotta non lievitata, come un forungolo nel mezzo di una guancia, in cima il casolare e un grande albero. Quel podere apparteneva al nostro confessore.
Dall'ultima finestra di mezzogiorno vicina al mio banco vidi uno spettacolo meraviglioso: la nebbia aveva tutto coperto, noi emergevamo e più in basso la Villa Bonaparte era una piccola isola nel mare della nebbia. Inutile avvertire le altre, in tutto il tempo che sono stata lì né una monaca, né una ragazza si sono mai accorte del mondo che si poteva vedere con gli occhi fuori del sacro recinto. Stupendo sì quello spettacolo, ma il tempo lo seppellì.
Tanti anni dopo davanti a Nisida risorse, era mare invece di nebbia, ma l'isola uguale; dissi con la voce « Nisida, piccola isola » mentre da quella finestra rivedevo Villa Bonaparte.
Nel centro dello Studio pendeva una gabbia con due canarini. Niente osso di seppia per affinarsi il becco; seppie non ne mangiavamo, ma procurarselo non sarebbe stato difficile; un osso di seppia dura un'eternità. In compenso la gabbia

era grande, manteneva la proporzione tra il convento e le case comuni. Chi curasse quella gabbia non so, io che mi stavo addossando tutte le faccende del collegio, dei canarini non mi interessai, forse era la suora che faceva le pulizie prima che noi ci alzassimo. Suor Gabriella no di sicuro perché tra le stecche c'erano infilate foglie d'insalata.

Quando le suore a due a due, una di qua, una di là dal Coro si alzavano per avviarsi all'uscita, prima si volgevano e facevano una profonda riverenza al seggio della Superiora anche se era vuoto. L'onore « al posto » fu una delle mie prime meraviglie di là dentro. Nello Studio non c'era la riverenza alla sedia della Madrina, ma un sovrano rispetto sì. Nessuno avrebbe osato sedercisi un momento, neppure per scherzo. La sedia dove lei sola poteva deporvisi era sacra, il posto era sacro come la persona. In fondo eravamo sulla stessa scala, salendo si arrivava alla Santa Sede.

« Initium Sapientiae timor Domini » inciso nell'antico Studio romano aveva dato il nome al palazzo e alla università « La Sapienza ».

Noi avevamo lo stesso detto nel nostro Studio, non inciso, ma stampigliato sul muro. Troppo per la nostra piccolissima sapienza così vicina alla perfetta ignoranza.

Ma di che colore era il nostro Studio? Bianco accecante il colore delle celle, bianco perla quello delle Gallerie, della Scala Regia, degli spazi traversabili, ma lo Studio non so. Se lo penso bianco non lo riconosco, non è lui; forse era solo luce; dalle finestre ne entrava tanta che avrebbe umiliato qualsiasi colore.

Il Dormitorio che la Madrina aveva ricavato da certe soffitte sopraelevate sbucava dai tetti e le sue finestre alle quali non avremmo potuto affacciarci neppure salendo sul nostro sgabello, davano sui coppi.
Non c'erano persiane di fuori, all'interno non c'erano gli scuri quelli che a casa degli zii si chiamavano sportelli, c'erano solo i vetri. Da una parte e l'altra delle finestre in terra il lavamano con la brocca e il catino. Tra una finestra e l'altra un cassettone, uno per due di noi.
Entravamo fornite di lavamano col catino e la brocca. Su questa e sul rovescio del catino la famiglia doveva provvedere a metterci un numero indelebile. Lo zio ce lo fece ad olio, ma presto scomparve. Certo però che nessuna brocca portava tracce di numeri.
Quelle due di noi incaricate, o quelle che generosamente si prestavano a farlo, per il manico prendevano a mazzi le brocche vuote, le riempivano alla fontanella della camera dei pettini e le ridistribuivano piene nei supporti dei diversi lavamani. Le brocche si riconoscevano senza fatica: una più grossa, una più alta, quella col filetto blu scuro intorno, quell'altra marmorizzata di azzurro, come avvolte da un'irregolare rete colorata, alcune; tutte sempre aggraziate.
Per me poi quella brocca era Giannina, quell'altra Olga, quell'altra Caterina; aveva ognuna una fisionomia pur essendo simili nella forma con la pancetta più o meno arrotondata, ma tutte con la pancia. Potevano essere anche più o meno belle, come i visi delle compagne in cui la diversa bellezza faceva la loro distinzione;

la diversità era Giannina, era Olga, era Caterina.
Ma Dio santo! Se la mia brocca doveva essere io, io com'ero?
Era l'unica brocca diversa da tutte: secca, dritta, senza pancia, alta tanto che non poteva stare nel supporto del lavamano, doveva stare sempre per terra, accanto al lavamano. Percorrendo il dormitorio dove ogni comò aveva a fianco due lavamani, s'incontrava quella brocca fuori posto: una nota caduta dal pentagramma, una stecca nel coro.
Nessuno potrà capire quanto mi costò di vergogna, di pena quella brutta brocca diversa da tutte.
Già dolorante e spento nel sorriso per l'irremovibile decisione della zia di rinchiudermi, lo zio andava a Macerata per rifornirmi degli oggetti inerenti al corredo. Perché non lasciava andare la zia come avveniva prima?
Gli era presa una specie di disperata attività; andò anche per il lavamano.
Ora che tra quella brocca e me c'è tutta la vita, riconosco che mio zio, come sempre, aveva capito tutto. Dove la comperò forse quella brocca era unica, tutte le altre con poche differenze erano uguali tra loro, ma lui scelse quella perché quella brocca ero io: diversa da tutte e vergognosa di esserlo.
E adesso che la guardo di lontano posso assicurare che quella brocca era anche bella, o mi pare bella perché la ritrovai in un quadro di Morandi. Non la cercavo, si presentò da sola e l'emozione fu come se mi avesse abbracciata. Sì, era lei la mia brocca che si restringeva allungandosi

più che poteva per finire con un beccuccio come il bricco del latte.
Il catino mio pareva un oceano accanto ai mari territoriali delle altre.
Lui sapeva che a me bisognava allontanare i confini il più possibile.
I nostri letti erano circondati da cortine, una aderente al fianco destro ne aggirava il fondo e finiva quando incontrava l'angolo della cortina a destra del successivo. Con anelli di ferro esse scorrevano sulle apposite aste. Lo spazio che risultava tra un letto e l'altro era « la Stretta ». Ognuna di noi aveva la propria Stretta; dentro c'era una sedia che ci serviva per toglierci le scarpe, per posarci i vestiti quando ci mettevamo in camicia da notte. Sul muro un'acquasantiera di ceramica che aveva la forma di una ciabatta; non mi venne mai in mente di provare se era asciutta o c'era l'acqua.

In paese s'intingevano le dita nell'acqua santa per farcisi il segno della Croce entrando in Chiesa; se dietro a noi capitava una persona conosciuta, si offrivano a lei le dita bagnate prima di segnarci e quella si segnava con l'umidità delle nostre dita.
In convento né in Coro, né nei Coretti c'era acqua santa; in convento la dimenticai.
L'ultima Stretta del dormitorio era la più grande, oltre alla sedia e al lavabo, c'era un inginocchiatoio; quella era della Madrina.
Già prima di avviarci al dormitorio cominciava il grande silenzio che era rigidissimo dentro le Strette.
Io non c'ero allora, ma lo raccontavano come la

storia raccontava l'eroismo di Pietro Micca; tornando su dal Mattutino per andare a letto la Madrina, camminando dava un'occhiata a ogni Stretta alzando appena la tenda; una sera vide Antonietta Manzoni seduta sulla sedia mezzo svenuta; non aveva potuto sciogliere i legacci di uno stivaletto e con quello non poteva mettersi tra le lenzuola.
« Perché non hai chiamato qualcuno che ti aiutasse? » chiese la Madrina.
« Perché era silenzio » rispose Antonietta.
Se capitava che la Madrina si coricasse quando noi ci coricavamo la contentezza ci dava la libertà di parlare.
« Madrina, possiamo aprire le tende? ».
Questo fatto avveniva tanto di rado che la risposta era sempre affermativa. Ognuna tirava la propria; dopo il festoso scorrere di anelli sull'asta di ferro, appariva un lungo tunnel bianco pieno di letti, nell'ultimo c'era lei.
Una agitava alta una mano gridando « Madrina la vede? ».
Un'altra si alzava sul fianco:
« E me, Madrina, mi vede? ».
Lei a occhi chiusi rispondeva a tutte:
« Sì, sì ti vedo, ti vedo ».
E invece se era avvenuto quel fatto era perché stroncata dalla stanchezza aveva dovuto rinunciare a scendere in Coro a cantare Mattutino con le altre.
Altrimenti entravamo nel più assoluto silenzio, tiravamo i cortinacci e inginocchiate nella porta della propria Stretta aspettavamo la Madrina che passasse: con il pollice ci faceva una lieve impressione di croce sulla fronte, sopra alla cro-

cetta metteva un bacio, noi glielo mettevamo sulla mano, poi noi a dormire, lei in Coro a dire Mattutino.
Per anni a me negò quel bacio. Va bene, io non ero abituata ai baci; dagli zii non ne ebbi neppure uno e se non me lo davano loro, da chi altri potevo averlo dato che la mia venuta in paese era stata mal vista? I baci li scoprii in collegio, ma ne fui esclusa, per anni. Che vide in me la Madrina per negarmi quel bacio di benedizione, o meglio che cosa non vide?
A un certo punto su un mio libretto che tenevo nel cassetto dello Studio, disegnai una Madrina che sbaciucchiava una ragazza. Sotto al gruppo delle compagne protese verso di lei, scrissi « Strumenti ciechi d'occhiuta rapina ». Chiaro che avevamo già imparato a memoria il Sant'Ambrogio.

Dal Mattutino tornava su insieme con madre Caccialupi che mentre lei si svestiva e si coricava, armeggiava tra un armadietto a muro e l'ultimo dei nostri comò dove appoggiava un fornelletto a spirito che aveva tirato fuori e una tazza; sul fornelletto scaldava il latte che s'era portata su con un suo bricco e quando era al punto giusto lo portava alla Madrina che appoggiata al cuscino lo sorseggiava.
Quella notturna tazza di latte tiepido faceva parte delle tante cure di cui suor Depostina la circondava. Anche quando ricominciò la serie delle sue ripetute elezioni a Superiora continuò, dopo Mattutino, a salire sino al nostro dormitorio per far sorbire il latte caldo a quella cui

era attaccata molto di più che a un'altra se stessa.
Suor Deposta in realtà fu la Madrina, ma nessuno pensò di chiamarcela, oramai il suo nome noto urbi et orbi era Madrina. Forse le suore che dopo quell'unica prova non pensarono mai più rieleggerla ce la chiamavano. La loro avversità ingrossava come fa il Po con i suoi affluenti. Lei continuava a tenerci separate dalla comunità. La vecchia madre Caccialupi continuava a salire al nostro dormitorio e a discenderne col bricco vuoto facendosi strada con la sua lanterna per non consumare la luce elettrica.

Quante parole limpide e profumate c'erano in paese che in collegio non avrebbero potuto sopravvivere, « abbonora » per esempio.
Abbonora era alzarsi la mattina prima che la luce tutta si spalancasse, era il fornaio che sotto alle finestre di chi s'era prenotato per la cottura del pane gridava che era l'ora d'impastare. Era partire per Loreto con la carrozza a due cavalli; era l'Angelus della mattina, tre gruppi di tre tocchi ognuno, poi uno solo il tre per tre e l'unità; era il suono della prima Messa; abbonora era la purificazione che diventava giorno. Abbonora era bello perché avveniva tanto di rado.
Non poteva essere abbonora quel doverci alzare per forza tutti i giorni ad ore antelucane anche quando era tanto freddo. Certo la monaca che tirava la corda della campana nella cella campanaria dove l'aria fischiava da tutte le parti aveva più freddo di me, ma lei ci si era fatta monaca, io in collegio non ci volevo andare. In collegio

dove la purezza dell'aria e della luce se si fosse detta non avrebbe avuto senso.
Era un collegio all'antica, già in quel nostro presente lo dice il nome stesso di Educandato che sa tanto di grata e di Madame Sévigné; lo dice il fatto che tra noi ragazze ci si doveva dare del lei.
Non credo che quell'alzataccia fosse voluta per evitarci certe piccole tentazioni favorite dal potersi crogiolare da sveglie nel calduccio del letto perché anche la sera dentro il letto pian piano ci si riscaldava e potevamo anche non addormentarci subito. Piuttosto derivava dall'assurdo orario conventuale. Le monache pranzavano alle ore dieci, noi mezz'ora dopo. Come continuavano a tagliare i due pizzi del velo con la stessa angolatura del taglio che fece Francesco di Sales, come continuavano a dare ai fazzoletti da naso l'immensità che avevano sempre avuto, così era l'orario dei pasti.
Assonnate e spesso infreddolite ci avviavamo alla camera dei pettini; alla fine dello sterminato dormitorio, prima della camera dei pettini, una piccola stanza con un pianoforte verticale dove andavano quelle che lo studiavano, prima con la luminosa suor Pierina odorosa di Tricofilina, poi con la tutta scura suor Serafina venuta da Lucca.
Alzato il coperchio della tastiera appariva una striscia di panno verde ornata con una tal quale civetteria di ghirigori ricamati in verde e giallo. Tolto quello ecco i denti bianchi e neri della tastiera. In alto, nel centro c'era un aggeggio da cui una volta disincantato, scattava un'asticciola con piccolo peso regolabile che andando a de-

stra e a sinistra scandiva il tempo. Per il resto la sommità del piano era carica di fascicoli musicali più o meno gualciti; Clementi e Czerny primeggiavano.

Grande la camera dei pettini; al muro in uno scaffale fatto apposta per loro tante scatole di latta, in un angolo ciascuna ha un numero, la mia è 7. Due panche lunghe e basse attraversano la stanza; la ragazza che siederà trae dalla sua scatola un accappatoio a mantellina, se lo pone sulle spalle, quella che sta in piedi dietro, la pettina. Quando ha finito prende dalla scatola il suo accappatoio, se lo mette e siede, quella che lei aveva pettinato ora le sta dietro in piedi e la pettina.

« Giannina, *mi prende* lei? » potevo avere sussurrato nell'andare. Così ci si accapparrava la compagna con cui scambiare il servizio del pettinarsi. Si sceglieva quella più congeniale, quella che aveva la mano più leggera; ma era una scelta clandestina perché si sarebbe dovuto *prendere* quella che capitava; poteva darsi il caso che Giannina sussurrasse: « Mi ha già presa Carolina ». Se no « Si metta sotto lei » rispondeva.

« Mettersi sotto » significava sedersi sulla panca e lasciarsi pettinare; quando le erano state appuntate le ultime forcelle, si alzava, riponeva tutto nella sua scatola e dritta in piedi pettinava l'altra che si era seduta.

« Nel primo mistero gaudioso si contempla... ».

E il rosario, monotono, assonnato, infreddolito, accompagnava quelle pettinature avanti giorno, sotto un debole lume a petrolio. Poi arrivò la luce elettrica. Chissà perché la Madrina resistette fino all'assurdo a non volerla. Da anni il paese ne era illuminato, anche dalle finestre aperte delle casupole dei Mosci si vedevano pendere dal soffitto le lampadine col riccio incandescente, ma in convento durava il petrolio. Arrivò la luce elettrica, ma per economia fu più debole del petrolio. « Lampadine tisiche » ripetevo io diventata ben presto la criticona dell'Educandato.

La fortuna che in casa degli zii non si dicessero rosari la valutai lì dentro; quanto esso mi fosse insopportabile me ne accorsi allora che mi ritrovai rinchiusa dove ogni giorno mi aspettava con le sue quindici poste senza una sola voce maschile a mitigarne la monotonia.

Fuori capitava che in chiesa dicessero una terza parte di rosario, ma era un'altra cosa, gente che entrava e usciva, movimento di sedie, il prete, le candele accese, i fiori, l'odore d'incenso che già s'annunziava dalla sacrestia prima che dondolando il turibolo uscissero per la benedizione; il rosario non era certo festoso come le litanie, ma una volta tanto poteva passare.

Pettinature e rosario finivano insieme. Subentrava il grande silenzio che li aveva preceduti.

Nel nostro corredo erano compresi due accappatoi; chiamavamo così la mantellina che ci mettevamo sulle spalle. I miei erano i più brutti informi e sgraziati, evidentemente Marietta li ignorava; a casa per pettinarmi mi mettevano un asciugamano sulle spalle. Avevano in fondo un merlettino all'uncinetto, in paese dicevano al crochet, in un angolo le due cifre e il numero a punto erba, cotone rosso D.M.C., la stoffa suonava come suona un mussolo nuovo ben

resistente. I miei accappatoi erano contadini inurbati.
Quelli delle quattro Pichi erano eleganti. Avevano un incavo in corrispondenza delle braccia in modo che alzandole non si scomponevano né sul davanti né sul dietro, circondate da gale arricciate; volant dicevano in collegio, in paese falpalà. L'incavo sulle braccia evitava anche lo scomporsi di quella arricciatura che ricadeva sul petto con grazia squisita e dietro rendeva principesco il collo.
Le mie goffe mantelline di pesante mussolo rigido a ogni movimento mi facevano sentire la loro presenza imbarazzante.
Con diverso grado d'intensità ammiravo gli accappatoi di tutte le altre. Quando poi arrivò Maria Trionfi portò accappatoi che erano all'altezza della sua corona marchionale.
Capitava che anche la Madrina venisse nella camera dei pettini e lei stessa ne pettinasse un paio. Leggera sospensione nell'attesa che la Madrina indicandone una dicesse « Mettiti sotto tu, ti prendo io »; le prescelte gongolavano. Si chiamava pettinatura « in grande » quando con la pettinina si grattava la cute staccando la forfora che poi la stessa pettinina rastrellava; una spazzolata e poi energica strofinata con una pezzetta imbevuta di quell'acqua lattiginosa leggermente profumata; profumo riannodabile a niente, profumo mai ritrovato neppure per somiglianza, un profumo che era solo odore di se stesso, odore di educandato.
Si tiravano bene i capelli sulla fronte nel cominciare la treccia che doveva essere dura e finiva legata con un cordino che la pettinatrice ci ave-

va tolto deponendolo sulla nostra spalla di dove poi lo riprendeva. La treccia arrotolata su se stessa era la « crocchia » che in paese chiamavano « ciuccio ». Però il ciuccio stava sulla sommità della testa, quella stava sulla nuca; forcelle di ferro piccole e grosse la fermavano, spesso facevano male. Ma presto la zia me ne portò alcune di finta tartaruga, grosse, sormontate da un loro piccolo diadema; non facevano male e adornavano.
Però oramai addio treccia per le spalle chiusa da un nastro o da un fermaglio con gli strass; addio capelli sciolti o solamente raccolti da un nastro che la zia cambiava a seconda del vestito; li teneva tutti in una di quelle scatole colorate di Loreto, scatole di legno così sottile da uguagliare il cartoncino bristol.

Poi due a due, coppie fisse che cambieranno solo per qualche motivo disciplinare, giù, quattro rampe di scale, mezzo giro dei Coretti, ad ascoltare la Messa.
Tutti dicono « ascoltare la Messa », ma nessuno l'ha mai detto in verità assoluta come lo dicevamo noi, perché noi sentivamo che laggiù in Chiesa si stava dicendo, ma non vedevamo proprio niente.
Se si faceva la Comunione altre due brevi rampe di scale che ci portavano a livello della Chiesa, su di nuovo per il ringraziamento. Uscita, giro dei Coretti e le due lunghe rampe di scale che ci portavano nei magazzini, all'altezza dell'entrata per scendere in cantina e poi nelle grotte.
Uno dei magazzini era il nostro Refettorio.
Finita la rampa che passava sotto l'arco del Tin-

toretto ci si trovava nella penombra a sinistra, nel buio a destra. Il buio riempiva uno spazio enorme in altezza, in larghezza, in lunghezza; a farci l'occhio in fondo si scorgeva un grande portone nero un po' sconnesso; di lì si scendeva nelle cantine seminterrate e scendendo ancora nelle grotte che dove finissero forse neppure la Madrina lo sapeva. In questo androne buio, tutti da una parte, verso l'esterno, i magazzini che, aperti, risultavano grandi scatole magiche. Le porte chiuse non si vedevano subito e per cercare la serratura bisognava aiutarsi con le dita. Si apriva la porta e ci si trovava immersi in uno scatolone di luce condensata; le pareti chiare e la finestra quadrata anche se non molto grande ed esternamente poco più su della strada, era altissima sull'immediato dirupo della collina; spalancata contro il cielo risucchiava la luce dello spazio concentrandola lì dentro.
In uno c'era il grano che ogni tanto le converse smuovevano con la pala. Grandissimo quello che magazzino non era, panetteria avrebbe dovuto essere, ma non lo era, il suo nome erano circonlocuzioni, « ci troviamo giù dal pane », significava che ci saremmo incontrate lì dentro. Una grandissima madia nel mezzo; due tre persone a fianco, altrettante di fronte, maneggiavano la pasta senza urtarsi; un vecchio buratto; diversi setacci appesi a rampini e chiodi; lunghe assi sui loro pioli e un armadietto con parananze, teli di tutte le misure e tovaglie da stendere sulle assi dove si sarebbero allineate le pagnotte e ripiegate per coprirle; tutta roba che veniva dalla Lingeria, ma c'erano anche le coperte di lana per riparare il pane dal freddo quando

usciva dal convento per andare al forno del paese.
Stava in mezzo agli altri un magazzino completamente vuoto. Su una parete c'erano allineate due lunghe e strette vasche alte meno del ginocchio, piene di acqua satura di calce, immerse ci stavano le uova. Irregolari le galline nel produrle, quando tante, quando niente; dentro le vasche si conservavano quelle dei tempi grassi per servirsene nei magri. La superficie di quell'acqua calcinata pareva cristallo crespo, un velo iridescente sottile come una blonda; la mano che la rompeva per prendere le uova non avvertiva resistenza.
Dalla scala volgendo a sinistra, prima un vano semibuio, quello della Basculla, poi un altro tanto buio che pareva sconfinato, in quello si apriva il nostro Refettorio.
La Basculla non poggiava in terra, ma su un suo potente sostegno a quattro gambe; a quell'altezza era più comodo scaricarci il sacco pesarlo e riempirlo. La Basculla stava vicina alla porta del convento, quella a livello della strada; proprio sulla strada c'era la seconda porta, tra le due il solito vano dove i secolari si fermavano per comunicare con le claustrali. Dalle due porte aperte arrivava dentro una curiosa luce vespertina. Se erano i somari ad aver portato qualcosa, dopo essere stati scaricati li legavano ad appositi anelli di ferro infissi al muro, sicché quell'andito preclaustrale a volte aveva sentore di stalla.
Ma penso alla Basculla e vedo gli uomini che voltandole le spalle, braccia levate all'indietro, con le mani afferrano i due pizzi del sacco, una spinta un po' incurvati per insellarselo, raddriz-

zati quel tanto che permette il peso e via a depositarlo dove si doveva.

Per facchini, operai e muratori non c'era clausura, essi arrivavano ai loro luoghi decreti sotto minima sorveglianza. Ma se dovevano attraversare una parte dell'edificio non contemplata per il loro lavoro, allora una monaca li accompagnava, un'altra li precedeva suonando un campanello senza interruzione. Se qualcuna era fuori della sua cella ci si rifugiava, immediata era la ricomposizione di tutta la vita claustrale; l'insistente squillo avvertiva che in casa c'era un estraneo. Fuori, per le strade, un chierichetto suonava così il campanello precedendo il prete che sotto l'ombrello di seta retto da un altro chierichetto, con le mani avvolte nel velo omerale, portava il Viatico a un moribondo.

In quell'altro grande irregolare vano si apriva il nostro Refettorio da cui filtrava quel po' di luce che faceva distinguere a sinistra un acquaio incavato nel muro dove le converse rigovernavano quando noi non ci s'era; una credenza, un paio di tavolini. A destra un armadione con tovaglie tovaglioli e canovacci, tutta roba richiesta dal programma e portata da noi a fondo perduto.

Refettorio, parola da conventi e seminari, giusta nel suo significato, ma fredda. Al contrario della nostra sala da pranzo che non era giusto chiamarla così in quanto ci si mangiava anche la sera a cena che era più importante se c'erano gli amici che si sarebbero fermati a giocare a carte. Niente tappeti in collegio niente quadri, niente credenze con i cristalli. Solo due lunghissime

tavole e tante scritte sui muri, con gli stampini, scritte nere sull'intonaco bianco.
La Madrina aveva scelto il magazzino più lungo per poterci mettere le due lunghissime tavole e l'aveva riempito di tante scritte da trasformarlo in magazzino dei detti severi; il Crocefisso ne aumentava la severità.

Considerate la vostra semenza:
fatti non foste a viver come bruti,
ma per seguir virtute e conoscenza

ci gridava un pezzetto di muro.

Non di solo pane vive l'uomo,
ma di ogni parola che esce dalla bocca di Dio

avvertiva un altro pezzetto di muro e sotto, come tutti gli altri, la sua carta d'identità « Deuteronomio » (VIII-3).
Da un altro pezzetto di muro era Dante a sentenziare che « seggendo in piuma in fama non si vien, né sotto coltre » perché lui non sapeva che le piume da noi esistevano solo in rarissimi piumini da spolvero e che dalle coltri ci buttavano fuori crudeli levatacce.
Con le piume il nostro Refettorio era fissato, un altro pezzetto di muro ci raccontava che « La gola, il sonno e le oziose piume hanno dal mondo ogni virtù bandita ». I muri erano ricoperti da solenni catastrofiche iscrizioni. Più che Refettorio poteva chiamarsi « magazzino di sentenze ».

Le monache si lavavano le mani prima di andare in Refettorio; era certo per iniziativa perso-

nale perché a noi mai che la Madrina ci avesse detto di lavarcele prima di metterci a tavola. Se una ragione particolare non ci spingeva a farlo durante la giornata, ce le lavavamo la mattina col muso; il sabato sera mani, muso e collo.
La campana per il pranzo delle religiose suonava due volte alle ore 10; la prima per avvertire di prepararsi, sistemare il lavoro nella propria cestina, correre al gabinetto chi doveva andarci, lavarsi le mani in cella o giù nel grande lavabo vicino alla cucina e al secondo segnale dirigersi al Refettorio.
Finito il primo un secondo turno per quelle che per lavoro, come le cuciniere, o per altri impegni non avevano potuto andarci.
Per noi ragazze la campana suonava mezz'ora dopo, alle 10,30 e il segnale era uno solo: alzavamo la ribaltina del banco, dentro i libri e ognuna con la propria compagna di coppia in fila giù, dalla cima dei tetti alla grotta. In quaresima e nella quattro tempora le monache digiunavano. Il digiuno consisteva nell'andare a pranzo alle 10,30, conseguentemente noi ci si andava alle 11.
La Madrina tentò di far presente che nell'educandato si perdevano ore preziose per lo studio; le fu risposto che quello era l'orario stabilito dal santo Padre. Lo so e allora andava bene anche per gli educandati, oggi non più; può continuare così chi ha solo da pregare e rammendare; se il santo Padre fosse vissuto adesso, i suoi orari sarebbero stati diversi. Precorse i tempi, verissimo, ma non poteva regolarsi con orari che sarebbero stati necessari quattro secoli dopo. Cosa

volete che importi lassù in paradiso ai nostri santi se in un collegio invece che alle dieci mangiano a mezzogiorno?
Si continuò a farci pranzare alle 10,30.

Nello smarrimento in cui vivevo quando fui rinchiusa lì dentro non m'accorsi che a tavola non avevo più il tovagliolo avuto da che ricordavo me stessa, sempre la stessa forma: una specie di lungo bavagliolo rettangolare con due fettucce; me lo legavano al collo lo zio oppure Eugenia. Sino al giorno avanti avevo lasciato che qualcuno me lo legasse anche se da tanto tempo sapevo fare da me. Non m'accorsi di non aver più il mio tovagliolo come non m'ero accorta che Zizì ed Eugenia erano scomparsi.
In collegio ficcavamo un pizzo tra il collo e il colletto del vestito, un buon triangolo di quello opposto lo stendevamo sulla tavola per metterci sopra i piatti. I piatti, piano e fondo, stavano davanti a noi, ma lontani da noi, sull'orlo della tavola.
Passava la Madrina reggendo con la sinistra uno dei due manici del recipiente con la minestra, l'altro lo reggeva una ragazza a turno, col ramaiolo nella destra la scodellava via, via ritiravamo solo quel piatto deponendolo sul triangolare spigolo del tovagliolo. Finita la minestra rimettevamo sul piatto lontano la fondina; la ragazza le raccoglieva portandole nell'acquaio.
Lo stesso procedimento per la pietanza; non c'era cambio di piatto per la frutta; c'era il « ringraziamento » in piedi a mani giunte.
Due a due, su per le scale, in silenzio. Un attimo,

un cenno della Madrina, baccano, corse, allegria, la ricreazione cominciava.
Chi non conosce la terra di mezzo delle Marche, forse non conosce il ciauscolo, almeno quello che dico io. Apparteneva alla « pista », quella festa invernale che altra più bella non esisteva. Era grosso e lungo come un salame, ma ripieno di carne come quella delle salsicce, ritritata però sino a ridurla una crema. Oltre agli ingredienti che formavano la salsiccia per il ciauscolo ci voleva l'aglio. Se ne strizzava la quantità che si voleva dal budello che lo racchiudeva e si spalmava sulle fette di pane come si fa col burro. Se il pane era caldo lo squisito ciauscolo diventava arcisquisito.
Impossibile capire come facessero lì dentro a tagliarlo in fette così sottili fino a dare loro la trasparenza che con molta abilità, o con macchine apposite si può dare alla fetta di salame; sarebbe lo stesso che riuscire ad affettare la pasta dentifricia. Nelle feste per merenda ci davano due di questi dischetti trasparenti. Nei giorni feriali la merenda era pane e mela, pane e due perette o altro frutto di stagione.
Per colazione pane e caffè e latte già mischiati e zuccherati.
Aveva proprio visto giusto lo zio nel comprarmi quella brocca, nel non volermi intruppare in un collegio perché io ero diversa.
Trovai le compagne infatuate di una radice; ne parlavano sempre, l'avevano mangiata, una cosa divina. Mi sentivo derelitta anche per questo, io non la conoscevo, non sapevo neppure che esistesse. Partirono le Manzoni e mandarono subito in dono quella radice bianca dal nome

esotico. Il Refettorio fu una sola interminabile ovazione; folli, tutte folli; urlavano, battevano le mani, impazzite. Intanto la Madrina si fermava avanti a ognuna grattugiando la radice sul piatto della pietanza. Io sola, zitta, aspettavo. La Madrina grattugiò sul mio piatto. Assaggiai, era qualcosa come se i torsi di cavolo di tutto il mondo si fossero concentrati in quella radice.

Se si mette in bocca una cosa cattiva, si sputa; ma lì dentro non si poteva né rifiutare, né lasciare sul piatto quel che ci servivano. E ogni volta che la radice riappariva io sola zitta e angosciata perché un poco dovevo farne grattugiare sul mio piatto, anche se per la violenza che mi facevo dovevo correre al gabinetto e vomitare. Dalla Madrina e dalle compagne né una parola, né uno sguardo quando uscivo di corsa e rientravo certo un po' disfatta. Era una rarità quella radice dal nome esotico, ma a me disgustava anche il nome; sin d'allora non ero attaccabile dall'esterofilia.

Non con ovazioni, ma tutte le compagne andavano in giolito per la cipolla cruda e i cetrioli, sicché l'insalata diventava cipolla e cetrioli con qualche foglia verde; tutte richiedevano ancora il cetriolo di cui era sempre pronto un supplemento.

Dei cetrioli non sopportavo il sapore e l'odore, ma neppure il rumore di materia rigida e scricchiolante che produceva la loro masticazione.

Io sola avevo quelle fobie con le conseguenti sofferenze. E doveva essere questione di stomaco, non di capriccio perché a casa mi piacevano

tanto i cibi ordinari come il farro e le penciarelle che qualche volta Eugenia portava crude da casa sua. Erano lunghe poco più di un palmo dei grandi non di me piccola, grosse come il mio mignolo, cotte come l'altra pasta, condite con grasso e magro soffritto, cosparse di pecorino grattugiato, erano buonissime.
In paese si chiamava il sellero e serviva più che altro per mangiarlo in pinzimonio, sale pepe e olio. In collegio niente pinzimonio perché l'olio era oro colato, il sedano appariva nell'orto durante la sua crescita, dove poi andasse a finire, mistero dei monasteri. E dicevano sedano invece che sellero; mi pareva più odoroso il sellero, ma forse non era vero.
« Oggi niente polenta, oggi c'è la lasca » diceva Eugenia quando per le strade un pesciarolo avvertiva che era arrivato il pesce. La zia faceva comprare merluzzi, seppie, roscioli, pannocchie. In collegio neppure la lasca, entrava solo il baccalà e lo stoccafisso, cadaveri rinsecchiti di pesce.
Quando il lesso non aveva né grasso, né tenerume, erano due fettine come le tessere del gioco « il domino » più sottili però, non di quella consistenza.
In Russia, a Barvica, nelle lunghe e strette gallerie percorse da tavolini con giocatori di domino, piene di quel picchiare che facevano sui tavolini con le tessere mentre studiavano dove porle, io non vedevo che fettine di lesso, fettine di lesso che a distanza di tanto tempo picchiettavano la loro presenza.
Ero felice a tavola quando per pietanza avevamo una foglia di borraggine inzuppata nel-

la pastella, fritta in una gigantesca padella di strutto, veniva giù ancora calda e croccante. Una foglia se era grande, due se erano piccole e le mangiavo col pane. Non pensai mai che di sostanza ce n'era ben poca, di spesa non ce n'era affatto. Giù per l'orto, tra le erbacce, cresceva la Borraggine e i suoi fiori azzurri erano tanto belli, belle anche le foglie rugose di un verde antico coperte di resistente peluria argentata.
Dicevano: anche i chiodi sono buoni fritti. Il fritto era come il soggolo delle monache, non abbelliva come quello, ma dava sapore squisito al nulla. Certo che se invece di una foglia di borraggine in mezzo alla pastella ci fosse stata una fettina di carne ci avrebbero nutrite un po' meglio; con la foglia di borraggine la nostra pietanza era un niente fritto.
Con un ferro come quello per fare le cialde, tra le due valve arroventate cuocevano la cialda azima per la Consacrazione. Suor Celestina con i suoi taglienti aggeggi ne traeva ostie e particole. Cascavano rifilature leggermente croccanti, pasta non ancora cotta, gocce rapprese e affumicate che raccolte in un cestino offriva alle educande. Non ricordo se le altre ci si buttavano a pesce come facevo io. Buone non erano, insipide e peggio, ma per mangiare con tanta avidità quei ritagli di ostie bisognava che il nostro fisico mancasse della quantità di cibo che gli era necessario.
A queste ragazze, se in Refettorio stavano mangiando con appetito qualcosa come avveniva con la polenta pasticciata che piaceva tanto anche a me, la Madrina tra il serio e il faceto ripeteva: « Fruges consumere nati ».

« La Fiorita », era chiamata così una corona aperta sulla tavola che delimitava il posto della festeggiata, messa insieme con ramicelli di cedrina, di mortella, foglie d'edera e d'alloro e pochi fiori mai presi dal Giardino della Madrina, ma pescati nell'orto, primule, pervinche, papaveri se c'erano.
In paese la fiorita era lo spargere mortella e lauro per le strade dove passava una processione; l'odore di foglie calpestate era per me l'odore della processione.
Sulla fiorita mettevamo i regali per la festeggiata; i regali consistevano nelle figurette. Le figurette erano il nostro capitale. Ognuna era un assegno che si poteva rendere non trasferibile scrivendoci dietro a inchiostro, ma che la necessità poteva rendere circolante, bastava che la precedente donatrice avesse scritto la dedica a matita, si cancellava quella e se ne scriveva una nuova.
Un po' prima che suonasse l'ora del nostro pranzo, un paio di noi chiedeva sottovoce: « Madrina, possiamo andare a fare la fiorita a Giannina? ». Lei assentiva col capo. Si chiedeva per il compleanno e per l'onomastico. Di quel paio che faceva la richiesta, una ero sempre io. Eravamo poche allora e lo fummo finché non cambiò tutto. Io avevo estro nel comporre la fiorita e nello scrivere dietro le figurette, dovevo dettare la dedica anche alle altre.
A me non toccava mai perché santa Dolores non esisteva e il mio compleanno nessuno lo sapeva; anche io dovevo frugare nella memoria per ritrovarlo.
Ma se la Madrina non mi avesse avuto in uggia

come mi aveva, l'onomastico almeno l'avrebbe trovato, non poteva ignorare che il mio nome veniva dallo spagnolo « Nuestra señora de los Dolores » quindi il mio onomastico ricorreva il giorno della Madonna addolorata.
Cosa nuova fu l'ora di ricreazione, più corta quella dopo pranzo, più lunga quella dopo cena.
Non avevo mai conosciuto quella parola; alle scuole comunali si entrava per la lezione, se ne usciva per tornare a casa. E a casa, in quella del Beneficio giocavo o facevo i compiti quando mi pareva; idem nella casa Gentilizia e poi lì oramai mi divertivo più a leggere che a giocare. Forse era una ricreazione scendere nell'orto, ma anche lì ci andavo quando ne avevo voglia, ci stavo quel che mi pareva e il più grande divertimento era uscire dalla porticina, andare dai cordari e girare la ruota facendo riposare la vecchietta.
Questa era vera ricreazione, ma non si chiamava così e non aveva ore fisse.
Uscita di collegio imparai che la vera ricreazione è il riposo, me lo spiegò Vittore Pansini. « Non buttar via un vestito di lana anche se è talmente liso che non puoi più portarlo, riponilo; dopo qualche anno tiralo fuori e guardalo, nuovo non è di sicuro, però è meno liso di quando lo riponesti: nel riposo le fibre si sono un poco ricostituite, si sono ricreate ».
Avevo un vecchio cappotto della zia, lana grigia a spina di pesce, riadattato a me, l'avevo portato diversi anni, ora però bisognava proprio smetterlo; invece di buttarlo feci quel che Vittore

Pansini mi aveva suggerito. Attaccato a una stampella nell'angolo scuro di un armadio con altre cose abbandonate o raramente servibili. Qualche volta lo vedevo senza guardarlo.
Un freddo improvviso alla fine d'una estate, necessità improvvisa d'uscire, non c'era tempo di aprire le custodie, tirar fuori gli altri e lasciar svaporare l'odore di naftalina. Dovrò per forza mettermi quel vecchio grigio, pazienza; lo tirai fuori, lo guardai alla gran luce, ma certo che potevo metterlo, s'era ringiovanito. Da quanti anni era là? Non meno di dieci.
C'erano voluti dieci anni perché potessi dire: Vittore Pansini aveva ragione, lasciate in riposo le fibre, si ricostruiscono.
Era vera a largo raggio la spiegazione di Vittore Pansini. Nella casa Gentilizia dove non avevo più la strada come in quella del Beneficio, quando sbucando di corsa dalla porticina dell'orto andavo dalla vecchia cordara che stava girando la grande ruota e la costringevo a cedermi il manubrio, restare ferma lei sulla sua sedia e con impegno mai così gioioso, giravo la ruota, *io mi ricreavo*, io rifacevo di me quel che si era logorato.
In collegio, pur con tutta l'attività che ci buttai, nulla ricreai, tutto consumai. Mi consumai tanto che c'era voluta tutta una vita sbagliata per capirlo. Ero entrata spezzata da prima, poi la freddezza della Madrina mi paralizzava. Non partecipavo ai giochi, li servivo, non li adoperavo. Giravo uno dei capi del grande arco per il salto alla corda di gruppo. Lo giravo con tutto l'impegno, davo un ritmo e una sostenutezza che correggeva la debolezza dell'altra che aspet-

tava solo il cambio e lo reclamava se non era sollecito. A gruppi le altre saltavano a piedi alternati o uniti; io continuavo a girare e mai che la Madrina mi dicesse « Salta anche tu ». Io ero un palo-agente.

La mia ricreazione era quella che si svolgeva nell'orto perché lì camminavo.

Mentre le compagne in gruppo o a crocchi stavano ferme a ciacolare, io ero Michele Strogoff che doveva raggiungere Jrkutsk nel più breve tempo. Ero a Mosca con lui, raggiungevo Nijni Novgorod, marciavo anch'io, dovevo arrivare a Jrkutsk; me ne andavo su e giù per il viale; ai cipressi, cento, dicevo; all'albicocco, duecento, trecento ai cipressi, quando arrivavo a mille, un chilometro! Avevo fatto un chilometro. Via di nuovo, cento, duecento, via per le steppe russe, Michele Strogoff era un idolo; Nijni Novgorod aveva un fascino indicibile; anche nel nome, perduto quando diventò Gorki.

Ero sola e malvista lì dentro, ma colma di felicità quando marciavo senza sapere se ero con Michele Strogoff o Michele Strogoff ero io.

Ero io sola a camminare così mentre le altre sedevano in crocchio o a gruppetti si muovevano al rallentatore, camminavo finché una campana o il batter delle mani della Madrina m'interrompeva a mezzo di una steppa prima di arrivare a Jrkutsk.

Che cosa vedeva la Madrina quando, arrivando nell'orto e noi si stava tranquillamente disperse, gridava quel suo « Vae soli! » che però tirava fuori anche quando eravamo nel chiuso dell'Educandato? « Vae soli! » senza una parola di commento; tutt'al più alzava una mano come fa il capostazione con la paletta per dare il via al treno. Il mistero della Trinità lo spiegava, quello della Transustanziazione pure, ma il Vae soli! mai. Guai ai soli, era facile capirlo, ma perché a noi che vivevamo e ci muovevamo come un tutto articolato? Al gabinetto andavamo sole, ma ne chiedevamo il permesso e mai allora lampeggiò il Vae soli!

Quando lo diceva pareva che la voce di Dio minacciasse dal cielo. Solo minaccia, neppure una parola che la chiarisse. Che da sole si potessero fare peccati orribili? Ma quali? Non prendevo parte ai giochi, è vero, però li guardavo; gli occhi mi univano alle altre; sola non ero anche se stavo sola.

E poi ci stavo tanto bene sola e il loro santo Padre per *ricrearle* nello spirito le mandava *in solitudine*.

Il mio interesse era nel meraviglioso. Con lo zio i bicchieri capovolti che si spostavano chiamati dalle vibrazioni, il moto vortiginoso di due immagini separate che ne facevano una sola, la musica dei cristalli, il campanone di San Pietro urtando contro il tavolino un cucchiaio d'argento legato a due fili.

La casa del Beneficio era colma di meraviglie, bastava un raggio di sole nella penombra della sala da pranzo attraverso le persiane socchiuse perché apparisse la danza del pulviscolo atmosferico. Dante lo vide come lo vedevo io quando descrive la danza degli spiriti dentro la croce luminosa.

Lì dentro una sola meraviglia fu gelida come il ghiaccio.

Non c'erano persiane alle finestre del dormito-

rio, solo il vetro ci divideva dal freddo della notte. Una mattina vidi i vetri completamente coperti da arabeschi gelati, una cortina di foglie spizzettate, al dritto, al rovescio, erette, piegate su se stesse, un meraviglioso fogliame di ghiaccio fitto fitto creato dalla notte fonda.
Buio era ancora quando scendemmo per la Messa e la colazione con tutto quel freddo senza uno scialletto sulle spalle. Quando tornammo su corsi a vedere se quella meraviglia s'era dissolta, la ritrovai intatta e la poca luce del giorno che cominciava a filtrare tra quel fogliame metteva in risalto le ombreggiature, le nervature, la consistenza di tutto quel fogliame che non era piatto, ma in leggero rilievo. Da quel fogliame ghiacciato entrava una luce da inverno polare.
Quando il fenomeno si riproduceva mi faceva paura, sapevo che la giornata sarebbe stata freddissima.

La nostra divisa era di cotone tessuto a mano a righe sottilissime nocciola e bianco, corpetto e sottana. Sul colletto a grossi punti, tolto il vecchio, nel sabato attaccavamo il collettino pulito: una striscetta di mussola bianca leggermente inamidata con piccola trina su tre lati; nei nostri cassettoni ne avevamo una riserva.
Tessuto a mano anche per i grembiuli, a quadretti bianchi e rosa per l'estate, bianchi e turchini per l'inverno. Il grembiule era appeso a una bassa cintura con bottone e asola sul dietro; il pettino riccio all'attaccatura, si allargava un po' a ventaglio e finiva con due « pattuelle », listerelle a punta traforate da un'asola che si

infilava nel bottone attaccato su ogni spalla del corpetto. Quei due bottoni quando non portavamo il grembiule mi davano fastidio.
Scendevamo per la Messa senza metterlo, lo buttavamo su una spalla come il tovagliolo i camerieri di trattoria. Ai Coretti lo poggiavamo sul sedile; lui sedeva e noi in ginocchio.
Nel vestito di lanetta nera per la domenica non c'erano bottoni sulle spalle; il grembiule era lavoro, quel vestito era festa; non c'era intesa tra i due indumenti. In vita una comune cintura di cuoio al naturale che ci rendeva sportive quasi eleganti. Io tutto dovevo aspettare, ogni cosa arrivava a me con stento mortale e quando dopo tanto tempo ebbi il vestito nero anch'io, chiesi alla zia la cintura; me ne portò una di cartone pressato che si screpolò subito rivelando la sua sostanza; me ne vergognai tanto che mi sentii liberata quando ne ereditai una di cuoio vero.
Perché la zia che mi portava tutto quello che volevo fu dispettosa con la cintura? Perché suor Maria Adelaide s'era fatta monaca? Difficile capire.
Nelle feste solenni invece della cintura di cuoio un grande nastro di seta azzurro, allacciato sul fianco sinistro, le due bande arrivavano all'orlo della gonna.
Lì dentro non esistevano i nastri altro che in sacrestia per gli amitti e altri paramenti sacri; in educandato come nostra cintura, ma era foderato.
A casa oltre che per i miei capelli la zia ne aveva per mettermeli intorno alla vita e legarli dietro con ricchi nodi; ne aveva di tutti i tipi nelle sue

scatole di Loreto pesanti e leggeri, morbidi e rigidi, rasati e marezzati, con le due estremità tagliate a sbieco o a coda di rondine.
Il nastro azzurra cintura del collegio significava essere figlie di Maria, per la qual cosa bastava il nome non esistendo alcuna cerimonia.
In ricorrenze eccezionali mettevamo un collarino a paggio, lontanissimo discendente delle gorgere al tempo del Tasso e dei colletti alla Medici. Erano a piegoline minutissime, non arrivavano a tre millimetri, fitte fitte, non faceva in tempo a finire una che già cominciava l'altra; a due terzi dell'altezza, un cinturino a giro collo lasciava libere le piegoline di aprirsi a ventaglio intorno al mento e di allargarsi sul principio delle spalle senza disfacimento della pieghettatura.
Avevo avuto anch'io il vestito nero con la cintura azzurra e il collettino ancien régime, ma non avevo ancora la croce d'argento che si portava sempre, l'ultima cosa nell'alzataccia della mattina mettercela al collo, sotto l'accappatoio c'era la croce; la croce completava la nostra uniforme; alcune non se la toglievano neppure la notte. Lunga non meno di sei centimetri, era visibilissima. Le incisioni da tutte due le parti, imitavano quelle della grossa croce a cassettina, ripostiglio di reliquie, delle suore. Il nome di Gesù nel mezzo e ghirigori sui quattro bracci.
In una fotografia ufficiale di gruppo in vestito nero, io sola sono senza croce. Me la fecero aspettare tanto che credetti di non esserne degna.
Arrivò, ma era brutta; tentava di ripetere le

incisioni delle altre, però fatte così male che restò la croce più brutta del collegio. Non ebbi il coraggio di chiedere « Se fosse stata per Maria Fiorenzi avreste accettato un lavoro così malfatto? ».
Anche quella croce, in quell'età, pesò sulla vita del mio dopo.

Lì dentro finì la poesia dei miei vestiti; risorse un ricordo, brillò e si spense; fu nel preparare una Fiorita. Tra le figurette c'era l'angolo interno d'un chiostro; da una parte veniva una carmelitana, dall'altra a piedi nudi un bambino con una vesticciola rosa, appena si scorsero si fermarono tutti e due. « Chi sei? » chiedeva il bambino. « Io sono Teresa di Gesù e tu chi sei? ». « Io sono Gesù di Teresa ».
Non fu il dialogo a darmi quel guizzo, fu la vesticciola rosa di Gesù e non perché era rosa, perché era quel punto di rosa; un rosa mescolato con un po' di turchino, quel color ciclamino che si avvia verso il lilla. Un vestitino lilla arabescato col suo stesso colore più o meno intenso, col cappellino lilla a cuffia, rimase il colore della mia infanzia. Venne dopo quel ciclamino come la vesticciola della figuretta e aveva un suo cappello a monachina con grappoli di glicine.
Avevo sempre sentito i miei vestiti come sensazioni; la stoffa, la foggia, i colori, i disegni, le guarnizioni rimanevano espressioni vive di un tempo che intanto s'allontanava.
Con una zia come la mia, adoratrice e divulgatrice delle mode per cui i migliori figurini erano i suoi; sempre abbonata alla più chic rivista di moda; che quando sceglieva la stoffa per un

vestito perdeva quel suo modo di vivere distante da tutto e da tutti per una passione interna il cui mistero portò con sé nella tomba, il campo della moda fu un terreno dove sempre scorazzai in libertà.
Essa mi aveva rinchiusa lì dentro con un corredo intimo perfetto nel numero richiesto e nell'eleganza non richiesta. Vestiti e scarpe niente, solo quello che avevo indosso quando disse « Questa è Lolita ». Era un vestito di fustagno bianco-sporco con pois rosa come lenticchie. Eppure di vestiti ne avevo tanti, ultimo quello della prima Comunione, un vestito anticonformista di pesante lana tessuta a stuoia e neppure proprio bianca, color lana grezza; vestito intero con sopra una corta giacchettina; stivaletti bianchi alti, pelle da guanti, abbottonati ai lati con bottoncini come grosse perle opache. Non era certo un vestito da prima Comunione, era un vestito da passeggio.
Quella sua misteriosa passione la rendeva chiusa, taciturna, assente; la moda la sbloccava. Per tutta la vita era stata abbonata ai migliori « figurini » del momento; lo provavano alcuni vecchi bauli foderati nell'interno con le loro pagine. « Il Corriere delle Signore » era quello del momento. Le sue grandi tavole a colori le attaccava nelle pareti di Cesira Bonomi, la sarta-signora del paese. Anziana com'era vestiva alla moda, ma il suo buon gusto le faceva evitare il rischio del ridicolo.
Che si appassionasse nello scegliere stoffe e fatture per i miei vestiti l'avevo sempre visto, ma non ero arrivata a capire quanto li amasse; li amava tanto che dovette tenerseli tutti con sé

quando mi mise in collegio. Io ero i suoi vestiti, quella del cuore; l'altra, quella che rinchiudeva era quella della mente.
La Madrina le fece pervenire la richiesta di un altro vestito per me. Non ne fece nulla; i miei vestiti non li dava a nessuno, neppure a me.
Come lo zio aveva detto a lei il giorno che mi rinchiuse « Fa' tu, io non posso vederla uscire di casa » essa disse all'onnipresente Eugenia « Fa' tu, io non posso togliermi un vestito ».
Eugenia non metteva mai un punto, ma si proclamava sarta; per sant'Omobono, protettore dei sarti, non veniva a servire. Per me lo fu davvero. Comprò una cotonina rosa picchiettata di tutti i colori come quei fastidiosi confettini che in casa spargevano sopra la zuppa inglese; fece una lunga larga gonna unendo qualche telo uno con l'altro e arricciandoli in vita; un giubbotto senza forma, largo e lungo, con una morbida cordicella scorrente dentro l'orlo, tirandola e legandola al punto della vita diventava sacco sblusato. Per provare se andava bene si riaperse il battente del gigantesco portone dal quale ero entrata. Eugenia mi mise il vestito, mi rigirò, disse che andava bene e si portò via l'altro, forse la zia lo rivoleva. Io rimasi infagottata dentro a quei due sacchi fino a che la Madrina mal volentieri si dovette decidere a farmi cucire la divisa.

Da quella mattina che la zia aveva scoperto sul lenzuolo del mio letto una macchia di sangue grossa come un petalo di rosa e mi aveva detto « Da questo momento tu sei donna » e io che avrei voluto sapere che cosa ero prima, tacqui;

lei non ne parlò più e io dimenticai. Diverso tempo dopo stando io seduta e lo zio in ginocchio davanti a me mi alzava un piede e poi l'altro, tutti e due profondamente piagati per i geloni che lui curava mettendo sulle piaghe carta oleata spalmata col balsamo di sua invenzione, in quei movimenti apparvero le mutandine non cosparse di petali rossi, ma imbevute di sangue. Tacemmo tutti e tre e io non ci pensai più.

Da qualche mese ero in collegio e il fenomeno si riprodusse, se ne accorsero, la Madrina mi chiamò e mi condusse nella mia Stretta, tirò le tende e domandò:

« Ma non fai nulla in questa circostanza? ».

« Che cosa dovrei fare? » chiesi.

« Sei una Pandora » disse lei.

Tirò fuori dal mio cassettone uno dei pannolini inclusi nel mio corredo, di lino con una frangetta su due lati; lei s'era portata una fettuccia, una cappia davanti, una di dietro, mi insegnò a metterlo.

Anche se per una presa in giro quella era la prima parola che mi rivolgeva senza cipiglio.

Forse fu la mia floridezza ingenua, la mia bellezza tipica a strapparle con un lampo di simpatia quella parola così in contrasto con la costante freddezza sua e della madre Caccialupi verso di me, con la loro palese ostilità che ogni tanto cristianamente esplodeva. Io non avevo fatto nulla di male a loro che nei miei riguardi usavano espressioni e parole astiose, tante che se fossero state frecce avrei zittito san Sebastiano.

La zia non era amata in convento, forse poco anche lo zio e quei due ci avevano ficcato dentro

per forza la figlia illegittima di una loro parente disgraziata; lì dentro, dove c'era solo splendore di nobiltà, esemplari di rettitudine e tanta religiosa superbia.
E io? Io che cosa ero per loro? Forse la figlia della colpa raccolta da quei due babbei.
Ma quella indesiderata si rivelava la più ingenua pancottona di questo mondo, tanto buona che aspettava come se lo meritasse un trattamento così ingiusto.
« Pandora », c'era qualcosa di ben pasciuta calma in quella parola e all'ingenua pancottona andava bene. Questo solo vide la Madrina in quel momento.
Uscita dalla Stretta tornò tutto come prima: lei a non occuparsi di me, io ad accapparrarmi tutte le faccende possibili. Non era difficile; tra le compagne non c'era nessuna che avrebbe desiderato farle e poi più erano pigre e più lei le amava; coccolava la pigrissima Giannina.
Ma io non ero solo un'attiva pancottona, ero anche un fuoco soffocato, un movimento in catene, una ribellione in ceppi; ero una dicotomizzata, se fossi stata un vegetale sarei appartenuta alla famiglia dei dicotiledoni; forse ero anche una distimica.
Nella mia composizione l'elemento mancante era la malizia. L'ingenua è una pancottona per chi guarda da un solo punto di vista; la Madrina di me non vide altro. Del resto Pandora fu una parentesi di pochi minuti.

Credulona lo ero e ci sono rimasta. Stavo lì dentro da diverso tempo quando avvenne che la Madrina ci radunasse in Parlatorio dove ci aspettava il Confessore. Ci aspettava per annunziarci che sarebbe andato a Venezia dove avrebbe visto i mori che martellavano la campana dell'Orologio; il Ponte dei Sospiri; San Marco e i cavalli; Ponte Rialto e le Mercerie; Canal Grande e le gondole; la Ca' d'oro, la Ca' Foscari, la Ca' Grande e tutti i campielli; si sarebbe fatto fotografare nel punto dove c'era il campanile che non c'è più.

A una delle compagne venne in mente di chiedergli che le riportasse la cartolina di uno di quei luoghi. Immediata una ressa di voci e di mani. « A me il Ponte dei Sospiri – A me i mori col martello, ma anche i cavalli – A me la Ca' d'oro ».

Nelle resse e negli affollamenti mi perdo; a me parve che le compagne si fossero accapparrato tutto, perciò gli chiesi: « E a me che mi porta? ».

« A te un nientino legato in oro » rispose.

Quel nientino legato in oro fu la segreta gioia dei giorni d'attesa; cercavo di capire come potesse essere; forse un pendentif, cornicetta vuota senza niente dentro; un cerchio in oro come un medaglione vuoto. Mi veniva in mente che fosse uno scherzo, ma pensavo anche che potesse essere qualcosa che non sapevo; attendevo che passassero i giorni, che il Confessore tornasse, che quel nientino legato in oro qualche cosa fosse.

Collegio e casa erano agli antipodi. Ritrovai però lì dentro l'ordine della zia di adoperare la destra; lo zio anche per questo mi lasciava libera.

Due mani uguali, perché una doveva lavorare

più dell'altra? Forse c'era una legge che io non capivo. Così come io non avrei potuto aprire il tabernacolo. Il prete era la destra, io la sinistra. Continuavo come potevo a tenere mortificata la sinistra. Però certe cose le facevo a rovescio e non riuscivo a farle diritte.
Un giorno credetti di aver trovato la spiegazione: l'angelo custode sta a destra, il demonio a sinistra; dunque la mano sinistra è contaminata. Mettevo la scarpa destra più vicino al letto e la sinistra più lontana, sfioravo una cosa con la destra dopo averla toccata con la sinistra.

Lì dentro io fui il N. 7. Quel numero a casa esisteva solo per le 7 allegrezze della Madonna recitate dalla zia in ginocchio prima di coricarsi; ma succedeva di rado.
Quando si preparava il corredo e seppi che quello era il mio numero mi apparve brutto perché i 7 stiletti infilati nel petto delle madonne addolorate simbolo dei 7 dolori erano disposti male, 4 da una parte, 3 dall'altra; se fossero stati a semicerchio non mi sarebbero dispiaciuti. È vero che l'impugnatura di quello di mezzo avrebbe sorpassato il mento della Madonna, ma sarebbe bastato accorciarli, farne stiletti che le signore potessero tenere sullo scrittoio come tagliacarte. *L'Addolorata*, dicevano a casa, *la Madonna dei dolori* dissero in collegio; qualche volta una passata ne avevo anch'io, perciò pensavo che le spade appuntate sul cuore, bisognava spostarle più in basso. Se era *l'Addolorata*, lasciarle dov'erano.
Io ce l'avevo con gli stiletti, la zia ce l'aveva con gli stessi dolori; le 7 allegrezze non se le era

inventate, liturgicamente esistevano, solo che lei sceglieva quelle e rifiutava i dolori.
Ora vorrei sapere perché al mondo non esiste una Madonna allegra né scolpita, né dipinta. Lievemente sorridenti ce ne sono, ma la maggior parte stanno indifferenti come per dire che ormai hanno fatto l'abitudine a tenere Dio sulle ginocchia.
Superata l'ostilità per quei stiletti fui contentissima del mio numero. Il tre è perfetto perché triplica l'unità come Dio triplica se stesso, come il nove che è il tre per tre tanto perfetto che per scovare un errore si fa la prova del nove. Ma in terra, in purgatorio, in cielo, in inferno, tutto è sette. La Settimana, i pianeti, le fasi lunari, i peccati capitali, i doni dello Spirito Santo, i Sacramenti, il totale delle virtù cardinali e teologali, senza il mio numero le sacre scritture sarebbero mutilate.
Il mio 7 una mescolanza di bene e di male, di cielo e di terra, d'inferno e di paradiso, numero angelico e demoniaco, numero di tutti i misteri eccetto quello della Trinità, il mio 7 conteneva il mondo invisibile e visibile. Le città con destino universale stavano tutte su sette colli, anche Mosca con quel nome d'insetto noioso.
Il sette scappa fuori tra piccoli e grandi per creare un giocoso spavento quando gridano « Sette! ».
Il giubileo ebraico era ogni 7 settimane di anni, 7 volte 7 anni. E poi l'anno in cui tutto riposava, anche la terra, tutto *si ricreava*, l'anno annunciato dal suono dello Sciofar che dal tempo dei tempi risuona per 7 volte.

« Il Tintoretto » quell'unica parola che pronunziai il primo giorno di collegio fermandomi incantata avanti alla Crocefissione fece dire alle compagne « Com'è istruita! », quella parola mi aveva timbrata. In seguito quando cominciavo a comunicare con loro vollero che pronunziassi: famiglia, giglio, figlio, aglio. « Come pronunzia bene, a Treja tutti dicono: famija, gijo, fijo, ajo ». Era vero. E vollero che leggessi. « Come legge bene » e si guardavano tra loro.
Fu così che nell'ora di lavoro quando la sorveglianza era affidata a una delle grandi e si riprendeva la lettura troncata ieri, facevano leggere sempre a me. La Madrina mai rassegnata al fatto di avermi accettata sfogava il suo disappunto ignorandomi, tenendomi a distanza, qualche volta trattandomi male, quando arrivava su alla camera del lavoro, noi tutte in piedi, con un cenno della mano diceva « Sedute » e la lettura riprendeva.
Un giorno non resse e con tono di rimprovero più che di domanda disse:
« Fate leggere sempre a lei? ».
Risposero più voci tra loro intrecciate.
« Legge tanto bene ». Brusca interruzione della Madrina.
« No, legge troppo svelta ».
« Perché le corre molto l'occhio » disse Olga Manzoni.
La Madrina tacque; io continuai a essere la preferita per la lettura e un giorno proprio lei rise di cuore, a lungo, mettendosi la mano avanti alla bocca come faceva quando la risata sprizzava da cosa maliziosa, le compagne pure ridevano, io ero piena di vergogna, avevo certo fatto

un errore ma non sapevo quale; finalmente capii, avevo letto « Lutero » con l'accento su l'u, dovevo leggerlo con l'accento sulla e. Per me era lo stesso; quella parola con qualsiasi accento fosse, l'ignoravo.
La Madrina rise, ma non si rivolse a me neppure per dirmi che ero una « Pandora ».
Di tutto quel periodo una voce è restata senza affievolirsi, quella di Olga Manzoni. Quando la Madrina contrastando al favorevole giudizio delle compagne negò che leggessi bene « No, legge troppo svelta » « Perché le corre molto l'occhio », sicura e forte s'era levata la voce che nell'apparenza spiegava, nella realtà mi difendeva.
Perché quelle parole assumessero la grandezza della Colonna Traiana, dovevo sentirmi proprio abbandonata.

Lì dentro l'anzianità era desiderata come nella vita si desidera la giovinezza.
Le compagne parlavano di topinambur, di carline e io non sapevo che cosa fossero; non chiedevo spiegazioni non solo perché non ne avevo l'abitudine, ma per non confermare a me stessa l'umiliazione di essere venuta dopo.
In quei tempi mitici padre Pizzicheria era stato ospite del monastero, aveva tanto riempito di sé ambiente e persone che queste colmavano il vuoto che aveva lasciato parlandone sempre. Mi sentivo menomata per non esserci stata quando ci fu lui; in silenzio ascoltavo i fatti non visti, le frasi non udite.
Parlavano di Tom Pouce. Non esisteva Tom Pouce, era uno scherzo. Per farlo c'era voluto

un tavolino coperto con drappeggio su tre lati, una specie di boccascena sopra e due ragazze dalla parte senza drappeggio divise tra di loro dal sipario del boccascena; quella dietro appoggiava le mani infilate in due scarpe sul piano del tavolino, l'altra truccata e acconciata da piccolo Tom con berretto e vesticciola, gestiva e batteva le mani mentre lei pestava con i piedi; mimavano una storia scherzosa, recitata in piedi su quel tavolino da un arguto bambino nano. Speravo che lo rifacessero, che lo potessi vedere anch'io, ma Tom Pouce era una sorpresa; conosciuto il segreto, sorpresa finita; tutte lo conoscevano, io sola non c'ero. Essere venuta tardi, una diminuzione di cui soffrivo; avvertivo il valore supremo dell'entrata. Di Celsa Picciafoco che era stata la prima e non c'era più si parlava come di una semidivinità. In una fotografia dove le prime entrate, in ordine sparso, sono nell'orto, la rimiravo, alta, sottile, sta rammendando una calza con l'ovo dentro, ma nel momento del clic guardava l'obiettivo.
Ultima entrata mi sentivo una nullità per non aver conosciute le Picciafoco. Tacevo quando parlavano di Celsa il N. 1, di Noemi che forse si faceva monaca, di Probina da cui avevo ereditato il 7, tacevo quasi mortificata.
Antonietta e Olga Manzoni avevano il 2 e il 3; con loro molto poco, ma un poco ci stetti. Tutte e due erano un pezzo di Romagna; credevano di essersene liberate, ma la loro pronunzia era inamovibile come il Gran Sasso. Le compagne ci si divertivano, le sfidavano a dire « avvizzisce » e loro sforzandosi di riuscirci pronunziavano « avvississie ».

Antonietta fu « la mia grande » ed io m'innamorai non solo della sua bellezza, ma di tutto quel che faceva e diceva. Prima di andare in collegio qualcuno mi aveva detto che avevo la bocca come l'imperatrice Sissi, il labbro superiore fresco e carnoso nel mezzo, che sporgeva con grazia birichina sull'inferiore. Antonietta aveva quello inferiore sporgente, in chiesa la vedevo di profilo, non facevo che tirare il mio, volevo allungarlo tanto che sopravvanzasse quello di sopra.
Antonietta era « l'arzdora » vocabolo dal cielo disceso che io pronunciavo « asdora » non sapevo che volesse dire, né lo chiesi; forse era quello che nei contadini di Treja è la « vergara », la moglie del vergaro, la padrona di casa. Lì dentro non si sarebbe mai legato con Treja; le loro terre erano lontane, in Provenza dov'era sorta la Visitazione; le più vicine in Romagna di dove era sorta la Madrina.
Un mazzo di chiavi dentro un anello sostenuto da un grosso gancio che Antonietta attaccava alla cintura del grembiule era il segno del suo essere Asdora. Che cosa aprissero quelle chiavi non so. Ma poterle avere anch'io e appendermele alla cintura, un sogno! Un sogno che s'avverò; l'unico. Cominciai con l'anello, ogni chiave inutile ce l'infilavo, chiavi che nulla aprivano, chiavette racimolate qua e là, quando me le sentii sul fianco mi parve d'aver raggiunto qualcosa.
Era di moda il vitino di vespa che le signore ottenevano con apposito busto e l'energia della cameriera che ne tirava le stringhe; Antonietta ce l'aveva.

Ad Olga il compito di caricare i due orologi delle scale. Per me quell'incombenza era come la presidenza di una repubblica; non avrei mai osato pensare che potesse toccarmi. Aiutavo Olga, portavo su e giù la scaletta dall'orologio vecchio al nuovo ed era già un incarico di fiducia del quale ero orgogliosa.
L'orologio nuovo, tanto nuovo che pareva non ancora uscito dal negozio, era uno dei regali del signor Tullo. Stava dentro una sua custodia così alta che Olga alta anche lei per togliere il giornale che dietro la cimasa salvava il tetto invisibile, doveva salire più di mezza scaletta, lo stendeva a me che lo spolveravo mentre lei col piumino faceva altrettanto lassù. Il pendolo come una catena d'oro continuava a scandire il nostro tempo.
Arrivò presto il giorno in cui Antonietta ed Olga sarebbero uscite; il signor Tullo e la signora Elena erano venuti a riprendersele.
Nelle prime ore del pomeriggio esse erano già uscite dalla nostra compagnia, avevano già il vestito buono, s'aggiravano meste e silenziose con la Madrina che parlava a voce bassa. Era già stata fatta la fotografia della partenza e ad Antonietta che poco prima aveva pianto, risultò il naso un po' grosso. Di lontano le guardavamo senza avvicinarci.
Noi si era nella Galleria-linea-di-mare e mangiavamo la merenda, pane e due piccole pere verdi. Il portone si aprì in fretta un saluto in silenzio e la contessa Manzoni stava abbracciando le sue figlie. Il portone si richiuse.
Uno strappo vivo, muto, tutto mio, una lacera-

zione dell'anima e del corpo. Buttai pane e pere dietro una cassapanca.
« Ragazze, andiamo a salutare la contessa Fiorenzi. La Contessa è nata marchesa Della Porta. Quella stirpe ha le caratteristiche spalle scese ».
Così ci diceva la Madrina quasi ogni volta che la contessa veniva. L'ossequio ai titolati la portava a valorizzare anche una parte del corpo. Però tutte nobili lì dentro, tanta nobiltà che anche le camicie da notte avevano i loro gheroni come certi scudi araldici; erano due triangoli rettangoli incuneati dal basso in alto nelle due cuciture laterali per allargarle.
Le spalle della contessa erano tanto scese che uno scialletto non l'avrebbero sostenuto senza appuntarcelo. Due spalle che, col sovrastante lunghissimo collo, disegnavano un Delta.
Con la contessa veniva il conte, veniva Teresa che era stata tra le prime educande, col numero 4 trasmesso alla sorella Maria. A noi trasmetteva nuovi metodi per lavori che si conoscevano o ce ne svelava di nuovi. Quando portò la pirografia quella scoperta superò di molto Franklin e forse Newton.
Poi scomparve perché si sposò. Un matrimonio che la condusse dentro una questione che da anni divideva la Nazione e lei, sorpassando il suo blasone offerse al dubbio, dibattuto affare, la sua vita di silenziosa santa nobiltà che funzionò da olio nella tempesta.
Maria non era simpatica, non prendeva mai parte alle nostre discussioni, nell'eventualità di una birichinata si comportava in modo da poter dire: *io non c'ero.*

Le quattro Pichi erano Jesine. Jesi, patria occasionale dell'imperatore Federico II. L'imperatrice Costanza s'era fermata in una piazza e lì lui nacque. Di questo fatto non si sapeva nulla eppure non s'era invecchiato, doveva essere l'orgoglio della città se tanto se ne portarono in collegio le sorelle Pichi.
Esse provenivano dalla periferia campagnola di Jesi, da Campolungo. Il padre, signor Alessandro, gran gentiluomo, alto e barbuto, era amministratore « dei Merighi ». Quando risuonava quel nome col marchesato in testa, altro che i Savoja, sempre incrinati come la Montagna Spaccata.
La madre, signora Giulia, grande scrittrice, non scriveva che sterminate lettere famigliari, sicché ufficialmente scrittrice non era. Quando arrivava una sua lettera, prima di consegnarla alle figlie, la Madrina la leggeva a tutte noi raggruppate intorno a lei.
La signora Giulia, piuttosto bassa, una botte non troppo gonfia, portava un giubbotto fino al ginocchio, stoffa e colore potevano cambiare, la fattura no. Quando uscii di collegio mi invitò a Campolungo perché mi ritrovassi con le mie compagne uscite prima di me. Ci andai e ci restai diverso tempo, a ogni ora della mattina, del pomeriggio, della sera, non mi capitò mai di vederla senza giubbotto.
Era tanto caldo, avevamo appena pranzato, avemmo occasione di passare per la sua camera, il signor Alessandro s'era buttato sul letto vestito e dormiva; la signora Giulia si fermò un attimo vicino a lui, poi, sottovoce, indicandolo, disse alle figlie: « l'Uomo Giusto della Scrittura ».

Onestà somma lui, intelligenza originale e profonda lei, eppure misero al mondo dieci figli. In collegio si accennava a questi dieci figli più che alla nascita di Federico II.
Per me fu una notizia sbalorditiva; a Treja nessuno aveva dieci figli; più di tre o quattro sì, ma sempre espressi con una cifra sola e molto lontana dal dieci.
Però il rovescio dell'antipatica medaglia era splendido: i dieci rampolli Pichi tutti belli e intelligenti, andavano su, su, su sino all'insuperabile Nené.
Entrarono prima le tre ultime sorelle che occuparono numeri vergini, mai posseduti da nessuno – Carolina il 9 – Iduccia il 10 – Giannina l'11.
Avevano dei grembiuloni arricchiti intorno allo spallone da un'arricciatura come gli accappatoi. Quando s'inginocchiavano nel Coro non potevano metterli sotto i ginocchi perché non arrivavano a sfiorare il pavimento.
Carolina che diventerà sottile, alta e bella, a tempo mio perdeva sempre tanto sangue dal naso. È stata l'ultima dei dieci ad andarsene, poco tempo fa.
Iduccia, magrissima, naso aquilino, era la storica; noi si studiava su un sommario, lei aveva il testo in più volumi; sull'argomento non c'era domanda alla quale non rispondesse.
Che cosa non fu capace di fare con un libretto Sonzogno, 10 centesimi, copertina bianca e ghirigori neri « Bismarck »? Serpeggiava antipatia per i tedeschi, per Bismarck in particolare; con l'intensa divulgazione di quel libretto, con l'inesauribile commento sempre ricco di nuovi par-

ticolari che lei ne faceva, diventammo tutte entusiaste, tutte eroi, guerrieri e io da sola spinsi le altre a imparare il tedesco. Tirai fuori dalla soffitta una vecchia grammatica e un più vecchio vocabolario; con rapido sforzo imparai la scrittura tedesca, con quella scrissi una lunga petizione alla Madrina perché ci desse la possibilità di addottorarci in tedesco!
Giannina non era languorosa, ma nei suoi silenzi pareva dire « Io sono delicata » e la Madrina l'assecondava; a lei tutte le tenerezze, come a me tutte le durezze. Se lei scansava una foglia, era eroica; io che arrivai presto a fare tutto, ero come se non facessi nulla.
Giannina era o passava per la più intelligente, nessuno lo diceva, ma era un giudizio in pectore. Secondo me era troppo pisigna, s'impuntava su inezie e le sue impuntature erano frequenti, ritornavano come ritorna la stecca in un disco incrinato. La Madrina con dolce pazienza cercava di spiegarle, ma lei testarda « Non capisco ». Io capivo meno di lei, ma quelle lungagnate mi esasperavano, finivo con lo scattare e spesso lei capiva. Non fu possibile però farle capire che noi eravamo sulla superficie della terra; per lei eravamo all'interno, l'involucro della terra era foderato d'azzurro; non potendone più con violenza rovesciai il mio libro quasi a spezzarlo; le altre dissero in coro « Adesso è chiarissimo, Dolores col suo libro te l'ha fatto vedere ». Né io, né Giannina capimmo che cosa le altre avessero capito.
Giannina era la segretaria della Madrina. « Giannina, vieni » le diceva; lei prendeva il suo sgabello e si sedeva ad angolo al tavolo della

Madrina che dettava le sue lettere di ordinazione.
In quanto segretaria ebbe la condanna di scrivere centinaia di volte *con cortese sollecitudine*, formula fissa come una legge, per sollecitare l'evasione della pratica. L'onore di essere segretaria era di Giannina; io organizzatrice, serva e facchina, ma senza onore.
Giannina e io avevamo il vezzo di raschiare in gola senza alcun bisogno e lo facevamo accompagnandolo con un filo di voce. Nel silenzio della Chiesa a me piaceva tanto sentire la mia voce argentina attutita dalle labbra chiuse nel modulato raschio.
Annamaria, la più grande delle quattro Pichi era entrata dopo le tre minori. Sua madre l'aveva tolta dal collegio di Castelplanio, bel nome tranquillo, vicinissimo a Jesi, dove erano già state le tre maggiori Emilia, Mara e Vittorina, per metterla a Treja; toglieva fiducia a Castelplanio per darla a Treja, fiducia che la scelta allargava. La signora Giulia apparteneva al settore appassionato per la Madrina; solo per questo Castelplanio era stato soppiantato.
Annamaria prima era Nené; pur avendole scosso di dosso il frivolo diminutivo tanto grazioso, lei non era diventata Treja, lei era Castelplanio; lo stampo della Madrina le era stato imposto troppo tardi; Annamaria restava diversa da tutte le altre. La Madrina l'aveva soprannominata « La signora Pie' Sospinto », forse leggevano l'Idioma Gentile di De Amicis quando la giovanetta fu trasferita; quel soprannome durava anche a tempo mio, « Signora Pie' Sospinto », dolce e lento come Castelplanio.

Eletta Regina in una Epifania quando io non c'ero, me la rimiravo in una fotografia che la ritraeva.
Tra le casse con la roba che serviva per il Teatro ce n'era una grandissima, i vestiti ci stavano interamente adagiati; erano vestiti dei secoli passati di grossa seta o di broccato ricamati a colori e in oro e argento; uno di questi ricchissimi vestiti indossa la Regina e sulla testa la corona alta come una tiara. In costume adeguato due paggi da una parte, due dall'altra, in piedi Caterina Acquaticci e Carolina, col ginocchio piegato in devoto omaggio, Giannina e Iduccia. Non pareva regina da burla, ma vera e più regina delle regine.
L'aveva eletta la sorte, guidata dalla Madrina che sapeva dov'era e a chi farlo toccare lo spicchio di torta con dentro l'acino di fava e certo l'aveva scelta per l'indicibile appagamento che le dava col suo canto.
Annamaria cantava e la sua voce era tale che quando non ci fu più il canto si afflosciò come un palloncino sgonfio; si continuò a cantare, ma con voci claustrali; non capitò mai più che il silenzio dello Studio all'improvviso fosse rotto e illuminato da un gorgheggio di Annamaria; il canto le premeva dentro con la spinta irresistibile del genio.
Già inoltrato il declino di nostra vita quando lei e io ci ritrovammo; dal collegio non c'eravamo più riviste; lei cantava ancora e la voce era quella d'allora. « Cantami "Di là sovente" » le chiesi un giorno. Tutta me la ricantò col difficile superbo intreccio finale di « Quando al castel paterno, dai monti alla vallea liberamente correre potea

tra l'erbe e i fior » un intreccio di trilli e gorgheggi.
Nelle nostre telefonate se era lei che mi chiamava, staccando il microfono sentivo che mi stava cantando qualcosa; se ero io o subito o poi, « Annamaria canta » e lei cantava.
Prima della Callas sarebbe stata una grande cantante, scena ne aveva come quella, più duratura di quella perché non avrebbe dovuto correre il rischio di sgonfiarsi. Ma era avvenuto che la Madrina l'aveva sfruttata proprio in quegli anni in cui era necessario impostare la voce e tenerla sotto guida e tutela di esperti. Un rammarico cocente in lei che non s'attenuò con la vecchiaia. Certo ci fu responsabilità della Madrina che avrebbe dovuto richiamare l'attenzione della famiglia su quella voce.
Ma la famiglia non ne ignorava il valore. Quando la tolse da Castelplanio, perché invece di ficcarla a Treja, la signora Giulia non la mise dove quella splendida voce richiedeva?
Perché era un'infatuata della Madrina. Senza infatuati non ci sarebbero dittature.
Proprio lì dentro dove le suore vivevano con la speranza che noi si rinunziasse al mondo per consacrarci a Dio, conobbi la famiglia; gli zii mi vollero tanto bene, ma famiglia non erano; senza le Pichi non ne avrei avuto la minima idea.
Le lettere della signora Giulia che dopo averle aperte la Madrina consegnava alle figlie senza leggerle a noi, ce le leggevano loro e venivano echi allegri e suggestivi di una vita familiare ricca di giovinezza, episodi e fotografie. Ecco Emilia appoggiata alle sbarre di un pozzo sotto

il sole; ecco Mara sulla porta con un braccio in alto sullo stipite. « Dietro quella finestra che c'è? ». Rispondendo e spiegando m'introducevano nella loro casa. Vittorina stava pubblicando le sue poesie in una rivista che poteva essere « Cordelia » o qualcosa di simile, un articoletto *Bimbi, fiori, uccelli*, me lo fecero leggere; a me parve che ci fosse tutta la poesia del mondo.
Arrivò poi una lettera dettagliata sul suo parto. « Siamo zie » dicevano invitandoci ad ascoltare la lettura di quella lettera sulla quale era passato il silenzio della Madrina.
La signora Giulia raccontava che diceva a Vittorina « Cammina, cammina, bisogna camminare »; ma Vittorina soffriva e si ributtava a casaccio sul letto. « Cammina, ti dico, cammina ». Avrei voluto sapere perché doveva camminare. Cammina, cammina e Vittorina, diceva la lettera, aveva passeggiato fino all'ultimo.
All'ultimo che? Era proprio quell'*ultimo* misterioso che io ignoravo del tutto. Va bene, nella Casa Gentilizia avevo visto la signora Laura Giulietti col pancione contorcersi e lamentarsi sul letto. Mi allontanarono, ma dopo non molto sentii la signora Antonietta che passandomi vicina diceva allegramente che il bambino stava col campaniletto in su. Avevo capito il campaniletto era il cicciolino che avevo visto pendere tra le gambe di Basì quel giorno che le allargò sporgendo la pancia per farmelo vedere. Va bene, ma come era avvenuto che il pancione s'era sgonfiato? Come era avvenuto che il bimbo fosse nato?
Questo neppure in collegio lo sapevo ancora e

in fondo non m'interessava altrimenti l'avrei chiesto a Ottilia.
Le sorelle Pichi non ebbero mai una sospensione nella lettura, capivano tutto; le altre pure perché senza obiezioni seguirono il racconto. Ognuna veniva dalla propria famiglia; in famiglia di certe cose si sente parlare e naturalmente si assimilano. Io sola venivo da una casa dove di certe cose non c'era occasione di parlare.
Il mare io lo vedevo quando andavamo a Loreto; in Basilica si aspettava che toccasse allo zio celebrare dentro la Santa Casa dove la zia faceva le sue *devozioni* e via in carrozza giù al mare per mangiare il *brodetto*, era sempre l'ora di pranzo; ordinato il brodetto intanto che lo preparavano andavamo al mare; era un luccichio deserto, a me sarebbe piaciuto mettere i piedi nell'acqua, ma avrei dovuto levarmi le scarpe, neppure a pensarci! E poi il brodetto oramai era cotto, si andava in trattoria, si mangiava e in carrozza per il ritorno a casa.
Nel mare dove andavano le Pichi c'erano *gli stabilimenti con tanti casotti e capanni*. « C'è una scaletta che dai casotti scende nell'acqua ». Non riuscivo a capire. I casotti dai quali si scendeva nell'acqua li vedevo a picco sul mare, completamente chiusi, dal pavimento scendeva la scaletta, dentro la loro penombra in basso luccicava il mare. Non riuscivo a capire il passaggio nell'acqua, ma quelle scalette erano meravigliose e lì mi fermavo.

In mezzo a tanta celebrata nobiltà del collegio, non ci si accorgeva che le Pichi non erano titolate: un mazzo di spighe di grano in mezzo ad insulse orchidee.

L'unica trejese avente ampio asilo nella stima della Madrina era la signora Teta Acquaticci. Essenza di nobiltà nei suoi vestiti vedovili; portava lo scialle come le popolane, ma di tessuto sopraffino, sempre inguantata, esile, alta e dritta, distintissima nel volto asciutto e aristocratico; camminava con gli occhi a terra, il collo leggermente piegato in avanti pareva dire « Pregasi di non salutare », ma tutti la salutavano e lei rispondeva con impercettibili cenni del capo, senza sorriso.
Il portone del suo palazzo, più spesso chiuso che aperto, forse una volta era stato verde, ma sole e pioggia e polvere l'avevano annerito; se era aperto il grande atrio appariva vuoto. Le due lunghe file di finestre sopra il mezzanino erano sempre chiuse; il balcone aveva la ringhiera vuota e polverosa.
Lì sotto passavo un giorno con la zia; a una finestra del mezzanino con le persiane aperte la faccia di una ragazza più grande di me si protendeva in giù per farmi boccacce e sberleffi, una bocca sgangherata con la lingua di fuori. Ebbi quasi paura e tanta vergogna perché se quella mi faceva le boccacce segno sicuro che ero buffa, che ero ridicola.
Intelligentissima, ribelle, scanzonata e beffarda questa ragazza la ritrovai in collegio e dopo la partenza di Antonietta fu la mia *grande*.
Figlia della composta ed enigmatica signora Teta, Caterina entrata la sesta in collegio ebbe il numero 6, il numero del diavolo; del diavolo

aveva l'intelligenza, di un diavolo non cattivo burlone e menefreghista il sorriso; un diavolo che dentro di sé rideva di tutto e di tutti. Fremeva nel dover stare in collegio; prendeva in giro tutte le cose serie che lì ci insegnavano, prendeva in giro Dio e l'umanità. Spregiudicata in tutto non lo dava a vedere, semmai lo diceva con i silenzi. Da lei non si doveva supporre neppure un accenno di misticismo. Faceva poco la Comunione, di tutte noi era la migliore.
Ma la Caterina vera lì dentro era una clandestina; si vedeva solo il suo silenzioso sorridente distacco un po' beffardo.
Il posto del mio banco era stato avanti a quello di Antonietta nella fila lungo le finestre, Caterina me lo fece trasportare nell'altra fila lungo la parete, avanti al suo. Non le importava affatto che io studiassi o che giocassi, mi lasciava fare quel che volevo. Di avvertimenti con cui le altre *grandi* tormentavano le loro *piccole*, neppure uno.
Mi diceva solo « Stia dritta » e quando ero seduta al mio banco voleva che con i gomiti forzati all'indietro e ripiegati in avanti, tenessi sulla schiena la riga da disegno. Aveva visto lei sola i primi segni della scoliosi che mi distorcerà.
La Madrina non mi vedeva e non mi parlava, però qualche volta se le passavo davanti, con fastidio e come se lo dicesse a se stessa « Cammina tutta storta » diceva, ma io sentivo.
Solo Caterina conosceva Pirandello; quando incuriosita da quel nome a pirolo le chiesi « E Pirandello? ». Contenta e sorridente mi chiese « Come sa lei il nome di Pirandello? ».
« Lo so perché lo sa lei ».

Per una specie di osmosi l'essenza di Caterina mi si palesava. La sua vicinanza avrebbe potuto imprimere più a fondo nell'epidermide di ciò che chiamiamo *spirito* quel bollo di inferiorità e di ridicolo che mi avevano impresso le sue beffarde boccacce quando ero piccola. Non fu così.
Anche se dentro di sé mi scherniva; se spesso mi rideva in faccia come un giorno che faceva tanto freddo; la notte i vetri del dormitorio s'erano coperti di fogliame ghiacciato; riscaldamento manco a pensarci; « Pare un peperone rosso il suo naso » mi disse con sorriso beffardo.
Diventò una grande donna, dotta celebrata e ricercata, ma lei schernì tutto: cultura successo la sua stessa diabolica intelligenza la vita la morte e morì perché volle morire.

In collegio mi trovai sommersa da un'alluvione di francobolli della Repubblica di San Marino di una grandezza sproporzionata per il loro minuscolo paese. Inghilterra e Francia li avevano piccoli come i nostri; non era ancora venuta la moda di francobolli piccoli quadri da appendere al muro. Quelli di San Marino però non erano grandi per un presentimento di moda, ma per costituzione; una credenziale dello stato che presentava se stesso « Sono il Piccolo Grande » ed erano anche belli: quelli con le tre torri in ascesa un panorama!
L'alluvione avveniva perché tra le nostre *grandi* c'era Ottilia di San Marino. Ottilia, nome storico lassù, usciva da un monumento nazionale « Casa Belluzzi Filippi »; ma perché arrivassero tanti francobolli bisognava che a turno le scrivessero

tutti gli abitanti della sua Serenissima Repubblica.
Scrivere la parola *Libertas* era un impulso al quale resisteva a fatica, non potendolo fare sui muri la scriveva sui libri e sui quaderni delle compagne.
Con lei che ne era il recipiente eravamo abbondantemente servite di un Cocktail sanmarinese: il Titano e la sua storia, i suoi colori, le sue Torri, i Donzelli vestiti alla medievale, i Capitani Reggenti... con Ottilia mi fermavo qui: duravano in carica sei mesi, come potevano concludere qualcosa?
Ci sorvegliava Ottilia in una ricreazione che consisteva nel camminare; in gruppo intorno a lei le compagne, io con loro, ma distaccata e assente, parlavano non so di che, mi colpì « hanno fetato » dissi « Brutta parola ». Ottilia domandò:
« Perché brutta? ».
« Brutta e antipatica, meglio non dirla » forse parlavano di galline, a casa quella parola nessuno la diceva, dicevano che le galline avevano fatto l'uovo.
« Perché è meglio non dirla? Voglio sapere: da che deriva? da un nome, un aggettivo, un verbo, da che? ».
Io che l'analisi grammaticale non la so fare neppure adesso, mi trovai confusa e risposi a casaccio, tanto per finirla. Ottilia si fermò per scandire meglio le parole:
« Lei è un pozzo di malizia, non l'avrei mai creduto ».
In silenzio ripresero a camminare. Non capivo niente. Per aver detto che una parola m'era

antipatica ero stata sommersa in un letamaio. Soffrivo, ma più che per il letamaio per non sapere il perché della condanna.
Fu la prima volta. Condanne senza motivazione per colpe ignote, per tutta la vita.
Che avvenne poi non lo so, forse Ottilia abilmente m'interrogava per capire fin dove arrivasse la mia malizia; e intanto scopriva in me *la Pandora* perché mi si avvicinava sempre più con tenerezza e considerazione. Caterina rideva a bocca chiusa.
Prima di lei in collegio c'era stata sua sorella Pia che ora si stava sposando col prof. Pochettino. « Non sposerei mai un uomo che si chiama Pochettino » dissi. « Ma è professore » osservò Ottilia – e io « Ma è sempre Pochettino ». Lei non sarebbe andata al matrimonio, una cerimonia privatissima, ma voleva scrivere una bella lettera a sua sorella, « Non ne sono capace, me la scriva lei ».
Era difficoltoso per me; nel « Corriere delle Signore » della zia non ricordavo di averci letto neppure una lettera per matrimonio. « Va bene » dissi « butterò giù qualcosa lei l'adoprerà se vuole ».
La cerimonia la conoscevo, ma che cosa fosse il matrimonio non lo sapevo; Ottilia lo sapeva di certo; per me era un mistero insolubile; eppure con veemenza scrissi la più affocata lettera d'amore della mia vita.
« La copio tale e quale » esclamava agitando il foglio per aria. Intorno a me s'appuntava la meraviglia di tutte le compagne.

Le scarpe con le quali ero entrata in collegio

erano logore. La Madrina mi passò un vecchio paio di scarponcini lasciati lì dalla mia idolatrata Antonietta che con Olga era già stata ricevuta a Corte. « Bisogna levarsi il guanto » aveva sussurrato la Contessa Madre mentre si avviava per presentare le figlie alla Regina e il guanto non veniva via.

Le mie scarpe erano state sempre nere colore inferno, quelle vecchie scarpe di Antonietta giallosbiadite mi parvero color sole.

Larghe il doppio del mio piede, con la punta quadrata in sù, come se fosse gonfia; tanti solchi sulla tomaia, scucite dietro, sfonde sotto, scolorite dappertutto.

Se avessi avuto vestito di broccato addosso, scarpine d'oro ai piedi, collana di brillanti al collo, diadema scintillante in capo e una folla ammirata intorno, non avrei mai raggiunto il culmine di felice orgoglio come quando infilai i piedi in quei vecchi scarponcini.

Non facevano rumore quando camminavo, mentre avevo sempre sentito il colpo dei miei tacchi sul pavimento come si sente il bastone senza gomma di un vecchio arzillo. Camminavo leggera e orgogliosa, non potendo alzare i piedi, alzavo la testa e mi pareva che tutte dovessero invidiarmi. I piedi di Mercurio non furono beati per i loro calzari alati quanto i miei per quelle due vecchie ciabatte.

Mi misero il busto che non avevo mai portato, la bustarella sì, con le spalline tanto per fissarci le calze. In collegio me lo misero con due mezzi cunei vuoti e capovolti come certi sostegni a muro per vasi da fiori; davanti due stecche di

ferro con ganci per metterlo e toglierlo, rumore di ferraglia; e tutto intorno tra la stoffa del dritto e quella del rovescio, rafforzate da fettucce che facevano da canale, stecche di ferro. La scoliosi mi piegava sul fianco destro, le stecche si rompevano, mi ferivano; insanguinate le camicie; mettevo dei cartoncini piegati sotto gli spunzoni che se un poco difendevano dal dolore non guarivano le ferite. A un tratto i busti non ebbero più stecche di ferro, ma ossi di balena, una raffinatezza! Dentro quei canali rafforzati dalle fettucce, invece di stecche di ferro, stecche di balena.
La scoliosi non ebbe riguardo alla balena, ruppe le sue stecche come quelle altre e se anch'io avevo usato riguardo per la balena riparandomi con cartoline illustrate ripiegate invece che col cartone, fu inutile. Lo spazio tra feritelle e crosticine era quasi geometrico: cm 6 × 4; la sofferenza più grande.
Prendevano la biancheria sporca, pezzo per pezzo, camicie, mutande, sottovesti, passavano da più mani fino alla lavatrice, nessuno s'interessò di sapere perché le mie camicie fossero insanguinate sul fianco destro.
Col tono del mistero e con la fretta di chi sfiora cosa lubrica ci raccomandavano di non toccare le piante quando eravamo « in quei giorni ». Scorrendo il Melzi, il solo libro interessante della *Biblioteca*, mi capitò di vedere che il nome di *quei giorni* era *mestruazione*.
Perché non si devono toccare le piante? – Perché? O bella! perché si seccano.
Che periodo osceno! Si aveva la morte nei polpastrelli, nefasta potenza del sangue! Ma il san-

gue nelle mie camicie per le ferite che mi procurava l'impostazione del busto, quel sangue non contava nulla.
Però volevo vedere se era vero che i miei polpastrelli *in quei giorni* avrebbero fatto morire le piante. Qualche volta stringevo tra due dita una foglia di rosa, accarezzavo un bocciolo, volevo essere sicura se portavo in me quella condanna di morte. Toccavo prefiggendomi di tornare dopo qualche giorno a controllare se c'era una macchia gialla sulla foglia, se il bocciolo era intristito, se tutta la pianta accennava a morire.
Non mi sono mai ricordata di controllare, anche allora la vita per me era solo nel presente.

In paese non c'era distinzione di ceto e di censo, non occorreva essere dello stesso luogo, venire dai poli o dall'equatore era lo stesso, bastava essere ragazzi per darsi del tu. Sarebbe stato assurdo che la Moscetta quando mi svelava il mistero dei fiori di avena avesse parlato dandomi del lei perché essa una zingara e io una signora.
In collegio eravamo tutte ragazze, ma dovevamo darci del lei; meno confidenza più educazione nel tratto, dicevano. Può darsi, ma certe parolette che dovevamo introdurre nel discorrere a me sembravano le unghie della zampa d'un gatto non sempre retratte nella loro guaina.
Non si doveva rispondere con *sì* o *no* semplici, ma aggiungerci una parolina. Le suore facevano presto, dicevano « Sì, sorella »; anzi per l'esattezza « Sorella sì – sorella no ». E noi che non eravamo sorelle altro che nell'uniforme, dove-

vamo dire « Sì cara, vengo subito » – « Mi spiace, cara, ma non posso » le più zelanti non dimenticavano mai questo *cara*; io non potevo dirlo; se mi si chiedeva un favore lo facevo, ma non ci potevo mettere come prefazione o come chiusa quella strusciatina d'artigli. Non era obbligatorio il *cara*, si poteva sostituire con « Sì, poverina ». Anche la Madrina, se non era tesa, richiesta di qualcosa come di poter andare *in quel posto* diceva « Sì, poverina » la perfezione stava nell'abolire addirittura il *sì* quando era richiesta di azione « Subito, cara ».
Nello scrivere una lettera la stessa regola con più di non dimenticare, nel nominare qualcuno di metterci davanti un aggettivo elogiativo, come « Mia *cara* Maria, la *buona* Caterina mi ha suggerito di avvertirla che le *dilette* sorelle Pichi festeggeranno l'*ottima* loro madre... ».
Tra quelle parolette ipocrite « se non le dispiace » si sprecava. Ma *poverina* e *cara* non ho potuto mai dirle e odiavo quel sovraccarico inutile di parole false.
Pulire i lumi a petrolio anche se non facile, era però una fatica gioiosa e leale, non c'era ipocrisia nei lumi, nessuno mi aveva imposto di farlo; io stessa adottai quel compito come un diritto.
Prima della luce elettrica c'era solo il petrolio. Lumi appesi al soffitto, portati a mano con una campana di vetro opaco per attutire la fiamma che dalla calza s'alzava dentro il tubo.
Come fu che cominciai ad occuparmi dei lumi a petrolio? Non lo so, so che lo stavo facendo.
I ritagli di soffitta restati dopo che la Madrina sfondando mezzo tetto ci aveva tirato su il Dor-

mitorio e la Camera dei Pettini, erano ritagli capricciosi. Il più rispettabile l'angolo dove c'era il cesso sotto la finestrella quadrata nella strombatura del muro, dalla quale si vedevano i due cipressi dell'orto e lontano san Francesco. Di lato, avanti alla linea d'incontro tra pavimento e tetto i due enormi sportelli di legno chiusi da un grosso nasello che limitavano lo spazio dove buttavano la biancheria sporca. Dentro quel gabinetto, abbassata la tavoletta, seduta io sopra il buco, finalmente ero libera; parlavo senza voce, qualche volta con la voce; era quando, tirata giù la calza nera intorno al ginocchio questo diventava una faccia con la cuffia e io gli parlavo, dicevo a lui quel che non avrei potuto dire a nessuno; il ginocchio non rispondeva, ma ascoltava. Di questo avevo bisogno.
Nell'angolo della parete di fronte c'era la porticina su due scalini dalla quale scendevo per andare a pulire i lumi giù per un corridoietto a forte pendenza e arrivavo alla mia officina. Due banchi d'appoggio, uno il piano della profonda strombatura di una finestretta quadrata, l'altro un banco di muratura, fiaschi di petrolio, calze, forbici lì sopra. Tagliavo la parte carbonizzata della calza e forse la trovata mia fu che, avendola estratta del tutto dal recipiente, la strusciavo, la comprimevo con forza sul piano della finestrella perché le compagne ripetevano che da che li curavo io i lumi non filavano più e avevano la fiamma rotonda come un globo di luce.
La Madrina non s'accorgeva di niente, non approvava, non proibiva. Venne la luce elettrica e fu una delusione; lampadine da 5 da 10 candele ovunque fosse possibile vivere in penombra;

quel riccetto incandescente era miserevole in confronto ai piccoli globi di fuoco dei lumi a petrolio che non filando erano anche abbastanza fermi.

Il mio Zizì era scomparso il giorno che io uscii di casa per entrare in collegio; non venne mai a vedermi, di rado ma ogni tanto veniva la zia purché fosse giovedì o domenica. « Ciaramponi in Parlatorio » gridava suor Maria Vittoria, senza alzare il capo, alla compagna che s'affacciava in cima alle due lunghe rampe di scale dopo che la suora aveva tirato la corda e la campanella di bronzo aveva rintoccato; la compagna rientrava proclamando « Dolores in Parlatorio ». Mi si stringeva il cuore. Non amavo né la zia, né il Parlatorio.
Lo zio mai! Non mi mandava a dire nulla e neppure io a lui. Continuavamo come il giorno che la zia mi portò via di casa per rinchiudermi: lui che s'era nascosto, io che non lo cercai.
Eravamo nei nostri Coretti in attesa della Messa. Un collasso! Avevo udita la sua voce, la sua voce che non era più la voce sua, una voce vecchia, stanca, rauca. Senza che lo vedessi era venuto e stava dicendo la Messa laggiù nella Chiesa dove eravamo anche noi senza vederla, senza che nessuno, al di fuori di noi, ci vedesse.
Nei giorni seguenti continuò a salire lassù quella voce tremula su sottofondo catarroso. Con quelle messe certo pagava la retta per me.
Mai avevo visto lo zio dire Messa, fare da suddiacono nelle messe cantate qualche volta; una sola volta funzionare da solo avanti a un altare: quando alzò in cima a una pertica la camicia di

Livia morente perché la Madonna le trasmettesse il miracolo di guarirla.
L'atmosfera che creavano le sue parole era molto di più che vederlo dir Messa. Non portava la chierica Zizì, eppure non era calvo, aveva tutti i suoi capelli, ma mentre sulla testa dei preti giovani spiccava quell'ostia di pelle, sulla sua testa solo i capelli lunghi e folti. Non diceva mai *Parrocchia*, ma *Cura* e il parroco era il *curato*.
« Domani mi debbo parare » avvertiva. Quando si parava copriva se stesso, la sua personalità umana con i rivestimenti sacerdotali simboli della potestà conferitagli dalla consacrazione. *Pararsi* era una parola sacra come quella dei pastori. Non lo vedevo e non lo sentivo, mi si *parava* davanti solo la grandezza di quel che si accingeva a fare. In senso ridotto anche il vestirsi per la Messa era un *pararsi*, ma su nei Coretti arrivava solo quella vecchia voce stentata che era la mia vergogna.
Non diceva mai che andava a dir Messa, ma che andava a *celebrare*; « domani celebro in Cattedrale ».
Ma qui non celebrava, qui lottava per tirar fuori una povera voce vecchia, tremolante, rauca.
C'è un sentimento che sia totale vergogna e totale sofferenza insieme? Questo era quella voce per me finché durava la Messa, ma se alla fine c'era la benedizione e lui doveva intonare il *Tantum ergo*, quella voce grassa, senza timbro, tremebonda, mi ammazzava. Per tutta la Messa ero stata curva, il viso tra le mani per non vedere e non essere vista, ma adesso mi turavo gli orecchi quasi a sfondarli, adesso soffrivo il soffribile.

Era finito tutto e stavamo per uscire, Caterina tentava di spegnere il lume a petrolio pendente dal soffitto; era salita con i piedi dove c'inginocchiavamo, si protendeva tutta per girare la chiavetta, ma quella mattina la fiamma non si spegneva, forse la calza s'era inceppata e non scendeva tanto da morire, cercava di soffiare, fiato di ragazza e fiamma riparata dal tubo.
« Ci vuole così poco a creare un soffio più forte del nostro », presi il grembiule e lo sventolai più volte contro il lume, i colpi d'aria avrebbero finito con lo spegnere la fiamma. Invece il grosso bottone della cintura del grembiule spezzò il lume che era di vetro, la fiamma si spense, ma caddero giù vetri e petrolio.
Terrorizzata non pensai altro che a fuggire dal collegio; lo zio certo stava ancora in sacrestia per il ringraziamento, o per la colazione; così colpevole ero che lì non potevo più rimanere, ero folle, fuggii dalle compagne per correre da quel mio zio dalla voce tanto vecchia. Adamo non uscì con tanta disperazione dall'Eden quando Dio lo scacciò, come io che volontariamente fuggivo dal luogo della mia colpa.
A scapicollo giù per le scale e fui in sacrestia, piangevo, gridavo, picchiavo nella ruota, non lo vedevo, ma lo zio era a un passo da me. « Zizì portami via, Zizì ho fatto un disastro, Zizì portami via... ».
Qualcuno portò via me di peso. Mi sgridarono? Tacquero? Non so; il terrore se è terrore fa sentire solo se stesso.
Lo zio non venne più a dir Messa.

Vennero invece pochi giorni di vacanze. Tornai

a casa e lo zio mi venne incontro tutto sorriso e vita come prima; non era affatto vecchio. Dov'era andata quella voce tanto vecchia che me lo nascondeva? Dov'era andata quella voce tremolante su fondo catarroso? Era l'angoscia di sapermi rinchiusa lì dentro? Mistero.
Pochi giorni di vacanza; quel tanto che a lui bastasse per rivedermi, per riavermi vicina, ma che io non m'accorgessi che lui si preparava a ripartire per l'America. Vi ritornava per me; per lasciarmi una dote. Aveva settantadue anni.
A casa era tutto come prima, anche il pappagallo quando mi vide sbatté le ali come sempre. « Cocò, quel giorno che mi portarono via non vidi neppure te, cocò... » e gli mettevo l'indice tra la morsa del suo formidabile becco che lui chiudeva senza stringere accarezzandolo con quella sua lingua grossa, nera e dura. « Zizì, cantagli *Tigre uscita dai deserti* » e lui cantò quel feroce pezzo. « Zizì, cantagli *Mi togliesti a un sole ardente* » e lui cantò il dolcissimo pezzo.
La sua voce era quella di sempre, quella che nacque con la mia presa di coscienza, quella che mi cantava « O Lola che di latte hai la camisa ».
E una sera ebbi bisogno di andare al gabinetto, era già scuro, senza che dicessi di aver paura, lo zio mi accompagnò come faceva prima. Il gabinetto di quella specie di fortilizio che era la Casa Gentilizia stava sull'ampio cavalcavia che univa i due grossi blocchi della casa, quello che dava sulla discesa del Duomo e quello che guardava l'orizzonte luminoso sino alla breve conca del mare, sopra i cordari, sopra l'orto. Io dentro il

gabinetto con la porta aperta, lui fuori su e giù per il corridoietto. Volli fargli vedere com'ero diventata brava e cominciai a recitargli « La cigale et la fourmi ». Da come mi suggeriva quando m'impuntavo, da come mi correggeva la pronunzia sentii che era felice. Per essere felice doveva tenermi vicina.

« Zizì » gli dicevo ogni tanto « fammi restare a casa ». Stringeva gli occhi senza sorridere e non rispondeva.
Il giorno che la zia mi avrebbe riaccompagnata in collegio, lui sarebbe scomparso come quando ci entrai. Come allora io non lo cercai.

Non molto tempo dopo in Parlatorio la zia mi disse: « Zizì è in America, vecchio indirizzo, Calle Reconquista 395 ».
Io non risposi, lei non aggiunse altro.

Forse perché ero stata sempre sola nell'infanzia, mi sentivo sola anche in collegio; ma in casa la solitudine non mi pesava affatto, l'essere sola era libertà. In collegio fu sottomissione e dolore; mi ci sentii anche più sola perché ero diversa; le compagne erano una cosa bella, io una cosa brutta e lasciavo a loro il passo.
Avevo sempre fatta la *effe* minuscola con la pancia davanti; esse gliela mettevano dietro e con un bell'angolo appuntito a metà. Mi sforzai tanto a storcere quella benedetta *effe*, che riuscii a farle la pancia dietro, ma rotonda, senza punta. Le loro non erano pance, erano triangoli e quei triangoli applicati a ogni lettera possibile, era una scrittura tutta punte la loro. Non so se fosse

la moda o un vezzo del collegio. Ma anche lì fui sola, non arrivai mai più in là che alla pancia delle *effe*, dietro invece che davanti. Non c'era niente da fare, ero diversa.

Sussultavo se qualcuno cadeva, tutte le altre ridevano. Ridevano anche ripetendo « Giovanna la pazza detta la pazza perché impazzì ». Volevo ridere, non ci riuscivo.

Isolandomi raggiungevo spesso gli intensi godimenti della solitudine; mi bastava che la luna apparisse tra le nuvole nere; mi bastavano foglie e fiori di loto abbandonati su acqua scura che sconfinava da una cartolina per *obliarmi* tra lenti pensieri.

Zitta zitta senza che le altre sospettassero nulla, arrivai a innamorarmi di un re e per lui a lustrarmi le scarpe. In Portogallo avevano ucciso il re Carlo I di Braganza e il principe ereditario Luis Felipe. Succedeva il secondogenito Manuel che non avrebbe mai supposto d'essere scaraventato sul trono da una simile tragedia. Un *fiotto* di sangue del re investì la regina. Quel *fiotto* fu così nuovo che lo adoperavo appena possibile; fiotto per me significava lamento. Era bello Manuel e le sue scarpe tanto lustre che potevano far da pubblicità al « Brill ». Innamorata oramai di lui l'amore si espresse nel proposito di avere sempre le scarpe lucide come le sue.

Pulirmele era cosa che non facevo volentieri, sicché oltre che opache potevano anche essere sporche di terra. Cominciai a lucidarle, lustravo e ne guardavo la punta lucente col sentimento di quegli innamorati che mettono in una stessa cornice le loro due immagini. Lustrai per diversi giorni, ma la connaturata pigrizia vinse l'a-

more e le mie scarpe tornarono quelle di sempre.
L'essere nata a Roma, l'unica diversità che non mi mortificasse che mi desse anche l'euforia necessaria per dire bugie; con gli zii non ne avevo mai dette. Un giorno la zia stava raccontando alle sue amiche che in casa di mia madre c'era un ballatoio a vetri. Un ballatoio, che può essere? Al contrario degli altri bambini non tempestavo i grandi con i miei perché, rimuginavo le cose dandomene delle spiegazioni sulle quali mi fermavo come i santi sulle nuvole. Quel *ballatoio* fu una sala da ballo tutta di cristallo in mezzo a un grande salone fatto di muri; dentro la sala di cristallo c'erano le coppie che danzavano, al di là, tutt'intorno nel salone, quelli che non ballavano; stavano seduti, vedevano il ballo che girava dentro il *ballatoio* e sorridevano. Dove fosse la musica non avevo pensato, era un ballo silenzioso chiuso tra cristalli rilucenti.
Dicevo di ricordare Roma: sant'Agnese alla fine di un'interminabile scalinata, santa Prassede col suo pozzo in fondo alla Chiesa. Erano certo stampe che mi aveva fatto vedere lo zio; del mio unico viaggio a Roma piccolissima non ricordavo che un bicchiere pieno di fragole e una gita in battello sotto l'acqua del Tevere. Raccontavo di strade dove da una parte c'erano solo botteghe di ombrelli, dall'altra solo di bastoni; in una strada solo cappelli, in un'altra solo cesti, in un'altra solo stadere. Queste erano le mie bugie e la fedeltà nel ripeterle sempre uguali me le assolveva.

Tenevamo in tasca un temperino. Il temperino

era un oggetto che se mancava non eravamo complete. Entrai senza, ma dopo poco la zia me lo portò.
Quell'aggeggio che credevo dimenticato come oggetto personale scappa fuori quando Paolo VI andò a Fatima, in Portogallo, lo tirò fuori dalla tasca suor Lucia, proprio quella che vide la Madonna, non riusciva ad aprire una scatola da consegnare aperta al Pontefice, il temperino l'aiutò.
Non sapevo adoperarlo per temperare la matita, o forse non era arrotato, la zia all'estetica delle cose badava, molto meno alla loro funzionalità. Non riuscivo a farla slanciata, mi veniva tozza, ma funzionava lo stesso. Continuavo ad essere abbandonata in quel nuovo mondo estraneo; nell'ora del disegno la Madrina passava da un banco all'altro come se il mio non ci fosse, ma una volta si fermò anche da me. Vide come temperavo la matita, disse col solito disprezzo nella voce « Da come si tempera la matita si capisce se uno riesce o no nel disegno ».
Un marchio sulla mia coscienza: « io non riesco in disegno ».
Che angoscia da quel giorno dover temperare la matita! I temperamatite non esistevano. Il mio temperino non era mai arrotato. Il pezzetto di matita emergente dall'involucro di legno si affinava a metà restando rotonda la cima. Non c'era che possedere di nascosto un pezzetto di carta vetrata. Venivano fuori certe punte sottili più che capelli, al primo contatto con la carta si spezzavano.
Ma poi oramai lo sapevo: chi non sa temperare la matita è negato al disegno.

Pare impossibile, eppure fu così, nascosta io in collegio, Treja si spense, non ci furono più fuochi d'artificio. Di lassù si dominava la zona di San Marco, le finestre dello Studio sarebbero state come il palco imperiale negli stadi romani. Tutto di lassù si sarebbe visto, invece non ci furono neppure una volta. Se ci fossero stati sarei impazzita perché non avrei potuto fuggire.
Diventavo un vortice di spavento, tutta voce per gridare, tutta forza per sganciarmi dalla zia che mi ci trascinava, dovevo vincere tanta sciocca paura. Non sapevo che i razzi potevano esplodere in mezzo alla folla, uccidere e ferire, la mia paura era come se l'avessi saputo. Ricordo la corsa pazza nel buio una volta che la zia si ostinò a non tornare indietro con me e io ero riuscita a sganciarmi da lei, non so come ritornai a casa, nessun ricordo poteva stamparsi sul terrore che mi aveva sconvolta.
I temporali che tanto m'impaurivano a casa c'erano anche in collegio, ma siccome la Madrina aveva più paura di me, la mia diminuì. Bruciava la palma benedetta e col segno della croce la spruzzava verso l'esterno, « Fuggite forze avverse – il Leone di Giuda ha vinto », fatti e detti a singulto perché a ogni lampo, a ogni tuono, essa si rattrappiva tanto che a non esserle vicine ci si poteva chiedere dove fosse andata. Quel cristiano cerimoniale derivato da arcaica magia, attenuava la mia paura.
A casa nei temporali furiosi se c'era lo zio diceva « Sanctus Deus, sanctus fortis, sanctus immortalis, miserere nobis » un segno di croce come per mandarlo nello spazio e tutto continuava come

se il temporale non ci fosse, solo io restavo rattrappita.

Com'erano lunghi gli anni in collegio! Natale arrivava quando quell'altro già si tingeva d'azzurro per la lontananza. Quel che ritornava, ritornava dopo tanto tempo. Forse perché allora erano piccoli pensieri, piccoli dolori, non bastavano a riempire il tempo.
Lì dentro s'ignorava il momento preciso in cui si passava da un anno all'altro.
Nel Duomo, ai piedi della montagna di candele accese che sull'altare maggiore sosteneva l'ostensorio, c'erano i 4 numeri del millesimo che stava per morire composti con fiammelle di candele; a mezzanotte precisa se l'ultimo numero era 3, diventava 4 – 1904 – e questo avveniva senza che si riuscisse a vedere come. In collegio niente finiva, niente cominciava, si continuava a stare intorno a Cristo che era nato a Natale col nome di Gesù; poco dopo avveniva « la Circoncisione » un qualche cosa che la Madrina celebrava senza mai spiegare che cos'era. Per seguire i fatti di Cristo e di sua Madre i tempi ora si accavallavano ora si distendevano come proiettati al rallentatore ora si distruggevano nei loro buchi neri.
Veniva « la Purificazione della Vergine » quando sarebbe stato lecito dimenticarsi che aveva partorito. Una purificazione lunga come quella crudelissima che gli uomini impongono alle lumache quando vogliono mangiarsele. E poi di che doveva purificarsi?
Io di repugnante conoscevo solo « quei giorni » come diceva la Madrina, *le mestruazioni* come mi

aveva insegnato il Melzi. In *quei giorni* non si dovevano toccare le piante, sarebbero morte; « Sei in quei giorni? » domandava la Madrina quando ci si doveva lavare i piedi, « E allora oggi no ». E poi, pensavo, qualcuno si domanda perché le donne non possono essere sacerdotesse; ma è chiaro: perché hanno le mestruazioni. Una monaca s'era tolto un pannolino zuppo per sostituirlo con uno pulito, volle appoggiarlo sul davanzale della finestra aperta, ma andò troppo oltre, il pannolino cadde di fuori. Un uomo lo vide venir giù, lo raccolse, salì la scalinata, suonò, chiese della Madrina, una cosa che poteva dire a lei sola. Essa scese e l'uomo voleva consegnarle il pannolino, « Non è nostro, è un'insolenza la sua, se ne vada » e gli chiuse in faccia lo sportello. È *vostro* aveva detto lui, non può che essere *nostro* avrà pensato lei, ma doveva contestare la testimonianza di simile cosa impura.

Ce la facevano ignorare come i decessi, ma in gennaio facevano *la pista*.
Si pestava la carne di quel povero essere fatto morire lentamente tra gli urli suoi disperati.
La casalinga *braciola* diventò l'internazionale *bistecca*, anzi bistecchina perché avevano una certa tenerezza per i diminutivi; ma neppure come *bistecchina* comparve mai sui nostri piatti, mezza salsiccia sì, un paio di volte.

Sempre d'inverno, nelle domeniche e altre feste comandate, tra saluti, battimani ed evviva, arrivava un braciere con carbonella accesa, un vecchio vassoio annerito con tanti ditali bruciacchiati, un paio di mollette e una terrina con

farina di castagne. Anche questo era Romagna, ma la gioia irrefrenabile che scoppiava era di tutte. Ci si metteva intorno al braciere, alcune riempivano i ditali con farina di castagne ben pigiata, altre li ponevano ritti sulla brace sorvegliandone la cottura che dall'odore e dal colore ne deducevano il grado; con le mollette si estraevano i ditali dal fuoco e si sbattevano capovolti sul vassoio dove restavano dritti ditali di farina di castagne abbrustolita. Sempre in fila e per ordine d'entrata ognuna si appropriava del ditale cotto; il giro continuava sino allo scadere del tempo, ma loro non l'avrebbero mai interrotto.
A me disgustava l'odore della farina cruda, un po' meno quando era abbrustolita, ma dopo averne assaggiato uno che m'impiastricciò di cattiva poltiglia la bocca, una melma che non riuscivo a inghiottire, mi detti esclusivamente alla loro confezione e cottura. Ne diventai una rapidissima sfornatrice. Le compagne felici perché il loro turno arrivava prima. Lo facevo certo per evitare di mangiarne ma ciò favoriva anche la tendenza ad accaparrarmi il lavoro comune.

Tutto il comfort invernale era di lavarsi con l'acqua rimasta tiepida nelle bottiglie dentro il letto. Un paio di converse la sera avanti venivano su con un recipiente di acqua calda e riempivano le nostre bottiglie ammucchiate in una secchia di legno; stretto il tappo a vite su quel cilindro metallico chiamato *bottiglia*, infilato nella sua camiciola e via, in fondo a ogni letto.

Ma io non potevo lavarmi con quell'acqua tiepida che puzzava d'unto.

Avevano l'arte di farci sentire ogni cambiamento come un rinnovamento, un *a capo*; anche il teatro nella cui atmosfera c'immetteva il 17 gennaio, santo Antonio del porcellino, sia che fosse vicino o lontano il mercoledì delle ceneri; gli studi continuavano, ma un po' stracchi perché intercalati dai preparativi sempre più folti per il carnevale; carnevale, neppure una maschera, solo teatro; noi la compagnia drammatica, le monache il pubblico.
Nel Parlatorio montavano il Teatro; noi non se ne vide mai la costruzione, lo trovavamo lì bell'e pronto, di sicuro la Madrina ne aveva incaricato i suoi cari muratori, contenta di averli tra i piedi se in quel periodo per caso fossero quiescenti. Un grande tavolato a meno di un metro dal pavimento era il palcoscenico. Ai lati le quinte, da una parte avevano alberi tra il verde, dall'altra colonne e tendaggi; giravano su un pernio centrale, quello in alto si nascondeva oltre il boccascena come un insieme di rulli e cordicelle che permetteva di chiudere il fondo con un bosco, il mare o una fortezza.
Il mare e il bosco, gli scenari che avevano fotografato il giorno della mia entrata con l'intenzione di distrarmi.
Eseguiti in quell'anno avevamo la stessa anzianità.
I grossi rotoli di carta nelle credenze sotto le due *biblioteche* servivano per i nostri *quaderni in mala*: fogli su fogli ripiegati e fermati nella costa con ago e filo, con la stessa carta i copioni delle

commedie che ci arrivavano dai Salesiani, dagli Artigianelli e altre associazioni religiose; quasi sempre preti gli autori.
Si leggevano i testi e la Madrina sceglieva; noi avevamo solo il diritto di approvazione più o meno calorosa.
Poi si cominciava la copiatura delle parti. Dentro una finca a sinistra della pagina i nomi dei personaggi; fuori l'ultima parola della battuta precedente l'intervento dell'attore di cui si stava mettendo insieme il copione.
Si cuciva il risultante fascicolo e quando tutte le parti erano copiate si consegnavano alla Madrina. Questa in giorno e ore impreviste solennemente le distribuiva. L'attesa era fatta di palpitazioni che si risolvevano in gioia o in depressione.
Difficilmente, per non dire mai, mi toccava la parte che desideravo.
Sulla scena eravamo sempre maschi, antichi romani, santi venerandi, pirati, re, giudici, straccioni e con noi corazze, spade, corone.
Ercole Malatesta – Federico re di Danimarca – erano i titolari delle nostre rappresentazioni. Democrito duce degli eserciti in Cesarea – Il campanaro di Londra con Carlo II d'Inghilterra – Alvaros duce spagnolo, Alonzo duce peruviano – Avventure di due giovani crociati – Il nobile e il capitano – Il vecchissimo Edmondo Aldobrandini – Alano Vonved, il pirata del Baltico – Esiliati in Siberia dallo Zar. All'unisono con le vicende i nomi dei personaggi secondari; Amotio, Nestore, Pascasio, Ortensio, Mammete, Pafnunzio.
Durava l'eco di *Papà Goriot* rappresentata prima

che io ci fossi; desideravo tanto che lo ripetessero, ma i sogni non ritornano e forse fu risparmiata un'altra offesa a Balzac.
Sul palcoscenico eravamo tutti maschi, i personaggi non avevano né madri né mogli, un figlio qualche volta, figlie mai. I nostri costumi vagamente romani, tuniche, con sovrapposti grandi e lunghi teli che buttati su una sola spalla ci avvolgevano lasciando liberi spalla e braccio destro. Di questi teli ce n'era una grande quantità di tutti i colori possibili ed erano loro a renderci maschi. Anche quando si doveva indossare la corazza che prendeva tutto il busto lasciando un gonnellino fino al ginocchio, il colorato drappeggio non mancava. Ci volevano toghe e sai per lasciarli da parte. In testa elmi, cappucci o fantastici berrettoni.
Sin da bambina ero stata sempre innamorata; prima del collegio lo fui per maschi, appena lì dentro m'innamorai di Antonietta, l'unico amore femminile; innamorata di sogni in attesa che si avverassero anche, ma innamorata di un nome mai. Questo mi capitò lì dentro in un carnevale in cui tra le recite ci fu *Alano Vonved il pirata del Baltico.* Iduccia lo rappresentava; la corazza romana sul gonnellino corto, uno dei soliti teli o rosso o giallo o verde buttato sulla spalla; il suo naso aquilino, un braccio teso in gesto autoritario, potevo non innamorarmi di quel personaggio del quale in realtà amavo solo il nome?
Veldemaro era già stato un nome che mi si presentava carico del mistero della vita. Il nome di Alano vagamente diventò sogno di uomo lontano che avrei raggiunto chissà quando; presente era l'amore intenso più vicino a un rapi-

mento estatico. A sipario calato mentre le monache battevano le mani salii sul palco con un piccolo taccuino e chiesi a Iduccia che mi ci scrivesse il suo nome. In una pagina bianca firmò « Alano », come possedere un passaporto, un lasciapassare per la vita. Ce l'ho ancora, ma non ha funzionato.
Se il dramma era breve seguiva una piccola farsa, se la farsa era lunga si presentava da sola come *Masinelli in vacanza*. C'erano anche farse dove il recitativo si mescolava al cantato, come nel *Dottor Dulcamara* dove « tra il martel che batte batte e il rumor d'una gran sega, il dottor delle ciabatte in gran forza parla e spiega »; e l'altra nello studio d'un avvocato chiusa dal canto dello studente suo aiuto « gran Dio morir sì giovane di studi d'avvocato, morir senza le scarpe, morire raffreddato! ».
Avvenimento eccezionale fu la rappresentazione di un dramma gioioso tutto in musica *Gianduiotto in collegio* durava più di un drammone storico, solisti e coro. Gianduja dopo disappunti e contrasti, finito d'accordarsi col direttore del collegio, prendeva congedo dal figlio « Caro fiolo io quitto ti lascio, ti di scienza 'mbaruna un gran fascio, fatti onor ch'io ti pago le spese » e intanto Giandujotto supplice ripeteva « Car papalin turnuma al paese... ». Proprio come me che ripetevo « Zizì, fammi restare a casa ».
Tutte le compagne, Iduccia più delle altre, avevano gesti larghi decisi a braccio teso, io se dovevo farlo per indicare qualcosa lo movevo appena come se il gomito fosse arrugginito, ma le mie parti erano meno che secondarie, quaternarie.

Ebbi una parte principale nel *Navicellaio del Tevere* ma tanti anni dopo, quando la Madrina aveva cessato d'essermi ostile perché non poteva più fare a meno di me. Il sipario si alzava che io ero già seduta su una bassa pietra, gomito sul ginocchio mento nella mano, guardavo fissa il fiume che non c'era e lentamente cominciavo « Onda fugace del Tevere che bagni l'orgogliosa mia patria, potessi tu trascinar teco i miei rimorsi, le strazianti angoscie del cuor mio ».
« Sul palcoscenico non si voltano mai le spalle al pubblico, ci si ritira arretrando » era il comandamento primo delle istruzioni che ci davano per il teatro, un comandamento inciso sulla pietra. E noi rinculando vestite da guerrieri romani o avvolte da toghe, ci spostavamo con la faccia sempre rivolta alle monache.
Incisive sono le istruzioni ricevute nell'adolescenza. Da grande, nel vero teatro mi meravigliò che per uscire, per muoversi, per litigare tra loro, per affacciarsi a una finestra gli attori, incuranti delle spalle, si voltavano come si fa dentro una stanza.
Ruggeri parlava a voce di soffio morente, faceva pause insopportabili voltando le spalle a noi che pagavamo per sentirlo. Gli avrei voluto gridare « Almeno voltati, parlaci in faccia » ma lui la faccia la voltava verso il pubblico quando pigolava l'immancabile *Pioggia nel pineto*.
I baffi ce li faceva la Madrina col sughero bruciato. Con quanta serietà presentavamo la faccia a bocca chiusa a lei che con altrettanta serietà disegnava sulle nostre facce baffi pizzi mustacchi e qualche volta anche le sopracciglia. Al

primo contatto del sughero ancora caldissimo si faceva una smorfia.
Come facevamo a non ridere? E le monache, che pur vedendoci con quei terribili baffi ci ascoltavano in serietà?
L'odore di sughero bruciato, il protendere la faccia per un trucco che a volte scottava era per noi quello che è per gli attori gli ultimi ritocchi nei camerini prima di andare in scena.
Non avevamo specchi, ognuna vedeva il trucco delle altre, non si vedeva mai il proprio.
La locandina col titolo stampigliato veniva appesa accanto alla Statuona della Madonna. Di questa non s'era ancora parlato, era troppo grande rispetto alle altre cose; stava di fronte alla Scala Regia in una nicchia alta come un'alcova nel gruppo di pilastri che dividevano la Galleria dallo spazio della Cucina del Lavabo dell'Economia della Portineria.
Il giorno della mia entrata era appena finito carnevale, dovevano ancora fotografare i nuovi scenari e inutilmente aspettarono me per farlo.
L'anno appresso la locandina la feci io, m'ero subito accaparrato anche quel lavoro. Con diverse misure c'erano stampini di latta zincata con lettere intagliate che per non far cadere i vuoti per forza dovevano avere un aggancio, la parte curva della D maiuscola risultava staccata da quella dritta in cima e in fondo; il taglio dell'A maiuscola doveva essere interrotto altrimenti sarebbe caduto il triangolo di sopra. Con apposito stoppaccio si attingeva un inchiostro denso come la pece che come pece mi si attaccava alle mani.

Quando il mio primo carnevale di lì dentro stava per finire le compagne cominciarono a parlarmi di un fatto straordinario che sarebbe avvenuto. Sarebbe arrivato un quaresimalista che avrebbe fatto la sua unica predica in convento.
« Dentro? ».
« Certo! ».
Non certo in Chiesa, dove peraltro non esisteva il pulpito e il predicatore si poneva avanti alla grata del Coro aperta.
« No, dentro, dove non entra mai nessuno ».
Difatti nel grande Parlatorio interno dalla parte opposta del teatro un giorno vidi un piccolo pulpito, stretto, piuttosto alto rivestito di panneggi.
« Si sa chi è il predicatore? ».
« Mai, è una sorpresa ».
Con le sedie rivolte al pulpito eravamo sedute in attesa. Ma perché guardavano tutte me? Guardavano me e tra loro ridevano. Una scampanellata, uno scalpiccio, entravano le madri che precedevano il predicatore. Alto snello veste nera e cotta, in capo la berretta a tre pizzi, salì, si voltò, era Carolina. Già me ne accorgevo allora che tra noi Carolina mancava. Ma la predica ci fu e il battimani finale e le risate e tutte intorno a me « Ha visto, ha visto? ». Avevo visto, ero a parte di quel segreto collettivo che esse avevano mantenuto con me per un anno intero. « E ora silenzio, non dica niente alle nuove che entreranno ».
Ma io ero destinata ad essere a lungo *l'ultima entrata*, difatti l'anno appresso lo scherzo non ci fu, un'interruzione che ne provocò la fine; non

fu ripreso neppure quando qualcuna cominciò a venire dopo di me.
Il giorno primo di quaresima, chiamato col suo nome liturgico « Dies Cinerum in capite jejunii », mi faceva sentire eroina della penitenza e del digiuno; mi trascinavo come un aliante.
Quaresima, una fila lunga di giorni appuntata da un capo al carnevale dall'altro alla Pasqua, a metà ondeggiava la pentolaccia di mezzaquaresima. Quaranta giorni durante i quali per far penitenza si mangiava di magro anche il mercoledì oltre che il venerdì e sabato, si pranzava mezz'ora più tardi, pane senza frutta a merenda. Eccettuata quella mezz'ora di posticipo sul desinare, chi s'accorgeva che fosse quaresima? Era quaresima sempre con quel pezzo di bollito tutto grasso e tenerume o le due fettine di lesso sfruttato grandi come le piastrelle del domino o con la foglia di borragine fritta larga quanto una mano: pastella con dentro un velo verde che era la foglia.
La quaresima più che altro era un forzoso rinnovato ricordo del digiuno di Gesù nei 40 giorni che precedettero la sua vita pubblica, un digiuno non molto difficile se ebbe fame solo dopo 40 giorni. Io avevo sempre fame tanto che mi buttavo sul cestino dei ritagli delle ostie quando ogni tanto appariva.
Comunque la quaresima aveva un suo carattere di penitente vigilia, di *preparazione*. Le letture di quel periodo cercavano di strizzare commozione dai nostri cuori per quei suoi 40 giorni.

Avevo visto un cesto per la strada coperto da un pezzo di tavola. Scoperto, dentro era un tremo-

lare di testine di lumache che cercavano scampo. Il cesto era tappezzato di lumache e anche l'interno del coperchio di legno ne era coperto; dal cesto scoperchiato le bestiole scavalcavano l'orlo per riuscire a evadere, a *salvarsi*. Ma le mani delle donne che stavano intorno ripulivano l'orlo dalle evase ributtandole sul fondo. Quelle mani dovevano sembrare alle bestiole smisurate pale che giravano a velocità sbalorditiva sul loro lento fuggire.
Le lumache dovevano stare 40 giorni a digiuno dentro quel cesto prima di essere buttate ancora vive nell'olio bollente con aglio e rosmarino. Quel digiuno serviva a *purgarle*.
A quanta parte della loro vita corrispondeva quel tempo? E se anche i giorni di attesa nel cesto della morte non fossero stati di un'intera quaresima, le lumache facevano una loro tremenda quaresima senza nessuna ragione.
In paese durante la quaresima era diffuso il gioco del *fuori verde* un residuo pagano mescolato a tempo cristiano. Per farlo ci voleva il *basso*; la mia compagna « moscetta » diceva il *busso*. In collegio la pianta si chiamava *mortella*, ce n'era una siepe intera, ma il gioco non esisteva.

In quel periodo oltre le *quattro tempora* venivano le *Rogazioni*; mi piaceva girare per l'orto salmodiando le speciali litanie, nei cambiamenti di tono del canto pareva che l'anima spiccasse non proprio un volo, ma un salto di gioia sì.
Nella settimana santa la vita collegiale non esisteva più, le monache ci requisivano, eravamo sempre in Coro con loro a cantare le Ore.
In paese c'era la « lavanda dei piedi », la parola

sapeva di spigo; il vescovo si cingeva con un asciugatoio le cui pieghe risaltavano come se fosse un ammattonato; c'era l'adorazione della Croce con relativi improperi, la processione notturna col Cristo morto, niente *flectamus genua* con l'immediato *levate* lì dentro. Da una settimana santa ridotta alla Messa e all'Uffizio, potevo ricavare solo suggestioni di parole, ma erano profonde come crepacci alpini.
Il Mattutino tralasciava i soliti princìpi e cominciava con *Zelus domus tuae*, era quello scoppio improvviso a lanciarmi nella settimana santa. Essendo ufficio delle Tenebre, tiravano le tende dei finestroni almeno per attenuare la luce; ma non esisteva come in Duomo il candeliere triangolare con le quindici candele accese di cui se ne spegneva una alla fine di ogni salmo, nascondendo l'ultima ancora accesa perché quella era Gesù.
Nel Venerdì Santo non si faceva la Comunione, ci dicevano di offrire quel sacrificio a Gesù. Ero felice di offrirglielo.
Sul groviglio di tanti opposti sentimenti della mia adolescenza, affiorava limpida chiara festosa la gioia di una cosa di meno da fare.
Nei mattutini si leggevano le lamentazioni di Geremia che scava nel dolore ebraico come nessuno saprà più fare. I passi distinti ognuno da una lettera dell'alfabeto ebraico, l'Incipit veniva alla fine ed era solennemente cantato. La Madrina col gruppo delle cantanti, tra cui insuperabile la voce di Annamaria finché restò in collegio, si raggruppavano nel mezzo del Coro avanti al leggio con su l'antifonario.
« Recordare, recordare Domine quid acciderit

nobis » questo, Signore, è successo a Israele e comincia a ricordarglielo: « aquam nostram pecunia bibimus, ligna nostra pretio comparavimus »... fino a « la nostra pelle si è riarsa come in un forno per le atrocità della fame ».
Tutto quel pathos ebraico mi sommuoveva le radici senza togliermi il godimento per la bellezza delle parole e della musica.

Imparai che Pasqua non viene mai di maggio perché se volevano dire che una certa cosa mai sarebbe avvenuta, dicevano « Siii! quando pasqua vien di maggio ».
La Pasqua m'importava perché andavo a casa, quando veniva non m'importava.

La fioritura dell'albicocco fasullo era la primavera che diceva d'essere arrivata anche se l'aria rimaneva un po' fresca.
I vestiti mi avevano sempre procurato gioia, per la stoffa, per la fattura, per il tatto, per il colore, in un modo o nell'altro avevano suscitato sempre piacevoli sensazioni. Sensazioni che cessarono quando mi ficcarono in collegio dove il vestito, l'*uniforme*, la *divisa*, non poteva dirmi nulla.
Solo l'aria che mi gonfiava le maniche l'8 maggio quando senza graduali passaggi ci ordinavano di toglierci la maglia invernale e il corpo di colpo godeva un suo profondo respiro; in collegio era il solo piacere dovuto ad indumenti e tolti, non indossati, e che non erano neppure vestiti.
Tutti gli anni arrivava il mio sospirato 8 maggio che con la maglia si buttava via anche l'inverno.

Non c'era maglietta di mezza stagione, da quella pesantissima si passava al niente, dal ruvido non proprio pulito della maglia alla leggerezza delle maniche larghe e leggere dell'uniforme, una sferzata che dava benessere e gioia, forse sensuale dolcezza.
Piacere leggero e superficiale diffuso nella luce, questo. Intenso e profondo quello che si accumula nel buio quando scissi dallo spirito si è solo carne, carezza di carne, amore di carne.
In quella fresca carezza d'aria dell'8 maggio che svegliava il corpo dal suo torpore, in quella carezza divina, c'era l'amore di tutto e di nulla.
Il respiro dei polmoni è necessità, quello della pelle è gioia.
L'8 maggio era la festa del mio corpo, lo sentivo, ma non lo sapevo.
Anche oggi, come l'anno scorso, come gli anni passati ho avvertito l'aria ventosa che mi carezzava il viso, non più fredda, ma fresca. Ancora qualche anno fa era un fremito gioioso di vita il contatto con quell'aria. Adesso mi consola solamente come se tornasse un amico e mi dicesse: ora sto con te.
Eppure è tutto come ieri che l'aria era fredda, eppure dall'ultima volta è passato un anno, dall'epoca del collegio è passata la vita e io sempre lì ad aspettare quel fresco non più freddo.

Le tabacchiere già cominciavano ad essere soprammobili; solo qualche vecchio fiutava ancora tabacco. In convento lo usavano per riporre nelle cassapanche la roba di lana. Invece della naftalina o della canfora spargevano qua e là cartine con dentro tabacco in polvere.

Quando si riaprivano le cassapanche pareva di accostarsi al bancone del tabaccaio dove c'era anche la macchinetta per tagliare a mezzo i sigari toscani.

In casa a ogni principio d'estate tornavano le cerase, fresche, colorate, ciondolanti. Quelle a coppia le mettevo cavalcioni sugli orecchi, il battere sulla pelle di quei freschi pendenti era piacevole. Zizì cantava « O Lola che di latte hai la camisa sei bianca e rossa come una cerasa ». Già, allora le cerase erano più spesso pallide e rosa insieme.
Le cerase, mi raccontava lo zio, si chiamano così perché vengono dal paese di Cerasunte, sul mar nero. In collegio diventarono ciliege proprio come sui libri di scuola. Compariva la Madrina con le prime dell'anno, noi si batteva le mani e si gridava, ma lei ordinava « Un gloria a sant'Isidoro ». Così a ogni frutto nuovo, quel santo era il protettore dei frutti della terra che si moltiplicavano colorati e buoni per sua intercessione.
In convento non le misi mai come pendenti alle orecchie. Quando le trovavo a coppia le lasciavo per ultime nella speranza di avere il coraggio di mettermele. Non lo ebbi mai; l'avrebbero giudicato un gesto *vanitoso* e nulla era più vergognoso di quella parola vuota « vanità ».
Una volta fuori di collegio ripresi a mettere le cerase alle orecchie, se mi capita lo faccio ancora e scuoto un po' la testa per sentire quel fresco dondolante contatto.

C'erano dei fatti, delle situazioni che per raffor-

zarne la solennità si agganciavano con l'appendice « in grande ». Vestirsi *in grande* era indossare l'abito nero, cingersi la vita con la ricadente fusciacca azzurra, nascondere il collo nel rinascimentale collarino, porsi in capo il grande velo da cerimonia, che rendeva *in grande* anche la Comunione.
Ma nella buona stagione con quel titolo dominava la *Merenda in grande*; era quando ritardando l'ora della piccola merenda si faceva tutt'uno con la cena, ma una cena più ricca, più festosa. Mai d'inverno perché si faceva all'aperto, in fondo all'orto, due, tre quattro cavalletti con sopra una tavola stretta e lunga; la tovaglia cosparsa di foglie d'alloro e di qualche fiore, come in paese cospargevano le strade dove passava la processione.
Qualche volta la Madrina sceglieva due di noi per mandarle in cucina in aiuto a suor Raffaella. Quelle arrivavano tenendo alti i piatti di portata accolte da festosi battimani. Nelle *merende in grande* la Madrina era una spettatrice, ma spesso se ne andava, la nostra serena festosità non aveva bisogno di sorveglianza.

Nato Gesù a mezzanotte, Cristo doveva ascendere al cielo a mezzogiorno. Noi tutte in piedi col piccolo libro dell'Imitazione di Cristo nella sinistra chiuso e ben stretto; nella destra la crocetta d'argento che ci pendeva dal collo, come un piccolo pugnale; dal campanile vibrava nell'aria il primo tocco di mezzogiorno, il piccolo pugnale forzandola violava la stretta chiusura del libro, immediatamente l'aprivamo là dove la croce era penetrata, gli occhi non dovevano

cercare, ma leggere a caso. Quel capoverso era quanto Cristo salendo al cielo diceva a ognuna di noi; *testamento* o *rivelazione*?
Una pasticciata forma di divinazione. Il bello era solo nel gesto perché l'Imitazione mi annoiava da morire. Di nascosto in Chiesa io mi leggevo le *Confessioni* di sant'Agostino.
In fondo ci si riattaccava senza saperlo ad una antica superstizione, quella di aprire a caso la Bibbia, leggere il passo su cui cadevano gli occhi e interpretarlo come sprone, consiglio, ammonimento del proprio presente.
Altri interrogano le carte da gioco, tentativi diversi sempre per aiutarci sul momento che stiamo vivendo. Uno si rivolge a Dio, l'altro al demonio perché le carte le inventò il demonio, me lo disse Eugenia quando ero tanto piccola che arrivavo appena a vedere nel cassetto dove lo zio aveva nascosto quelle che mi parvero veramente diaboliche, segate a mezzo, una faccia sopra l'altra sotto.

Una volta all'anno ci mettevano una rosa sui capelli per farci il gruppo fotografico da mandare ai parenti; una rosa ufficiale. Ed era una rosa tea; in fondo all'orto, vicino ai cipressi, ce n'era una pianta che in piena fioritura diventava tutta color canarino. Ce l'infilavano senza studio alcuno nei capelli tirati. A me sarebbe piaciuta rossa, ma la tea risaltava di più.

Nello Studio erano appese due schiacciate scatole di legno nere all'esterno bianche all'interno, dove erano fissati con spille farfalle e insetti morti. Più o meno le compagne erano appassio-

nate a quella collezione, passione approvata e protetta dalla Madrina. Sembrava che le farfalle fossero un elemento universale di studio e di divertimento. Divertimento crudele.
Bastava che non piovesse ed erano alla caccia di quei fiori volanti. Le catturavano col retino, caporiona Iduccia. Finito il volo erano bruchi con le ali. Il movimento nascondeva il verme. Appena catturate, una strizzatina della testa con pollice e indice, la farfalla era morta.
Non presi mai in mano un retino, avrei urlato d'orrore se avessi dovuto ammazzarne una. Ero però mortificata per la mancanza di quel coraggio, mi sentivo inferiore; niente sapevo fare di quello che le altre sapevano.
Quando lo zio partì la prima volta per l'America mi domandava che cosa volevo che di là mi mandasse. « Le farfalle » rispondevo « tante, di tutti i colori, larghe così » sovrapponevo i pollici allargando le mani. « Certo, ve le manderò, ma che altro volete? ». Che altro potevo volere? Le farfalle.
Non me le mandò mai; tornò, mi portò il pappagallo, ma niente farfalle, e ora di nascosto era ripartito. Speravo ancora un poco che, pensando al mio desiderio, me le mandasse.
Quando le compagne stavano sistemando qualcosa in quei due quadri su nello Studio, come per farmi perdonare di non poter uccidere una farfalla dicevo: « A me dall'America verranno tante farfalle larghe così ». Lo dissi tanto che le compagne non mi ascoltavano più.

Mortificata anche perché tutte erano benemerite cacciatrici di maggiolini. « Sono dannosi i

maggiolini, bisogna scovarli e distruggerli ». In tanti anni io non ne vidi neppure uno. Se qualcuna ne portava il cadavere in omaggio alla Madrina, voltavo la testa dall'altra parte.
Sin da quando entrai erano tutte prese dalla caccia ai maggiolini, grattavano la terra per trovarli, li scovavano vicino agli alberi; grida di gioia per ogni catturato e sua immediata esecuzione « Brava, bene! » diceva la Madrina. Distruggerli una benemerenza; anche in questo Iduccia era un asso, li cercava con impegno, ne scovava tanti. Alcune si limitavano ad indicarle il posto dove ce n'era uno.

Che urla, che festa il giorno che presero un Cervo volante. Lo guardai, ma con lo sgomento che presto l'avrebbero trafitto con uno spillone. E così fecero fissandolo in un pezzetto di tavola che nascosero in un angolo dello Studio. Solo dopo morto l'avrebbero sistemato in una delle due bacheche. Ma quanto ci mise a morire! Dopo due mesi lo scopersi io, era riuscito a staccarsi dalla tavoletta e lentamente si muoveva sul pavimento con lo spillone infilzato nel corpo.

Finché non fui in collegio le farfalle non avevano nomi di famiglia, erano tutte farfalle. Lì dentro conobbi le cavolaie, due petali bianchi con punti neri, quand'erano bruchi divoravano i cavoli; le vanesse, la Cobianco, l'Atalanta. Il Papilio Macaone forse bello, ma brutto il nome due volte grosso, mentre una grande farfalla gialla striata di nero con due codine aguzze

nelle ali posteriori si chiamava con un nome più leggero, più adatto a una farfalla: Podalirio.
Quelle della mia classe erano tutte entomologhe esperte, mentre io venuta dopo di loro, ma agganciata alla stessa classe non ne sapevo nulla. Alla peggio cercavano di mettermi un po' al corrente; mi stavano spiegando i « Ditteri » e io per far vedere che avevo capito dissi:
« Dunque gli angeli sono ditteri e le braccia fanno da bilancieri ».
« Impertinente! » sentii dire alle spalle, mi voltai, era arrivata la Madrina che mi ammutolì col suo sguardo.
« Però » continuavo a pensare « se hanno due ali, gli angeli sono ditteri lo stesso; i Cherubini no, che ne hanno di più ».
Anche se sapevamo delle Pieridi, della Macroglossa, delle Stellate, ignoranti lo eravamo lo stesso. Di Leopardi sapevamo solo *Il sabato del villaggio* e che era gobbo e sempre addolorato.
Nessuno indicandolo dalla finestra di levante disse mai « Quello è Recanati ».

Per le feste dei santi fondatori e poche altre circostanze la Comunità si passava « il trattamento ». Lunghe tavole nella Galleria-linea-di-mare; sopra, due file di bicchieri, tra queste dei cestelli colmi di fette di pane. Benché non corressero cordiali rapporti tra noi e le suore, o meglio tra la Madrina e le suore, al *trattamento* eravamo sempre invitate. Quando ognuna aveva preso posto venivano le converse con delle brocche e versavano nei bicchieri una limo-

nata che dal limone prendeva abusivamente il nome.
Che cosa era la limonata lì dentro già lo sappiamo: un'acqua appannata, leggermente sporca e leggermente dolce; a frugare bene si poteva credere che qualche limone ci fosse stato spremuto. Non ce la servivano nei nostri bicchieri, ma in bicchierotti giganti e c'era sempre chi la richiedeva.
I limoni in collegio non comparivano sotto nessun aspetto; se non ci fosse stata quell'acqua sporca anche il loro nome sarebbe scomparso.
In quell'acquerugiola si bagnavano le fette di pane. Questo era il tradizionale *trattamento*.

« Mettete tutto in ordine prima di andare in campagna ».
« Ricordatevi che se non sarà tutto a posto non si va in campagna, si resta in città ».
« Pensate bene a quello che volete portarvi in campagna perché una volta là, in città non si torna con nessuna scusa ».
A scuole finite, a esame ultimato, la Madrina cominciava a martellarci con quegli avvertimenti.
La città era l'Educandato, la campagna era l'orto.
Nell'orto un fabbricato che aveva l'aria di essere stato rabberciato dai muratori poco prima della mia entrata, di diverse camere tra cui un immenso stanzone con qualche vecchio banco dove riponevamo ciò che portavamo dalla « città ».
L'entrata era di fronte l'albicocco, attraverso un piccolo ponte che scavalcava il sottostante mi-

sterioso pollaio; però ci si poteva entrare anche dal campanile a cui era stata tolta una parte delle sue dirute adiacenze per metterlo insieme.
Dal ponticello si entrava in una stanza grande di per sé, piccola in confronto dell'immenso camerone; quando pioveva si mangiava lì.
Arrivato il momento della partenza noi col nostro fagottello, la Madrina con una campanella di media grandezza, non si andava dritte giù nell'orto come s'era sempre fatto durante l'anno, ma si percorrevano le due gallerie, i corridoi, si salivano e scendevano tutte le scale, si salutavano le monache che s'incontravano le quali ci facevano il loro caratteristico inchino del silenzio. Era lungo il viaggio, ma una volta arrivate si spalancava alla coscienza uno spazio infinito, un tempo infinito tutto di colore verde; ed era un piccolo orto.
Durante la *Campagna* lo Studio e la Camera da Lavoro diventavano davvero un paese lontano, quasi dimenticato. Al Dormitorio si saliva solo per dormire e se ne scendeva per la Messa, sicché non avendo più l'occasione di attraversarlo di giorno e vedendolo solo di notte, anche quello diventava estraneo.

Il 22 luglio in piena estate con un acquazzone capitava la festa della Madonna. Aveva tanto pianto per i suoi trascorsi che anche le nuvole se ne erano commosse e dal giorno della sua morte (del suo natale, diceva il martirologio) vale a dire dal giorno in cui lei non poté più piangere, le nuvole ci pensarono loro. Qualche volta era un rapido acquazzone, qualche volta un velo insistente di pioggerella, qualche volta solo pochi goccioloni. Ma non accadeva mai che le nuvole quel giorno almeno un poco non piangessero.

La Maddalena col suo amore, col suo non potere non amare commoveva le monache; quel suo versare profumi sui piedi dell'amato tanto da costringerlo a dire che faceva bene a spendere per profumare i piedi a lui invece che darne il costo ai poveri, « tanto i poveri li avrete sempre con voi ». Sindacalisti e sociologi provate a smentirlo. Alle monache che ripetevano quell'episodio le parole tremavano in gola.

E per quel « non mi toccare! » quando lei e lui s'incontrarono nell'orto del sepolcro, estatiche, vicine a piangere; finivano col commuovere un po' anche me che non capivo quanto grande possa essere la felicità nel toccare la persona amata.

A me però non piaceva troppo questa santa, preferivo sua sorella Marta. In principio del pranzo tutti i giorni leggevamo le brevi notizie del martirologio premettendo il numero aureo e l'epatta; della Maddalena taceva l'amore, il pianto, la contemplazione, ma ricordava che Cristo aveva cacciato dal suo corpo sette demoni.

Però quando ero in attesa della pioggia, anche io mi scioglievo in tenerezza; le cose del cielo attraverso la natura piacevano anche a me. Quella pioggia estiva, puntuale come una scadenza di cambiale, era fresca e misteriosa.

Questo fu un dono del convento, perché lo zio mi svelava i misteri della natura, non le piogge misteriose.

Noi dalla vigilia aspettavamo quella pioggia mescolata di simbolo e di miracolo; mai una volta restammo deluse. Qualche volta la sera si avvicinava dopo una giornata in cui il sole aveva arroventato l'aria e istupidite noi di luce.
« Quest'anno non vengono le lacrime della Maddalena » sussurravano quelle meno dotate di fede – ma la Madrina pronta:
« Non è mica finita la giornata. Non si è dato mai il caso che per la Maddalena poco o molto non sia piovuto ».
E quando già ci si cominciava a rassegnare alla quasi paurosa interruzione di quel segno celeste, ecco che da qualche parte una voce gridava: piove, piove!
Ed era vero, magari non finiva di bagnare interamente la terra, ma gocce di pioggia c'erano, cadevano ancora e noi le sentivamo sulle mani protese, sul viso buttato all'indietro.
Non eravamo visionarie e la Madrina non era una stupida: ogni 22 luglio le lacrime della Maddalena non mancavano.
Ma perché quando uscii di convento il fatto non si verificò più? Qualche volta sì, è capitata la pioggia nel 22 luglio, ma come poteva capitare il 18 o il 25.
Il 26 luglio festa di sant'Anna, con la stessa sicurezza con cui quattro giorni prima avevamo aspettato la pioggia, aspettavamo le converse che sorridenti e festose venissero nell'orto e guardando in alto come se la santa si fosse affacciata nel cielo, alzando le braccia le dicevano:

Mi rallegro sant'Anna mia
siete la mamma di Maria,

siete la nonna di Gesù
mi rallegro sempre più.

In campagna ero contenta perché potevo star sola assai più di quando eravamo in città. Un controllo limitato senza lo spauracchio del *Vae soli!* e io facevo quel che non avrei potuto in epoca di studio. Una volta mi trasformai in maestra delle oche; non ebbi mai allieve più diligenti e intelligenti di loro.

Ne avevano radunate una mezza dozzina forse per finire in cucina a tempo da stabilirsi; le tenevano in uno stretto recinto nel breve spazio del *boschetto degli allori.*

Cominciai a parlare con loro, vidi che mi ascoltavano, poi che mi capivano. Apersi il recinto, entrai, mi sedetti su quella pietra bassa, restata inclusa nel recinto, che fu il mio sedile per tanto tempo, vennero più vicine che potevano, piegarono il collo per appoggiare il becco sulle ginocchia quasi a chiedere d'essere accarezzate sulla testa, gliela solleticai tra le piume. Non avevano certo la morbidezza del gatto, il loro corpo era quello che era, chi se lo può cambiare?

Tornavo da loro ogni volta che potevo; appena mi scorgevano si agitavano brontolando; parevano brontoli per la loro voce nasale, ma erano saluti. Aprivo il recinto e le portavo dove volevo io o dove volevano che andassi con loro. Non fecero mai resistenza quando le riaccompagnavo al recinto.

Anche loro mangiavano poco come noi, sicché si mantenevano agili e deste come quando sconfiggendo i cani salvarono il Campidoglio. Avrebbero sconfitto anche lo *stilo* se *le penne* del-

le loro ali le avessero offerte loro per scrivere, ma questa responsabilità non ce l'hanno, gliele strappavano.
Tra gli animali che gli uomini martirizzano le oche sono al primo posto. Le dicono stupide, se invece la società avesse la loro intelligente organizzazione sarebbe subito sanata.
Io sì, ero e sono oca, ma le oche non lo sono.

Piccoli tonfi di fichi duri che cadevano sulla terra polverosa; piccoli tonfi di mele non mature che rotolavano tra le file di lattuga; col frinire delle cicale erano i soli rumori di certe ore.
Il sole faceva un triangolo stretto e lungo che da mezzo il viale si arrampicava sul pozzo; tutti gli anni la vanessa policlora stava nella luce di quel sole in pizzo al muro. Preferiva posarsi lì invece di volare; non fuggiva avanti al retino come se fosse consapevole che nessuno l'avrebbe catturata. Era sempre la stessa? Tutti gli anni che io fui lì dentro, essa ci fu, sempre ferma in quello spicchio di sole.
Sul muretto sgretolato crescevano gli ireos. La vita del rizzoma scorreva lenta, ma sicura tra i mattoni sconnessi, spegnendosi da una parte, sbocciando dall'altra. Le foglie parevano pugnali con la punta verso il cielo; quando fiorivano il loro profumo nascosto era dolcezza languida e ardente che ritrovai più tardi nella sicura attesa d'amore.
D'estate qualche volta grandinava e la Madrina, impaurita, faceva i soliti scongiuri come per i temporali bruciando l'olivo benedetto. Forse sperava anche che il fratello generale impiantasse un cannone nell'orto. Il generale Masi, per

noi tutte signor Tullo, aveva regalato a ognuna di noi un suo opuscolo in proposito.
Lui sparava e la grandine fuggiva; non capivo se andasse a cadere altrove o si sciogliesse ridiventando pioggia. Comunque il cannone contro la grandine che lui sperimentava da anni me lo ingigantì più che l'avere elevato a Corpo Militare la Guardia di Finanza.

Il 21 settembre, festa di san Matteo apostolo, la vecchia Madre Caccialupi faceva gli auguri a Mariannina Solari. Una giovane già monaca benedettina che s'era spogliata, ma invece di rientrare nel mondo, s'era rinchiusa lì dentro facendo supporre, in principio, che volesse provare a farsi visitandina, ma si capì ben presto che non aveva nessun progetto fuorché quello di vivere in allegria il momento presente. Non stava mai con le suore, stava sempre con noi senza essere educanda, senza essere assistente, stava lì in mezzo, girovagava senza far nulla; nessuno la considerava, come se non ci fosse.
Per la vecchia religiosa era una *matta*, perciò le faceva gli auguri per san Matteo.

Il 29 settembre, festa di san Michele, si tornava in città.
Fu in una vigilia di san Michele che io, chissà per quale ragione, me ne scappai di nascosto e salii nello Studio: finestre sprangate, aria chiusa calda polverosa. Avvertii un lievissimo rumore, mi fermai in ascolto, sì, proprio lì vicino a un angolo della finestra verso il mare; nella scura penombra aguzzai la vista, qualcosa si muoveva sul pavimento, circospetta m'avvicinai di più, mi

chinai, ahi no! il cervo volante col grosso spillone dalla testa di vetro nero si stava movendo. Lo spillone era stato immerso nell'acido prussico prima di trafiggerci la bestiola per affrettarne la morte. Invece viveva ancora, s'era staccato dalla tavoletta e si trascinava a fatica con quel suo spiedo che gli trapassava il corpo da parte a parte strusciando sui mattoni.
Con quali sforzi s'era staccato dalla tavoletta? Digiuno da oltre due mesi avvelenato dall'acido prussico viveva un'indicibile agonia. E io che avrei dovuto ammazzarlo subito per non farlo più soffrire, fuggivo giù per le scale gridando dentro di me « Un assassinio, un assassinio orribile... e fanno la Comunione lo stesso! ».
Il 29 settembre, festa di san Michele, si tornava in città. Si raccoglievano libri e lavori, se ne faceva un involto, io pensavo anche alla roba che era della Comunità e al suono di una campanella squillante si risalivano le scale per rientrare in educandato; pareva proprio di risalirle dopo tanto tempo; eppure tutte le sere eravamo andate su per dormire.
Si riordinavano i propri tavolini e l'anno ricominciava con l'attesa dei nuovi libri di testo.

A metà ottobre era santa Teresa, si facevano gli auguri alla Madre Caccialupi, auguri sottovoce un po' frettolosi; eravamo già entrate in quell'atmosfera di sinistra attesa in cui ci metteva la Madrina che in quel periodo aveva una maschera di mal contenuto terrore.
Il 15 era santa Teresa, il 17 era la beata Margherita Maria Alacoque il cui quadro stava in chiesa sotto uno dei quattro Coretti tutti intagliati oro

e verde che noi non vedevamo. La Madrina aveva il suo nome, sicché il 17 sarebbe stato anche il suo onomastico, ma non lo festeggiava, lo paventava, lo chiamava « il giornaccio »; molto tempo prima cominciava a dire « Che cosa accadrà in quel giornaccio? ».
Neppure una volta che avesse detto « Ecco, vedete, è successo questo e questo ». Ma qualcosa doveva succedere se no l'anno appresso avvicinandosi quel giorno non ne avrebbe annunziata come sempre, la paura.
Non disse mai che cosa fosse successo almeno l'anno avanti, il volto che s'incupiva nascondeva qualche tremebondo timore religioso? Avverso, scuro, pareva avvistare un'apparizione diabolica; ma non ci fu mai alcun accenno al demonio, ci fu solo paura di quella data. Alla vigilia era spaventata « Che cosa accadrà domani? ».
E domani lei chiusa nel suo timore, noi in attesa d'improvvisi disastri, la giornata passava come tutte le altre, ma neppure a sera si rasserenava.
Forse non seppe che due anni prima della fondazione del suo Ordine, nel 1608 suor Virginia de Leyva, la Monaca di Monza, aveva cominciato a chiamare *giornaccio* il 17 ottobre proprio come lo diceva sempre lei.
Il giorno dopo veniva san Luca, « San Luca la Merenda della Buca ».
Era una merenda in grande diversa dalle altre. Le converse nascondevano in buche scavate nell'orto le portate che avrebbero costituito una cena festosa e quando scampanellavano senza finirla più, via! partenza! alla ricerca! Coincideva con l'ora solita di merenda, ma la conclusione

non sempre era rapida, qualche volta arrivavamo a notte. Non si poteva cominciare a mangiare se prima non si fosse trovato tutto, neppure se mancava ancora il dolce, e noi per la fame dicevamo di rinunciarci, neppure se mancava l'acqua e noi assicuravamo di non aver sete.
Naturalmente non tutto poteva essere sotterrato: per la pila della minestra oltre al raffreddamento ci sarebbero state troppe difficoltà, in questi casi mettevano nella buca una mela con un cartello che la diceva *minestra*, in un'altra un sasso con *vino*.
Sguinzagliate per l'orto cercavamo, isolate o a gruppi e la festa era tanta che non si pensava neppure di scrutare l'espressione della Madrina per vedere se si fosse riavuta dalla misteriosa angoscia del giorno avanti.

Dopo l'ozio e i calori estivi le prime nebbie fresco-umide che velavano le cose vicine ovattando le lontane arrivavano come una promessa di pace e di attività. Ci si sentiva voglia di lavorare. Per me la nebbia è stata sempre complice di vane promesse.
Con la nebbia o col sole veniva santa Caterina festeggiata in paese con spigliata allegria da tutte le ragazze. In collegio solo una stupidissima canzonetta.

E santa Caterina lallerallà lallerallà
e santa Caterina era figlia d'un re ee, ee
era figlia d'un re ee, ee, era figlia d'un re.
Un giorno suo padre lallerallà lallerallà
un giorno suo padre in orazione la trovò oo, oo
in orazione la trovò oo, oo, in orazione la trovò.

Con lo stesso sistema continuava il dialogo tra padre e figlia, una cosa da far morire di noia. Tutta qui la festa di santa Caterina, non c'erano neppure le dolcissime prime castagne arrosto di cui in paese si faceva allegro sciupio.

C'era dunque una Statuona della Madonna dentro una profonda ed alta nicchia incavata nel gruppo dei pilastri che dividevano lo spazio della Portineria, dell'Economia, della Cucina, dal principio sempre in penombra della Galleria-linea-di-mare. Il punto dove era la Statuona era illuminatissimo, la luce gliela buttavano dall'alto i due immensi finestroni in cima alla Scala Regia che si apriva di fronte alla Statuona.
Fiori, candele o lumini non ne ebbe mai, non ci sarebbe stata la possibilità di posarli perché era chiusa da una lastra di vetro rasente il muro. Davanti c'era un inginocchiatoio dove nessuno ci s'inginocchiò mai. Per le monache quella Statuona era come se fosse muro, eppure dovevano avercela posta loro perché se ci fosse stata al tempo delle Clarisse, suor Serafina, la due volte *conversa*, uno sguardo glielo avrebbe dato, invece l'ignorava come le altre. Forse fu voluta dalla Madrina contro il parere della comunità che col suo distacco continuava a dimostrarglielo.
Avanti all'inginocchiatoio stavamo in piedi e dovevamo lo stesso alzare gli occhi per vederla, per guardarla in faccia bisognava alzare la testa. Ci radunavamo lì dal primo dicembre all'8, giorno della sua festa, per cantarle « Tota pulcra es Maria et macula originalis non est in te ».
Della Madonna a casa non si parlava un gran

che, la zia ne raccontava qualche episodio tratto dai vangeli apocrifi e non deponevano molto bene a suo favore. Nei giorni pasquali al posto dell'Angelus si diceva il Regina coeli laetare alleluja, ma la Madonna scompariva, era solo la festa dell'alleluja. Nell'Angelus lei c'entrava, ma come parola a cui non si dava peso, l'Angelus era il mezzogiorno e la sua benedizione. All'Angelus il sole era salito fin dove poteva, le campane l'avvertivano alla gente; se d'inverno lo zio portava la papalina se la toglieva per salutarlo.

« Tota pulcra es Maria » mi dava fastidio. Per me allora la bellezza era solo nel volto, dicendo che era tutta bella significava che era bello anche il calcagno che proprio non ne sa di nulla.

« Et macula originalis non est in te » va bene era una privilegiata. Giannina lo era di un collegio lei dell'intera umanità. Il privilegio è un vantaggio, disimpegna da tanti obblighi. Perché poi la colpa di Adamo noi dobbiamo ereditarla e lei no? E se peccare non poteva, dov'era il merito? Perché la noia doveva sostituirsi al fascino dell'attrattiva di certe tentazioni. Per questo forse se scappava di casa, tanto presto non ci ritornava, una visita la faceva durare tre mesi, una *visitazione*.

Più che pensieri era atmosfera; però i privilegiati mi hanno sempre insospettito.

La prima parola invece era sicura, era la signora Tota Grimaldi, quella che mi strappò dalle mani della zia mentre mi picchiava sulla soglia del Suffragio perché con già ventiquattro mesi sulle

spalle non volevo stare in chiesa e strillavo per uscirne.
« Me la strappò dalle mani » raccontava la zia « se la stringeva al petto e l'accarezzava ». Questo che sapevo per sentito dire era più reale di una lapide incisa.
Tota pulcra; la contessa Grimaldi pulcra forse non era, Tota lo era di sicuro.

Il 10 dicembre era la festa della Venuta, a notte i contadini accendevano *i focaracci*, ogni casolare un focaraccio. Pareva che il cielo avesse rovesciato sulla terra tutte le sue stelle dopo averle incendiate.
Giù in Coro, in una nicchia ricavata nello sguincio sinistro della grata c'era una statua uguale a quella venerata nella Santa Casa di Loreto; ci stava come una prigioniera abbandonata. Ma per il giorno della Venuta eravamo tutte mobilitate: si coprivano con un drappo rosso le gambe di un tavolino, ci si stendeva sopra una tovaglia ornata di trina, si tirava fuori la Madonna per spolverarla e cambiarla di vestito; via quello di tutti i giorni, fuori quello delle feste. Questo era di tessuto laminato d'oro con davanti una specie di alamari a spicchi di luna; una volta allacciato dietro, la Madonna risultava un alto triangolo isoscele. La corona, a forma di cupola cirillina, si toglieva per lustrarla ben bene e poi rimettergliela. Senza corona la Madonna mi disgustava. La statua di legno nero pareva d'ebano, era invece di cedro del Libano; la testa emetteva la corona come la terra emette una pianta; scolpite nello stesso blocco testa e corona; la corona una serie di punte messe a cerchio na-

scosta poi da quella metallica. Il tavolino diventava un altare con candele e fiori su cui l'effige lauretana per quel giorno riceveva inchini ed omaggi prima di tornare in dimenticata prigione per un altro anno.
Le monache avranno detto tra di loro « Tutto questo perché devono farlo le educande e non noi? ».
Non avrebbero avuto torto, poveracce, ci si sarebbero divertite come ci divertivamo noi.
Dopo diversi giorni, passavamo al più complesso divertimento, quello di preparare il Presepio. Si faceva nella sala del Capitolo scaglionato per le diverse alture del defunto altare che ne diventava il suo scheletro. Non c'era né vellutello per i prati, né brecciolina per i sentieri, ma una coperta verdastra su cui si disponevano i pupazzi. Questi però erano pupazzi napoletani del 700 il cui valore attuale è di più milioni ognuno.
I loro vestiti erano stupefacenti; altro che i paramenti del Santo Padre, il grosso pupazzo seduto nella nicchia vicina al Coro! Quelli avevano le dimensioni per una figura alta un metro, quelli erano fatti per pupazzi alti appena 30 centimetri.

Un segreto mi sosteneva: lo zio mi voleva in America; in America me e la zia. In collegio stavo scontenta, l'idea che presto me ne sarei andata, un entusiasmo tappato come una bottiglia di champagne, non aspettava che di esplodere. « Non diciamo niente a nessuno finché non sarà stabilita la partenza » disse la zia.
Ma quando fummo in uno di quegli anfratti

nelle adiacenze del campanile largo come un pezzo di soffitta a mezza strada intente a tirar fuori dalle casse i pupi del Presepio, come una sfida alle compagne, buttai là:
« L'anno venturo io non sarò più qui a preparare il Presepio ».
« Dove sarà? » chiedevano, alcune distratte, altre attente.
« Chissà! ».
Avevo già dentro l'America, scrissi un bigliettino, lo piegai stretto stretto e lo nascosi sotto il giustacuore del re moro che stavo spolverando. Pregustavo la sorpresa che avrebbe avuto quella di loro che l'anno prossimo l'avrebbe rispolverato, nel trovare quel bigliettino « Dolores in America ».
Ma l'anno dopo io facevo la caccia al re moro, volevo spolverarlo io e sapevo il perché. Però mi pareva un tempo infinito da che il fatto era successo e avevo l'impressione che il bigliettino avesse il giallo del vecchio.
Ecco che cosa è un anno a quell'età.
Il Natale di quest'anno riportava alla ribalta quello dell'anno scorso così lontano, così sprofondato nel tempo che pareva irreale « Vi ricordate? » così come lo dico ora con le pochissime persone con le quali eravamo ragazze insieme.

Natale veniva con palline rosse su foglie lanceolate, rigide, rade intercalate a gruppetti di quelle palline. Palline rosse sulle cartoline che ci arrivavano, dipinte sulle letterine che partivano, un Natale di sogno, di convenzione, non di realtà perché lì dentro palline rosse non ce n'erano; ma c'erano più che se ci fossero. Erano

quello che non c'era e non avvertivamo che per questo erano tanto belle.
« Agrifoglio » poteva chiamarsi in altro modo una foglia capricciosa tra curve golfi punte, tutta irregolarità con la regolarità della spina.
Foglie nemiche, palline rosse di Natale, agrifoglio mai visto lì dentro, ramicelli di un Natale stampato o dipinto.
Ci sarà dolcefoglia?
La notte di Natale non facevamo nulla, neppure i ditalini con la farina di castagne perché per fare la Comunione allora si doveva essere digiune; era insupponibile mescolare il cibo con l'Ostia consacrata, per quanto si dicesse che Gesù discendeva nel cuore, mai nello stomaco.
Aspettavamo che passasse il tempo.
A un certo punto arrivava la Madrina, ci sedevamo intorno al tavolino della Camera di Lavoro e lei ci leggeva alcune pagine del Cardinale Newman. Erano belle, ma eccessivo pietismo, sentimentalismo esagerato che la Madrina rincalzava con commenti e riflessioni. Gesù nasceva per via senza che sua madre avesse un pannolino per coprirlo. E io me la prendevo con la Madonna: imperdonabile trascuratezza. Se il fatto era vero si doveva nascondere, non proclamare a scopo di ammirazione. Del resto poteva levarsi il mantello per coprirci suo figlio. Tremava dal freddo la creaturina, l'asino e il bue la riscaldavano con il loro fiato. Nelle figure il fiato usciva dalle narici delle due bestie come i raggi dalle mani della Madonna nella Medaglia Miracolosa. Non mi sarei meravigliata se il cardinale avesse detto che c'era tanta neve, che

dal tetto della capanna pendevano stalattiti di ghiaccio.
Quando, uscita di collegio, seppi che Newman era un convertito mi spiegai quegli eccessi emotivi che non mi piacevano. Le espressioni dei convertiti bisogna sfrondarle, intorno a loro cresce la vegetazione lussureggiante del proprio entusiasmo.

Quando entrai in collegio tutte *le grandi* avevano un album col quale andavano postulando un pensiero, una pittura, un disegno, qualcosa che ricordasse la compagna. E le compagne ci dipingevano un mazzetto di primule o di violette, una rosa o un paesaggio e a fianco o sotto ci scrivevano una sentenza. Gli album si arricchivano di pitture e di sentenze quando la proprietaria stava per lasciare il convento e arrivato il giorno della partenza anche la Madrina ci scriveva il suo ammonimento-ricordo.
Notai però che le pagine bianche erano tante, quelle istoriate ben poche; mi dette un senso d'inutilità la sproporzione tra le pagine vuote e quelle piene. Per questo e per la pigrizia fisica e mentale che mi rendeva fastidioso e pesante l'impegno della pittura e lo sforzo per cercare una frase a effetto, ebbi subito antipatia per gli album.
Molto tardi ne possedetti uno, che però restò sempre tutto bianco, mi uscì in una delle lotterie annuali. La Madrina sedeva sull'alta sua sedia come quando faceva lezione, sul tavolino una serie di pacchetti con un numero; nella borsa dei numeri della tombola metteva anche i nostri nomi numerati, tirava su nome e numero. A me

capitavano sempre oggettini inutili e brutti, mi davano solo la preoccupazione del dove buttarli. Quella volta mi toccò un album, rilegatura in pelle delicatissima color cuoio con intorno un fregio a sbalze che s'interrompeva, scendeva, si storceva, mancava: fondo di magazzino arrivato lì chissà come e rifilato a me attraverso la finta lotteria.
Ce l'ho ancora e nei punti senza fregio la sua pelle è morbida e liscia: album bambino, pagine vergini.

« Padre mi benedica perché ho peccato » questo mi colpì quando con fretta sconcertante mi spinsero a confessarmi. Avevano aspettato che superassi il primo disperato periodo in cui sentivo solo lo schianto per essere stata rinchiusa.
In casa dopo la prima Comunione gli zii non si erano occupati né di confessione, né di comunione, ma lì dentro bisognava confessarsi per forza, lì dentro si peccava, padre mi benedica perché ho peccato.
In sagrestia c'era una porticina, aprirla, scendere uno scalino e s'era nel confessionale. Pavimento quadrato sì e no 80 centimetri di lato; una finestra né piccola né grande lo riempiva di luce; quella luce dava fastidio.
Il giorno della confessione in ginocchio sui banchi dei nostri Coretti si doveva fare l'*esame di coscienza*; Suor Celestina scampanellava, il confessore era pronto, due ragazze scendevano, una entrava nello sgabuzzino, l'altra aspettava per entrarci appena la prima sarebbe uscita, questa risaliva, si chinava in raccoglimento per fare la penitenza, un'altra scendeva in sagrestia

e così per quante eravamo sempre rispettando l'ordine di entrata.
Per confessarci ci si inginocchiava su un breve scalino di legno appoggiando i gomiti o le braccia, a seconda della disinvoltura, su un altrettanto breve appoggio di legno. Il tutto sistemato sotto una finestra grande quanto quella da cui veniva la troppa luce, ma chiusa da una tela nera incorniciata, inferno o paradiso a volontà. Sopra c'era un crocifisso piuttosto piccolo. Al di là della tela il confessore invisibile, ma vicinissimo. Quando parlava era una voce schiacciata tra la nostra faccia e quella tela. Se ne sentiva il respiro quando era incerto.
M'insegnarono dunque che appena inginocchiata dovevo dire « Padre mi benedica perché ho peccato ».
Tra di me pensavo che il peccato non merita ricompensa, Adamo ed Eva non furono benedetti perché avevano peccato, al contrario; qui invece si cominciava chiedendone la benedizione; pensieri che rimuginavo da sola, ma ero orgogliosa di dover dire *perché ho peccato*. Mi sentivo implicata nel dramma dell'umanità intera, una nota della sua coralità.
Attraverso la confessione trovai una cosa veramente nuova, non solo mai conosciuta, ma neppure sentita dire da altri, « I pensieri cattivi ». Forse perché erano una novità, i pensieri cattivi costituivano il punto più grave delle mie confessioni.
« Ho avuto pensieri cattivi ».
« Ti ci sei abbandonata? » chiedeva il confessore.

« Non so, forse sono stata lenta nell'allontanarli ».
Dicevo questo sapendo che non era vero perché non erano veri neppure i pensieri cattivi.
Io non sapevo in realtà di che trattassero i pensieri cattivi, né il confessore me lo chiedeva mai. Se me l'avesse chiesto l'avrei saputo, almeno per esclusione. Invece c'era quella tacita intesa. Si chiamavano pensieri cattivi ed era detto tutto.
Con questa cosa nuova, che trovai lì dentro, cominciarono i tormenti confusi, le paure indecise, il caos della coscienza.
Confessavo di averceli anche se non era vero, ma un poco mi pareva vero, intuivo che erano una brutta cosa, ma era proprio quel brutto che ignoravo; quella confusa intuizione era il peccato che confessavo; cattivi pensieri ne era il nome, ma il tormento che ne derivava non aveva nome.
Le compagne raccontavano che a loro il confessore chiedeva sempre « Quante volte? », a me non lo chiese mai. Come avrei potuto rispondere? Chi li conta i pensieri? Ma pare che le compagne sapessero contarli, a meno che la domanda riguardasse qualche altra cosa.
Quando uscii di collegio e non mi confessai più la paurosa ricerca di *cattivi pensieri* scomparve.
Sono stata disubbidiente – collerica – mi sono addormentata durante il rosario – sono stata golosa – mi sono divertita nelle ore di studio – ho risposto male a una compagna – ho detto bugie... e intanto stavo dicendole proprio in confessione perché tutti questi peccati li gonfia-

vo, li moltiplicavo per essere sicura che nel detto fosse contenuto il fatto.
Però continuavo a tacere quello che avevo taciuto nella confessione della prima Comunione e che rese giornata d'inferno il cosiddetto « più bel giorno della vita ».
Molto di rado, ma avveniva che arrivasse un confessore straordinario. Se qualcuna non aveva avuto sufficiente fiducia con quello ordinario tenendogli chiusa la propria coscienza, forse l'avrebbe aperta con l'estraneo. Quando arrivò un Oratoriano di Recanati, padre Benedettucci, dopo avere ascoltato un paio di conferenze che premise al giro delle confessioni, decisi di togliermi quel peso che ogni tanto riaffiorava; se non lo facevo con quell'uomo, non l'avrei fatto mai più.
Preambolo, una confessione generale la mia, avevo bisogno di togliermi la macchia di quel peccato non detto.
Da dietro quella stoffa nera nessuno mi aveva parlato con tanta efficacia come stava facendo quell'Oratoriano che capiva l'angoscioso sforzo al quale mi sottoponevo. Ce la feci e tutto per filo e per segno gli raccontai.
Ma lui non lo credette. « È impossibile » disse.
Il confessore ordinario era il canonico don Raffaele Curzi, quello che andò a rilevare la comunità ad Offagna per condurla a Treja, quello del fantastico viaggio a Venezia con la promessa del *nientino legato in oro*. Non so se lo facesse con le altre, ma con me chiacchierava, mi diceva dei suoi malanni con sempre...

PAROLE

– *Parole che mangiano la vita*
– *Parole che mangiano*
– *Azione risolta in parole*
– *Parole e rinunzie*

Io abito ancora a Treia pur non avendola mai più vista da quell'età piccola che non invecchia.
Io amo dire Affrica come lì si diceva.

In paese si diceva il cannello, quell'asticciola dove si infilava il pennino.
In collegio si disse: la cannetta, ma era la stessa cosa.
Quelle che erano abituate a masticare la cima (l'estremità) lo facevano tanto col cannello che con la cannetta. Io no, non ho mai masticato nulla.

In paese la gente che lavorava era stracca, gli altri erano stanchi.
Tutti i contadini la sera erano stracchi.
In collegio si era tutte nobilmente stanche quando era permesso dirlo

La chiusura per mezzo dell'ago e del filo del buco di un tessuto, in paese si chiamava « rinaccio », in collegio trovai che si chiamava « rammendo », ma una volta tanto, le due cose erano diverse. Il rinaccio era un grumo più o meno

piatto, il rammendo era un restauro, si rifaceva il tessuto così com'era, per quello a tela si stendevano fili come sul subbio di un telaio, era l'ordito, poi con l'ago si faceva il lavoro della spola, la trama, un filo sopra, uno sotto. Questo lo imparai abbastanza presto, ma capitava di doverne fare su un tessuto a spina, come quello della Sindone, per intenderci.
Sulla Sindone le principesse di casa Savoia e le loro dame avevano fatto quei rammendi stando in ginocchio. Io, se me ne capitava uno, per quanto seduta, sbuffavo prima di cominciarlo

In paese le donne portavano il zinale in casa e fuori, le signore come la zia solo in casa, le signorissime come la contessa Filippi, non lo so. Anche in casa la vidi senza, però è vero che ricevendo visite neppure la zia lo portava. Io poi non l'avevo mai portato, se mai il mio era il zinalone, un vestito con lo spallone e le maniche. In collegio mi misero il zinale, ma non me ne sentii umiliata perché si chiamava grembiule e faceva parte della bassa uniforme.

Il pennaiolo, credo che così fosse scritto nei libri di lettura; ma a scuola tutti dicevamo « il cannello ». In collegio si femminilizzò e diventò « la cannetta »

A Treia dicevano sciapa quando la minestra mancava di sale, sciapo quando un giovanotto era stupido.
In collegio si diceva insipida per la minestra. Dei giovanotti non si parlava. Comunque si sarebbe detto è un po' scemo, perché era educazione

attenuare le parole o addolcirle con aggiunte. Invece di rispondere solo *sì* è meglio dire: sì, cara!

Quella che era la saccoccia diventò la tasca. Ma la saccoccia della zia come si sarebbe potuta chiamare tasca?
Era... una mezza piccola bisaccia bianca, che si legava alla vita in corrispondenza della spaccatura che la gonna aveva apposta sul fianco. Dentro c'era tutto: soldi, fazzoletto da naso, coltello pieghevole, corona.

Le camicie da notte perché fossero ben comode si allargavano ai lati, aggiungendoci due triangoli di stoffa.
Quei due triangoli che in paese si chiamavano le « gaide » e dicevano « sgadiata » una sottana che acquistasse sempre più ampiezza dalla vita all'orlo, in collegio di vestiti sgadiati neppure c'era il ricordo, ma delle gaide delle camicie sì, erano le stesse di quelle di fuori, ma si chiamavano *gheroni*.

Nel paese dicevano « sellaro », in casa come avrebbero detto non lo so perché se qualche volta arrivava sulla tavola per il pinzimonio, di lui mi è rimasto solo il ricordo visivo, non fonico.
In ogni modo sellaro in collegio nessuno lo diceva: sedano era il suo nome

l'orlo di una pezza, di qua e di là dei lati per tutta la sua lunghezza in casa si chiamava « cimosa ».
E con le cimose delle stoffe pesanti da uomo che

Zizì racimolava dai sarti faceva quelle scarpe per casa che si chiamavano proprio: scarpe di cimosa ed erano così calde e morbide.
Zizì aveva le forme di legno, grandi e meno grandi; per me ce n'erano due piccolissime. Su quelle forme intrecciava le cimose alternando con sapienza le più chiare con le più scure, creandoci dei rudimentali disegni.
In convento la cimosa si chiamava vivagno. Aveva anche cambiato genere (sesso). Di scarpe di cimosa poi non ci fu più che un ricordo sempre più leggero

In paese la diarrea era chiamata sciolta. « Ho la sciolta » Ma si diceva anche, più volgarmente « la cacarella »... Attenzione, con un solo c. In convento potete figurarvi se aveva diritto di asilo cacarella, e sciolta, ma neppure diarrea. Però siccome il fatto s'infischiava della clausura ed appariva lì dentro come là fuori; c'era un discorso lungo come un'antifona per dire quella cosa sola.

Zizì in casa diceva « anguria », il parente rosso del melone giallo. A me piaceva il melone, non l'anguria, perciò forse anche il nome mi aveva dato sempre un certo languorino di stomaco. Ma in convento l'anguria si chiamava cocomero. Non era parola nuova, perché anche in paese molti la chiamavano così, era a scelta: anguria o cocomero. In convento era escluso anguria. E questa fu forse l'unica parola che mi parve più aristocratica di tutte quelle che si adoperavano in paese.
Cocomero si diceva in quell'oasi sovrumana che

era un convento, verissimo, ma mi suonava volgare ugualmente.

A *Treia* c'erano strade, case, mobili, persone.
in *Convento* corridoi, cappelle, celle, dormitori, monache e parole, parole, parole da non finire.

in paese si chiamava sedia la sedia,
in collegio si chiamò seggiola.
Del resto c'era poco motivo per nominarla.
In refettorio c'erano i banchi, in chiesa i banchi, nello studio i banchetti.
L'unica seggiola era il trono intoccabile della Madrina. Accanto al letto c'era una seggiola, ma serviva per metterci a dormire i vestiti.

« Salciccia » dicevo a casa come tutti nel paese. E io, senza chiederne il significato, credevo di capirlo da me: carne, ciccia, salata.
In convento ritrovai le salsiccie, più piccole, più dure, meno buone di quelle di casa che erano lunghe, grosse, morbide, appetitose anche nel profumo, però non si chiamavano salciccie, ma salsiccie. E io allora non capii più che cosa volesse dire salsiccia. Forse l'unico caso in cui mi mancò la fantasia.

Alcune forme non erano imposte, ma consigliate. Mettere « cara » a ogni risposta, « sì, cara ». Rispondere « subito » invece di « sì » quando c'era richiesto qualcosa.
– Dolores vammi a prendere la cartella giù in economia.
– Subito!

Chi moriva per violenza era un *ucciso*, coltello, rivoltella, strangolamento non cambiava il nome.
In paese era morto ammazzato.
Ammazzato pungeva, ucciso scivolava. Comunque era certo più distinto

Voi non saprete mai che cosa erano i lampadari di cristallo delle sue chiese. Li riconoscevo tutti, ognuno si esprimeva con un suo linguaggio che io ascoltavo: emozioni diverse, sogni diversi. Se mi metterò a descrivere quelle ciocche di prismi sfaccettati che si coloravano con lo spettro della luce e brillavano come diamanti, credo che mi ci vorrà un libro.

In paese il partner [?] del bottone era l'asola.
In collegio fu l'occhiello. Nome diverso, cosa fatta uguale.
Dappertutto si adopera asola e occhiello indifferentemente e lì no, il campo era diviso.

Quell'accetta che in tempi bui alzandola con due mani e calcata con forza sul collo dell'individuo già pronto sul ceppo ci entrava dentro come il coltello nel burro, che colpiva alla base gli alberi stendendoli assassinati al suolo, era la stessa, ma si chiamava la scure

la parte del lenzuolo che si ripiega sulle coperte a Treia si diceva riversina, in collegio rovescina.
– Il sorcio diventò il topo
– la pe[a?]nticana, scomparve.

Quello che era minuto, bambino, grazioso, in paese si diceva « piccolo », in collegio trovai che si diceva « piccino ». Era la stessa cosa, ma a me sembrò tanto più distinto.

Nel paese si faceva un abuso del verbo *fare*. Una donna che metteva al mondo un figlio si diceva che l'aveva fatto. Di una pesca matura si diceva che era fatta.
Settembre quando l'uva è fatta e il fico pende.
Pende si diceva noi, la povera gente diceva « penne ».
Il plurale non esisteva quasi nel parlare dei poveri.
Quel fare per mettere al mondo, dare alla luce ecc. mi parve non solo volgare, ma addirittura repugnante.
Così come il portare un figlio per essere incinta.
Del resto il verbo portare gareggiava col fare e forse lo superava. Io, per es. portavo gli occhi verdi, la zia portava le mani piccine, Zizì portava il naso grosso.

Alcune parole che trovai là dentro erano veramente belle. Dipingevano la cosa che dicevano.
« Aveva il vestito tutto stazzonato ».
Acciaccato, spiegazzato, come io dicevo prima, era dire a metà.
Stazzonato era [*manoscritto interrotto*]

In paese e in casa anche, di una cosa ben cucinata si diceva indifferentemente: è buona, è gustosa. Se si stava mangiando prevaleva gustosa. In collegio restò solo il buona, buono. Gustosa sarebbe stato sensuale, sfacciatamente la sensualità non entrava. Del resto quel che si mangiava era sempre buono. Chi avrebbe osato dire che era cattivo? C'era da sentirsi sotto una perpetua condanna di eresiarca.

Quello strano lavoro fatto quasi di niente perché bastava un filo sottilissimo, una minuscola spoletta d'avorio, un movimento delle dita e dalle mani fluiva, leggera come una visione, la trina. Si chiamava chiacchierino quel lavoro, perché facendolo le donne potevano tranquillamente chiacchierare, roba del settecento prezioso, ora se qualcuno lo faceva era alla spicciolata. In collegio quel lavoro si chiamava invece frivolité! Equivalevano. Non m'interessò mai mai e non lo volli imparare

Il pagliericcio pieno di foglie di granturco con 4 asole per infilarci le mani e rialzarlo a quel livello che il peso del corpo aveva affondato, era quel grosso sacco grande quanto il letto e era già da tempo sostituito con il saccone a molle o dalla rete metallica. Ma a Treia c'erano più paglericci che molle o reti, in collegio nessuna rete, nessuna molla, il vero pagliericcio; perché era di paglia fitta sì e trapunta, ma guai a chiamarli così; ci saremmo sentite Mosce, si chiamavano paglioni, raramente sacconi.

Siccome Zizì dava il panico agli uccelli, e in collegio davano il miglio, io credevo che il miglio fosse il nome aristocratico del panico che là dentro mai sentii pronunziare. Invece erano due nomi di due cose diverse. Ma la prevenzione è forte. Credevo che tutto quello che era dentro fosse nobile e ricercato, quello che era fuori, plebeo e trascurato

Le parole avevano una grande forza, erano generatrici di azioni e molto più di sentimenti. Di quei sentimenti profondi che a quell'età incidono l'anima come l'acido incide una lastra di rame. Con la differenza che l'anima non è di rame raschiabile, cancellabile.

A casa si diceva garofalo, in collegio si disse garofano. Per me era lo stesso. Allora il garofano non mi interessava come la polenta sulla tavola dei poveri i garofani coi gerani erano sulle loro finestre

In casa accadeva di dire qualche volta « spazzola » ma molto di rado, in casa e nel paese la spazzola era la « scopetta ».

In paese quasi tutti dicevano petriola l'arnese che s'infila nei colli delle bottiglie per travasarci un liquido.
Qualcuno diceva « pitria » con tono di superiorità ironica. In casa nostra non la si prese mai in giro, si chiamava petriola e basta. In convento fu invece l'imbuto, maschio e nobile.

In paese chi aveva la faccia cosparsa di quelle macchioline color marrone chiaro, si diceva che aveva la faccia piena di sem*m*ola, ma in convento Vincenzina che ne era piena, aveva le lentiggini.
Era la stessa cosa, ma un'infarinatura di ridicolo era tolta.

In casa si diceva la cazzarola, forse l'unica parola dell'uso universale del paese che adoperavamo, ma in collegio non solo erano enormi, si chiamavano casseruole con tanto di dittongo.

A Treia si diceva cuna. In convento, in quella specie di particella di paese avulsa dal paese, in quella specie di piccolo stato straniero dalle barriere inviolabili, trovai che si diceva culla.
Allora mi parve più bello.
Ma poi capii. Chi diceva culla spezzava una sopravvivenza romana

I sorci in paese erano sorci per tutti, solo i libri di lettura dicevano topi. Il convento fu solo un libro di lettura.
Sorcio non esistette più.
C'era solo il topo, col topino, anzi col topolino.
Se avessi detto che io conoscevo anche le ponticane mi sarebbe sembrato di rivelare una cosa oscena.

Le mie cerase grosse, rosse, lucide, così belle quando erano a coppia Zizì me le metteva a cavalcioni sulle orecchie, in collegio divennero ciliegie, ed erano piccole, pallide, opache, a stento ne trovai due unite. Di nascosto me le mettevo sulle orecchie, ma sapevo di non essere provocante con quelle cerase false.

In paese si diceva: « Mi ha fatto il muso », « Ha il muso », « Antipatica sta sempre col muso ».
Il muso non era entrato in collegio perché io

non ce lo ritrovai, al suo posto c'era « il broncio ».

– A casa si diceva « grattacacia » ed era bella, grande, resistente, di legno scuro lucidato dal tempo. Zizì aveva l'incarico di grattare il formaggio, in quei momenti scherzava con me.
In convento si chiamava « grattugia » ma non la vidi mai.
– a casa si diceva « ramaiolo » in collegio « mestolo »

In paese per domandare spiegazione dicevo: « che? » qualche volta « cosa »? perché molti grandi dicevano « cosa »? Ma in collegio mi si disse subito che era sbagliato l'uno e l'altro, che si doveva dire: « che cosa? »
Mi sentii dotta, nobilitata, allontanata da quell'ignorantume da cui venivo, e mai cambio fu più tenace, più indissolubile del gloriosamente acquisito « che cosa? »

In paese dicevano *una teca di fave.*
In collegio, per carità, si diceva baccello e non seppi mai perché. Mentre la teca era un astuccio, un ripostiglio. Una teca di fave, un astuccio di fave.
Ma in convento la teca era solo l'involucro delle reliquie, l'involucro spesso grosso per una scheggetta di osso poco più spesso di un capello, per un pezzetto di stoffa della quale erano visibili sì e no due o tre trame.

Paturnia è una parola né mistica, né aristocratica, che trovai là dentro e che lì lasciai.
Mi son portata tante cose di lì dentro: scrupoli, dubbi, innocenze e stupidità, ma quella parola la lasciai lì. Eppure non era brutta e senza sapere che volesse dire, diceva quel che voleva dire

passamano – fettuccia – trecciolo
fettuccia e passamano si diceva a Treia. Non colsi la differenza tra i due nomi, forse non c'era. In collegio diventò trecciolo. A me venne subito in mente un certo tipo di fettuccia in tessuto a spina, morbido, senza colla, che tirandolo si allungava stringendosi, perché quella spina poteva certo apparire una treccia, fettuccia intrecciata più che tessuta. Ma in collegio non capii proprio perché si chiamasse trecciolo. Quello che fatto nelle fabbriche, uguale a quello che si comperava in paese, ne entrava poco perché il trecciolo aveva la sua fabbrica in collegio. In fondo al corridoio, prima della camera dei limoni, c'era il trabiccolo di suor Felice. Lei fabbricava le fettucce. Ed erano tutte ruvide, forti, credo che per romperle ci volesse [*manoscritto interrotto*]

« Cagnara » dissi una volta, non so più per quale occasione. Lo dissi quella volta sola, senza rendermi conto che quella parola che viveva nel paese frequente come le pietre e le primavere per le mura, là dentro non era mai entrata, io m'ero rivelata volgare e plebea. Mi sgridarono. « Quella parola non si dice ». Non la dissi mai più, ma la vergogna rimase, basta che ci ripensi e la risento

« Incitoso »
È tanto incitosa. Io credo di non averlo detto mai.
In collegio poi la parola non esisteva.
Aprile 1960 l'adopera Franco Monicelli su « Paese Sera »

Chissà perché quella che in collegio si diceva l'edera, in paese si diceva l'ellera. Quando fui là dentro dove c'era un angolo che ci accoglieva tutte e avanzava spazio per altri tre collegi, due muri altissimi tutti coperti di edera, mi accorsi che era dura e che si appoggiava conficcando milioni di piccole radici come chiodi. Come fanno gli uomini coi picconi dando la scalata alle rocce. Dura e tenace.
L'ellera del paese invece, forse perché non l'avevo mai toccata, era leggera. Però l'avevo vista muoversi, era di sicuro più leggera dell'edera.

Zizì non diceva mai « parrocchia » ma « cura » e il parroco era il curato.
Parola che si perdette anche lì perché lì contava solo il convento.

io lì dentro
oltre agli album
le grandi
Li trovai, finirono
Non attecchirono mai i cosidetti giochi da signorine.
Quante volte cercarono di resuscitare la fortuna

dei cerchietti. Quegli aerei cerchietti che bisognava prendere e rilanciare con due bastoncini come fanno con minore slancio aereo, ma con più bravura, i cinesi col riso.
Portavo i capelli sciolti o a treccia, quando ero di fuori, sicché non ebbi occasione di chiedere mai nulla per appuntarmeli.
Ma sentivo che le donne dicevano forcine, sia che fossero di ferro o di tartaruga.
In convento mi appuntarono subito i capelli sulla nuca tirandomeli bene bene e assicurandoli come dei ribelli (lo erano veramente) con le forcelle. Erano ugualissime alle forcine, però si chiamavano forcelle

A casa si diceva: ramaiolo
lì si disse: mestolo
A S. Ginesio trovai che il suo nome era sgomarello.

fiori)
Il dittamo non esisteva in convento, né quello peloso e profumato, né quello liscio e inodore, il dittamo turco. Né la parola né la pianta avevano varcato la clausura. Sicché io li dimenticai per allora.
Dittamo... (so che posso dire tanto su questa parola, ma ora non posso, è il luglio 1961... guardare le carte che ogni tanto accennano alla mia tragedia, e allora si capirà. Dittamo! Se rivivrò, scriverò su di te)

Anno
La pista, forse è l'unica parola che visse in con-

vento come fuori, senza travestimento, senza addolcimenti.
La pista. Si pestava la carne di quel povero essere fatto morire tra gli urli.
dicevano di farla, ma chi mai la vide?

Parole o anno
La *braciola* casalinga diventò l'internazionale *bistecca*. Anzi « bistecchina », perché lì dentro c'era una speciale simpatia per i diminutivi.
Ma neppure come bistecchina comparve mai sui nostri piatti.
In casa degli zii pure poco.
Ma almeno a gennaio quando si ammazzava il maiale una volta o due la braciola si vedeva.

Ritrovai un nome di donna che era anche di fiore. In convento era solo di fiori. Ma quei fiori io non li ricordo più.
Ricordo: Bisogna ancora innaffiare le artemisie.
... In quel mazzo manca l'artemisia.
Com'era? Forse violacea come una vedova o come le vecchie signore eleganti che amano il viola.

i zolfanelli di canne
Nel paese la gente che ciabattava per le strade diceva – I furminanti.
Nelle case più distinte come la nostra si diceva: – I fulminanti. « Dammi un fulminante » (e non si pensava affatto al fragore mortale della parola) In convento si diceva: fiammiferi.
Ma lì ritrovai anche la parola letta solamente nelle favole: i zolfanelli.

Ed erano i più curiosi zolfanelli mai esistiti. Fatti a mano ecc.

I fiori finti li faceva solo la vecchissima religiosa, adoperava certo la giaconetta che adoperava la zia, ma quella parola non la sentii mai. E poi non sapeva farci le rose vere come la zia.

In paese si chiamava « ranocchia » quell'animale che in convento si chiamava rana.
Del resto in convento la rana non era un essere visibile come in paese dove bastava allontanarsi un po' per strada di S. Gerolamo per vederle saltare sull'erba dei fossi; in convento erano solo una monotona musica notturna durante l'estate e favola letteraria in tutte le lingue.
Invece in convento entrò, pur essendo maschio, il rospo.
Ce ne entrò uno solo e fu un avvenimento che suscitò chiacchiere congetture curiosità paure e che richiese lunghi appostamenti per sorprenderlo.
Io lo vidi una volta sola in quella profonda vasca tutta muratura e niente erba.
Come finì non lo so. Certo che se la caccia nostra era per vederlo, quella delle monache era per ammazzarlo.
(ma come episodio lo posso mettere nel racconto, non nel vocabolario)
In paese questo rospo maschio che violò la clausura si chiamava « Ciambotto », ma in casa dicevano rospo perché Ciambotto era volgare; di una persona tozza grossa dalla pancia approminente il popolo diceva: è un Ciambotto.

Sans façon
Quel sanfason che mi piaceva e mi dispiaceva non lo ritrovai là dentro e lo scordai.
Eppure quando mi sgridavano che buttavo tutto alla sanfason, e quando potevo frugare tra cose, vestiti, stoffe buttati là alla sanfason erano due effetti delle stesse parole: disagio e gusto.

Per dire « antipatico » il popolo diceva « incitoso ».
« La tale è bella, ma è incitosa ». Io non lo dissi mai perché in casa non si diceva, io ero più signora di coloro che dicevano incitoso. Per fortuna, così per questa parola in collegio ero già alla pari, non dovevo diventarlo assimilando parole e accenti diversi.

In convento trovai una parola nuova: uggioso.
Il tempo era uggioso, una compagna petulante era uggiosa. A Treia non c'era uggioso, ma c'era incitoso, antipatico, scocciante... lì si risolveva tutto con uggioso.

Incitoso – cercare di capirne la radice.

In paese di una persona che avesse gli occhi azzurri, la gente diceva che « portava » gli occhi azzurri, o neri, o castani.

Se voleva dire delle mani grosse o piccole diceva che « portava » mani così e così.
Idem per il naso, per i capelli, come se le parti del corpo fossero un peso per il medesimo o una ostentazione.
Io non lo dissi mai perché in casa si parlava pulito. Ma in convento persi persino il ricordo di quel modo di esprimersi.

In paese si diceva, parlando del mento, « la barba » o « la scucchia ». Questo era leggermente descrittivo. Significava: mento grosso o rivoltato all'in su.
Le vecchie quasi tutte avevano la scucchia.
In convento: né barba, né scucchia. Sarebbe stato delitto di lesa buonacreanza.

Il dittamo non esisteva in convento, né quello peloso e profumato, né quello liscio e inodore, il dittamo turco. Neppure le parole avevano varcato la clausura, sicché per allora caddero nel buco nero.

Alcune parole non erano entrate in convento, io non le incontrai più e mi disabituai alle cose che esse rappresentavano. In genere erano cose pratiche, reali. Esempio: « fricandò ».

Incontrai invece altre parole ed erano in genere parole morali (?) *astratte* e che per dire ciò che il convento voleva avevano bisogno d'essere sostenute da altre parolette. Sicché erano frasi che esprimevano cose che avvenivano solo in convento e per questo lo facevano apparire più ricco, più elevato, più nobile del paese. Se gli

mancava il volgare fricandò, aveva « Suona l'obbedienza ».
Una campana che suonava a speciali rintocchi, sempre alla stessa ora e che annunziava una cerimonia che le monache compivano chiamata obbedienza.
« Voi restate nell'orto fino a che suonerà l'obbedienza ».
Suonava pure « il silenzio », suonava « il grande silenzio », suonava « la sentenza », suonavano le ore liturgiche, suona compieta, suona mattino.
(cercare le altre parole e formule astratte...)

Tante parole scomparvero perché non ci furono più le cose, per esempio « fedelini » né in brodo, né asciutti.
Dopo del collegio passai da una regione ad un'altra, dimenticai i fedelini.
Adesso, frugando tra le parole d'allora ecco che come i morti dell'inno di Garibaldi, i fedelini sono risorti dalle loro piccole tombe.

Alcune parole cambiavano semplicemente di sesso. In paese si diceva « ombrella », in convento trovai che dicevano « ombrello ».
Lì in genere si ammetteva solo il genere femminile, ma l'ombrella poteva essere maschio e diventare ombrello, tanto noi eravamo in clausura e lì l'ombrello non entrava. Era un oggetto in uso « nel mondo ».
Serviva a quei poveracci che vivevano fuori del recinto privilegiato.
In convento si era immuni di tali necessità.

Le donne del popolo, guardando da intenditrici della merce due maschietti o due sorelline, comunque due figli di un'altra donna, domandavano:
– Quanto si divariano?
– Due anni.
In casa non s'era usata mai questa espressione così significativa. In convento la dimenticai. Ora mi torna a mente e mi pare bella. « Io da mia sorella mi divario di appena un anno ». « Il figlio si divaria dalla madre di 16 anni ».

In paese gli scoppi dei fuochi d'artificio si dicevano « botti ».
– Hai sentito che botto!
Mentre ero in convento non ci furono più fuochi d'artificio, ma anche se ci fossero stati certo avrei detto:
– Senti che scoppio?
Botto non si diceva più neppure per una che cadesse per le scale. Si diceva – che colpo che ha dato.

La cinicia, non solo non la vidi più, ma non la sentii nemmeno nominare. Era così bella la cinicia, né fuoco, né cenere... forse cenere ancora rovente. Il suo colore cangiante tra ferro rovente e azzurro-notte, era il colore dell'intimità.

Per fermare l'asino.
Ci furono parole che in convento non erano entrate né addottorate, né purificate.
Parole che in seguito non ritrovai più perché non erano parole da città.
Quelle parole restarono come bozzoli pieni di

sole, nei ricordi fiabeschi della mia povera infanzia.
« Martinicca »... gira la martinicca, Domé...
E c'è in quella parola lo stridore che provava come lo zio la tirasse bene, c'è il sole d'intorno, c'è la campagna, c'è il somaro che ci tirava, c'è quel muro coperto di fiori della passione dove arrivavamo con uno stridore di martinicca per fermarci, e il laa dello zio.

C'erano anche delle parole in via di estinzione (?).
Quando entrai circolava ancora, anche se debole, la parola « saggio ». Indicava un compito, un tema solenne, di quelli in cui io mettevo tutta l'attenzione nel disegnare, indorare, dipingere, lettere alte così e più.
Poi saggio pian piano non circolò più e nessuno si avvide della sua morte.

LA POESIA
LA TROVAVO NELLE PAROLE

La mia poesia era fatta di parole (e di significati, questo un paragrafo a parte quando capita): cinnamomo, non sapevo neppure che era la cannella e intorno a quel nome era tutto l'oriente simbolico e sconosciuto, era il vecchio testamento...
La parola cinnamomo, mi esaltava, era carica di un sentore che sapeva di ebraico, di Bibbia.
Se avessi saputo allora che era la cannella, ci avrei sentito solo odore di cucina.

PAROLE DI GODIMENTO CHE ME LO DAVANO

(Principio parole)
E ora non c'era nessuno là dentro che, pronunziandola, rendesse bella quella parola come facevo io!
Quando una ragazza può godere per la pronunzia di una parola come se dalla sua bocca scaturisse una melodia, che cosa è? Sensibile e anormale. È passata la vita e io non lo so ancora. Ma ancora so la gioia che provavo nel pronunziare « disgiunto » da una stonatura visiva (quell's e quell g) usciva con la voce una musica piacevolissima. Prima del convento era una parola sconosciuta.

In collegio non si facevano le passate, ma se ne conosceva meglio la teoria e si chiamava l'indulgenza della porziuncola, una parola che sapeva di campagna e d'umiltà.

Dio come faceva eremo, grotta, bosco, muschio umido e verde e silenzio sterminato quel nome *Pafnunzio*.
Io che ho sempre pronunziato facilmente e bene, lo dicevo con compiacenza, le altre facevano fatica. Forse non erano affatto prese da quel nome, non erano così emotive come me.

Tutte parole
Rievocare il « *Jesu corona virginem* »
" « ... *frugere consumare...* »
" « *Homo sum nihil humanum...* »
Queste parole (e le altre) *mi saziavano senza nutrirmi*.

In gennaio tutto il paese si riempiva di una parola che sapeva di pepe, di unto, di salciccia. « La pista ». Anche la casa nostra ne era piena. Venivano gli uomini, il capo era alto e grosso come dovrebbero essere tutti i capi.
Venivano con un grosso ceppo su cui mettevano la carne da pistare e con le mannaie, uno di qua, uno di là la riducevano in poltiglia.
Portavano anche la macchinetta e parte la tritavano con quella.
Mamma Paolina aveva preparato spago, pepe, sale, aromi.
Si diceva la pista invece di la pesta perché...
– Pistare... però la coda al gatto.
– Mi pistarono un piede in due.
In convento trovai che si diceva « pestare » non pistare. E io lo dissi. Ma la pista? C'era e non si nominava. Forse dicevano « acconciare il maiale » come se fosse una sposa in procinto di andare all'altare.
Ma non ne sono sicura.
Del resto non vedevamo farla, quella grande festa odorosa di grasso e di pepe ci era preclusa.
Portavano anche la macchinetta, la avvitavano a un tavolo, qualche volta l'adoperavano, e allora era per me una festa se mi permettevano di rotarne il manubrio lucido per l'unto. Però essi non l'amavano, dicevano che la macchinetta rovinava la carne, ci voleva la mannaia sul ceppo.

LE STESSE COSE { A CASA / IN COLLEGIO

A casa avevo sempre detto di aver fame quando avevo fame; anzi lo dicevo con due effe: hoffame.
In collegio di fame se ne aveva di più però non si diceva fame, ma appetito. E anche questo poteva venir fuori in determinati momenti euforici.
Fame era parola biblica.

Il ferro in paese era il ferro da stiro, forse anche in collegio, ma siccome lì giornalmente si nominava il ferro per quelle che avevano il gradito obbligo di prenderlo. « Anna Maria, hai preso il ferro? » In collegio la parola per me passò dal ferro da stiro alla bottiglia del ferro China Bisleri.

Ci insegnavano che non si doveva dire « puzzo » ma « cattivo odore ».
È la stessa cosa pensavo io, ma imparai a dire cattivo odore; per poco però perché ripresi l'espressione più rapida, solo che mentre in casa degli zii si diceva puzza in convento dissi puzzo perché lì era al maschile.

Ritrovai un fiore che in paese si chiama madreselva e in collegio caprifoglio (mi piaceva più quello del paese, quel capra in mezzo...) ma il profumo era lo stesso.

Il dipanatore c'era, ma si chiamava solamente arcolaio, e poi non era bello come quello della zia. Quello della zia assomigliava di più quando si muoveva all'astrolabio (?) che stava sopra una delle credenze dello studio.

Suo richiamo
« Vecchio come Matusalemme » in casa era una delle frasi fatte, in convento la frase fatta corrispondente, era « Vecchio come il cucco ». Non chiesi mai se il cucco fosse il cucù. Avevo paura che mi dicessero di sì. Perché io conoscevo un cucù che era tutto notte, colore e silenzio di notte e Zizì m'insegnava a interpretare il [*manoscritto interrotto*]

Lì dentro non si diceva come dicevo a casa, « ho fame » ma « avrei appetito ». Zizì diceva pure appetito invece di fame, però non lo faceva precedere da quell'ipocrita avrei, diceva « ho appetito », e spesso « ho tanto appetito ».
Quella fu una parola che non accolsi volentieri, non dissi mai più fame, ma neppure la sostituii con appetito.
Mi buttai tra quelle che potevano essere mie era proibito dire che erano. Mi sono sempre fermata al significato naturale delle parole, non le ho mai potute accettare camuffate, generalizzate in un abbreviativo che poteva esserlo di infiniti aspetti:
Ho appetito, di che? Avrei dovuto dire di cibo.
Verificare se « avere appetito » significa tout court... [*manoscritto interrotto*]

A casa si diceva « la foderetta » in collegio im-

parai subito a dire « federa ». A casa si diceva « comò », là imparai a dire « cassettone ». Piccole cose che erano piccoli strappi, dolcissimi per me perché mi pareva di elevarmi lasciando quel vocabolario e assumendo questo più aristocratico.
In realtà erano tagli col passato, almeno per la mia sensibilità, e punti di sutura col convento.

Prima del collegio avevo sempre detto *va-sta-da*. Eugenia va di là. Gaggiotto sta buono. In collegio dicevano: Vai di là, e io l'accettai a occhi chiusi come spesso si accetta quello che non è nostro. Seppi più tardi di avere incensato un errore.

Quella pianta che a casa si chiama la lilla perché i suoi minuscoli fiori erano lilla, che aveva le foglie lunghe e accuminate come piccoli pugnali, ruvide come la lingua dei gatti; odorose del suo odore, odore di lilla, in collegio si chiamava erba cedrina. Odore di erba cedrina dicevano. Ma a me non piacque quel nome. Intanto non era un'erba, era un arbusto.

In casa si diceva: catorcio. In convento: catenaccio. Era la stessa cosa. Però a me pareva che catorcio rispondesse meglio a quel grosso e lungo bastone di ferro che infilato negli anelli di un battente, spinto da quella specie di manovella terminale, entra, stridendo negli anelli dell'altro battente, e li chiude, cucendoli con se stesso.
Catenaccio mi pareva sì più gentile di catorcio che non avrei più osato dire, però dentro di me

pensavo che il catenaccio non aveva affatto catene. Era in tutto simile al catorcio.

In casa avevo tante dolci cose che si chiamavano « giocarelli » le botteghe ne avevano di più, il martedì per il mercato riempivano le logge, due o tre volte l'anno per le fiere traboccavano sulla piazza, per le strade.
In convento non c'era nessun giocarello, e questo poteva essere naturale, eravamo lì per studiare, per educarci, non per giocare con il giocarello. I giochi erano tutti a base di movimento.
I giocarelli non esistevano *però* c'era la parola, raffinata, letteraria, essi si chiamavano « balocchi », e stavano tutti stampati sui libri.
Il giocarello era nell'anima. Giocarello roteante, scintillante, saltellante, colorato, leggero tutto per me, connaturato a me. Tra me e il giocarello non c'era nessuno, non c'era niente. Io e il giocarello eravamo continuità.
Neppure il « giocattolo » era come il giocarello.
Ho dimenticato di dire che in convento oltre che alla parola balocchi, letterariamente esisteva anche giocattolo.
Ma il giocattolo era duro, era fermo, era costruito, era dato.
Tra il giocattolo e me c'era un mondo che non ero io.

In casa si diceva salvietta e tovaglia.
In convento la tovaglia era diventata enorme, ma il nome era lo stesso – per le salviette invece la misura era la stessa, ma si chiamavano tovaglioli.

In casa e fuori di casa tutti si diceva « cazzotto », anche Zizì che era dotto e parlava bene diceva cazzotto.
Mamma Paolina aveva ricevuto un pugno da Don Arcangelo che le aveva fatto l'occhio nero, ma era rimasto cazzotto anche nella denuncia ai carabinieri. Io in convento dissi cazzotto e tutti si scandalizzarono. Era scandalosa la cosa, i cazzotti non esistevano, se mai, se mai, se proprio si doveva nominarli si diceva « pugni ».
Io ne fui mortificata e non dissi mai più cazzotto, ma pugno, sempre pugno fino ad adesso che sto scrivendo del cazzotto.

Smorzare in convento diventò spegnere, e s'insegnava che era facoltativo dire spengere. Spesso sceglievo quest'ultimo perché più toscaneggiante, ma « smorza la candela » non lo dissi mai più. Fuori continuavano a dirlo. Lì dentro entravano solo parole disinfettate.
In casa si diceva « smorza il fuoco » « smorziamo le candele? » In convento si diceva « spegni » o « spengi ». Io abbandonai subito lo « smorzare » (che anche lì era rimasto al cappuccio delle candele « lo smorzatoio ») e tra i due scelsi « spengere », mi pareva più originale.

Dove non c'erano le persiane si mettevano le incannucciate. Noi ne avevamo una sola, alla camera sopra il portoncino. Era verde, si tirava una cordicella e quella si arrotolava, si fissava la corda a un chiodo e il rotolo restava lassù. Si liberava la corda e quello giù di colpo si scioglieva e diventava tenda. In convento ce n'erano tante di incannucciate, ma si chiamavano stoini.

Tutto era più nobile là dentro. Volete mettere stoino con incannucciata?

La salvietta di casa diventò tovagliolo, ma la stoffa (la pezza) era la stessa, le cifre le stesse, quelle di Zizì che facevano funzione anche per me, solo che avevano cambiato credenzone, da quello di casa all'armadio del collegio con in più un numeretto d'ordine, 7 il mio.

Il lunario, era lungo appeso al muro, si doveva chiamare lunario perché c'erano le diverse fasi della luna, faccetta nera, faccetta bianca, un quarto, metà, tre quarti, e tutti i santi del giorno, un foglio lungo per ogni mese, poi c'era un altro lunario, ma stava nel cassetto del tavolinetto da lavoro della zia, il Barbanera, ma sempre lunario. In collegio ci fu solo il calendario, perché poi se non si data più a calende, non lo so.

Le albicocche non vollero nessun adattamento perché anche se in paese le chiamavano le briccocole, in casa dicevamo albicocche.

Ciò che in casa degli zii chiamavano « porcheria » in collegio imparai subito a chiamarlo « sporcizia ».

In casa le spille erano tutte femminili, quelle d'oro, quelle d'argento, quelle di ferro con la capocchia nera, quelle piccine tutte di acciaio che adoperavano le sarte e si chiamavano argentine.
La spilla, due spille, tutte le spille. In convento

le ritrovai tutte al maschile. Lo spillo, due spilli, tutti gli spilli.

Una parola non la ritrovai neppure nobilitata, neppure ingentilita: Riporre.
In casa mi si diceva: Riponi la tua roba.
In collegio dove tutto era più nobile e più gentile, mi si diceva: Metti via la tua roba.
E io, come fanno tutti i parvenu, disimparai subito riporre e imparai « metter via », lo dico tuttora e se lo avverto mi censuro. Era il nord che, anche solo sbirciando là dentro, aveva subito inquinato la parlata.

In casa avevo sempre sentito dire turacciolo (non so se nel paese dicessero così, ma lo credo), in convento quei turaccioli coi quali Zizì era sempre alle prese, divennero tappi. Io adottai tappo al posto di turacciolo, me lo dimenticai e solo adesso lo ripenso e trovo che era più simpatico.

La guancia – la gota – il guanciale – il cuscino. Io pensavo: perché non si deve dire il gotino? o il gotale? A casa da guancia veniva guanciale. Qui diciamo gota e cuscino, perché?
Anche questi i perché che non diventano mai parole.

Fino allora avevo sempre sentito e sempre detto: « bambagia ». Era così morbido quel nome che in casa si pronunziava da signori « bambagia » perché i poveri dicevano « bambascia ». In convento le vecchie dicevano « cotone » ma

le educande e le loro maestre dicevano « ovatta ».
Adesso sì che il nome rispondeva veramente alla cosa! Ovatta era ovattata!

– Prendi la scopetta e spolvera quel vestito.
Anche Zizì diceva scopetta per quanto il termine spazzola non fosse escluso.
In convento viveva solo la spazzola. Dire scopetta sarebbe stato volgare.

La vecchia cassetta contenente un cassetto sotto la lastra di ferro bucata a spizzi che si chiamava grattacacia in casa degli zii, in convento si chiamò grattugia. Ma non la vidi mai. Dicevo grattugia senza conoscerla più.

Un'altra cosa-parola che si perdette fu « fiotto », « fiottare » « Ma che hai da fiottare sempre? » mi dicevano quando fiottavo.
In convento era esclusa la debolezza del fiotto, era una vergogna la sua debolezza, non entrò neppure la parola.
In convento io fiottavo dentro, mai più di fuori con un fiotto percepibile dall'udito.

– Vuoi una pallocchetta di zucchero?
Così diceva la zia, così dicevano le donne di servizio che allora più brevemente si chiamavano serve. Ma in convento nessuno offriva la pallocchetta di zucchero, però quelle letterarie si chiamano zolle e io dimenticai subito la pallocchetta alla quale chiedo scusa come la chiedo a tutto ciò che in paese si chiamava pallocco.

Io ero cocciuta, e la zia diceva che ero *tignosa*. M'imbizzarrivo e diceva che facevo *le tigne*.
Tutti in paese di una persona ostinata dicevano che era tignosa. E non c'era caso che venisse in mente di accoppiare la parola alla sua sorella gemella la tigna, quella che qualcuno poteva avere in testa, una specie di malattia sudicia.
In convento tigna come capriccio o tigna come malattia, non esistevano. E io le dimenticai.

In paese si ripeteva una parola che era una

carezza, un bacio, una tenerezza: Cocca, cocco.
« Cocca mia, no ».
« Povera cocchina mia ».
In convento la parola non esisteva.

Una parola che andò perduta in convento, come un sasso buttato in un pozzo, fu « poccia ». Era una parola che non mi piaceva, che non avevo mai pronunziato, che mi repugnava un po' quando la sentivo. Ma lì la dicevano tutti se dovevano parlare dei seni. Mammella, che pure non mi piaceva se la trovavo sui libri, era sconosciuta. Il bambino non succhiava, ma pocciava.

– Parole diverse per cose uguali.
In paese dicevano braciola mai bistecca. In convento avrebbero detto certamente bistecca, ma non ce ne fu mai occasione.

la Befana non ci fu più

Finire così il capitolo sulle parole
Una vita sballottata, travestita, camuffata dalle parole.
Ne basterebbe una sola: chiamavano « velo » il panno nero, di pesante e fitto tessuto, piegato e ripiegato più volte che a forza di strattagemmi fermavano sul capo fasciato prima di bianco e poi di nero dove con spille veniva fissato « il velo ». Per fasciare solidamente il capo e anche in segno di modestia, si rasavano la testa; a un paio di centimetri di lunghezza rasoio o forbici erano di nuovo in funzione. Chi lo facesse fu il mistero più grande del convento che tanti ne aveva, ma di ognuno qualcosa trapelava. Di questo zero via zero.
C'era luogo e monache adibiti ai vestiti; mai entrata, ma per quella porta si andava in vestieria (?), per la stessa porta, ma al piano di sopra o di sotto non so, andavano in lingeria... ... Luogo e persone addette alla tosatura, l'unico vero segreto; per questo nessuna incrinatura dalla quale potesse qualcosa trapelare.

Io lì dentro
Ci fu da qualche parte
« La carestia » era come un personaggio E poi venne la carestia. Sapevo bene che era uno stato di miseria, di rarefazione degli alimenti, però era come una cosa massiccia che copriva la terra e gli uomini, una specie di colera che faceva altrettanto.
Poi la cosa qui o là nel mondo deve vagare, ma forse non sempre con quel nome. Per me carestia era biblico, come il diluvio.

Anche lo studio era parole
« Società in accomandita » s'imparava. Per me allora era misteriosa come oggi la parola, più che la parola il senso che nasconde la società in accomandita

Una fiezza di capelli
Una ciocca. Mi parve che ciocca fosse polivalente.
Anche un fiore che [*manoscritto interrotto*]

Con tanti uccelli in casa dove le bestie si amavano, si comperava scagliola e panico.
In convento per i canarini (più nobili dei miei cardillini che giallo avevano solo una pennuccia sulle ali) c'era solo il panico, che però si chiamava *miglio*, ma era la stessissima cosa.

In paese si rinacciava, si faceva un rinaccio sul buco di una stoffa o solamente sulle parti consumate, in convento si rammendava, si faceva un rammendo, sul buco o sulla parte che era *lisa*. Una delle poche cose che veramente si facevano meglio in convento.

In paese si diceva « sta, va »
« Va pure – Sta fermo – »
In convento si diceva: « Vai pure – stai ferma »
Non era giusto. Però io non lo sapevo e dissi subito: vai, stai. Tutto quello che è del passato è meno bello di quello che si trova.

Qualcuno diceva ancora « cesso » nei primi giorni, poi acquisiva subito i due termini in uso: camerino in volgare, gabinetto chi parlava più illustre.
Solo per scherzo e in tono aulico si diceva al « Licet » [scherzo aulico] e in tono [volgare]: « in quel luogo che nomar non lice ».

Avanti a « mamma » ci si faceva mettere l'articolo, avanti a zio, a quasi tutti i parenti, era più nobile, più raffinato.
E così: mamma, zio, zia, diventavano la mamma, lo zio, la zia.

rabberciare
raffazzonare
cialtrona, possibile? Sì!

In casa avevo chiesto quasi sempre « Lo piglio? » invece di « Lo prendo? » anche se sapevo benissimo che c'era anche prendere. In convento il verbo pigliare si ritirò e restò in campo il solo *prendere*

Alcune parole che in paese correvano usuali e a me pareva che avessero la faccia di quello che volevano dire, le perdetti completamente di vista perché là dentro non avevano una loro corrispondente nobile. Esempio: « Acerbo, acerba » « Perché fai tante boccacce? » « Non senti com'è acerba quest'uva? » Ciò che era acerbo si diceva: non è maturo.

Certo c'era qualcosa che non ammiravo, che non mi convinceva, per esempio quando sentivo dire: « Lo credo bene! » Oppure: « Mi scusi bene! » Quel bene lì non mi andava, però era cittadino di quel castello aristocratico e chiuso all'esterno che era il convento, e lo adottai.

... ma « bello come voi »
invece di bello come lui

« Giaggioli »: una delle poche parole che mi parvero più dimesse di quelle che si usavano in paese. Là dicevano ireos, difficile, esotico; giaggiolo, lo ritrovavo solo in un canto di Zizì quando lo prendeva a ritornello per dirmi che di angeli belli c'ero io sola e per dir questo modificava il testo.

In paese si diceva sei zozzo e voleva dire sudicio con un pizzico di abitudine.
In convento si diceva sudicio, qualcuno per toscaneggiare diceva sucido. Ma zozzo, mai. Ap-

pariva qualche volta con lo strascico rialzato. Zeta diventava esse *sozzo*, allora era tollerabile.

– Stizza
– Tirchieria

– Parole da riprendere
– Stizza

Il nodo col quale le donne si raccoglievano i capelli, le anziane dove capitava, in genere sulla nuca, le giovani alto, in cima alla testa, dietro quello sbuffo che incorniciava la fronte e girava con un nome che tutti dicevano in tono sarcastico, il tupé, si chiamava *il ciuccio*.
In collegio quel nodo, ma fatto di treccia, non di capelli sciolti come in paese, si chiamava *crocchia*, femminile, ma altrettanto buffo.

Quello che adesso si chiama « corpino » allora si chiamava « corpetto » tanto in clausura quanto fuori. Io non avevo pensato mai che proveniva da « corpo ». Era corpetto il nome di un indumento e non pensavo altro, come la Traviata.

– Vende la pianeta
– Il Vesuvio di Zizì
– La preghiera della sora Filomena
– Pare che l'impero romano abbia avuto come scopo di seminare e nascondere sottoterra statue, colonne, capitelli, trabeazioni.

Le spille chiuse erano un valore commerciale assai più delle imaginine.
A che cosa ci servissero poi non lo so. So bene

che sotto la pettorina del grembiule infilate l'una nell'altra, la prima sul vestito, portavo tutte quelle che avevo e più la catena era lunga, più ne ero orgogliosa.
So pure che a me (e forse anche alle altre) ne sarebbe servita una sola, quella che serviva ad appuntare la corona mobile per contare i fioretti.
In paese quelle spille si chiamavano « spille da balia », in collegio « spille chiuse ». Sarebbe stato mai possibile quel nome così palesemente osceno. Giacché anche se la parola balia nessuno la introducesse mai nei suoi discorsi, neppure sotto il sinonimo di nutrice (questo poteva ricorrere, ma raramente, nei libri che leggevamo) ognuna di noi sapeva che cosa era la balia, lo sapevo anche io che ero la più ingenua, la più ignorante in materia, o la più angelica a seconda dei punti di vista.
La balia era quella donna che tirava fuori dal corpetto una grossa botticella di carne, l'offriva a un neonato, disteso sulle sue ginocchia e sorretto da un braccio di lei, il quale vi si appiccava come se quel petto fosse stato la calamita e lui ferro. La balia era quella donna che aveva il diritto di scoprire in pubblico quel petto che tutte le altre consideravano roba intima. La balia in fondo aveva quello che avevamo noi, ma noi dovevamo ignorare queste due cose che crescevano sotto il nostro vestito. Io le ignoravo senza volerlo, non mi interessavano, eppure nell'epoca che sbocciarono erano così prepotenti che in una foto mi apparvero come due respingenti. Non le avevo sentite in me. Le vidi nella foto e me ne vergognai perché Olga... un

momento, la parola balia fu pronunziata, ma una volta sola e sottovoce e fu quando guardando quella foto Olga mi disse:
« Sembri una balia ».
Avrei voluto distruggere la negativa. Oggi vorrei averla.

In convento persi di vista e per sempre una parola comunissima in paese « l'amoroso e l'amorosa » e al loro posto trovai fidanzato e fidanzata.
Vero è però che alle due parole capitava di essere pronunziate rarissimamente, con pudicizia, con fretta e con certo velato disprezzo. Non supponevano né commenti, né domande

« Elegante », una parola che in convento si perdette del tutto. Storia dell'arte non si studiava, sicché non ci fu occasione di ritrovarla neppure lì. In paese invece appariva ogni tanto ed era applicata al vestire delle donne. La rarità del suo apparire le comunicava un fascino arcano.
Io rivedo le parole e risento il suo fascino quando Cesira Bonomi, che lavorava da sarta, (ma era una sarta-signora, c'era intorno a lei l'aria che lavorasse per condiscendenza o per divertirsi. Questo forse metterlo nel descrivere le case di Treia). Tornò dopo una parentesi passata a Genova dove era andata per nascondere qualche amarezza sentimentale con Cristina la figlia di Lello il macellaro

Era l'epoca in cui trionfava ancora il già vecchio ischirogeno.

Nome che sapeva di liturgia greca.

Avevo sempre detto saccoccia, imparai subito a dire tasca. Per quanto le nostre fossero veramente delle saccocce, piccole sacche, simili a mezze bisaccie.

Il catorcio casalingo diventò il catenaccio conventuale.
Catorcio non lo dissi mai più. Lo ritrovai solo quando a Sansepolcro conobbi Nomi e il suo antenato imitatore del Tassoni che aveva scritto: Il catorcio di Anghiari.
Non erano entrate mai in convento parole come frichì, bardascio. Che scandalo se quelle parole avessero risuonato!
Il dialetto era quasi vergognoso, a meno che non fossero altri dialetti e in poesia, per es. Giandujotto.

Quel congegno di stecche di legno che, chiuse, parevano un fascio littorio e aperte una serie di triangoli e rombi in cerchio dove si mettevano le matasse e che, docile girava intorno a se stesso con la semplice forza del filo che diventava gomitolo, in paese si chiamava il *dipanatore*, in collegio *l'arcolaio*. Questa sì, fu una parola che accettai a volo, orgogliosa di averla acquisita. Arcolaio non capivo perché dunque era più profondo del volgare e comprensibilissimo dipanatore. Nella parola arcolaio c'era il mistero della sfera armillare.

Alcune parole là dentro non esistevano, come non esistono più i nomi dei morti senza sepolcro. Boccole, orecchini, pendenti, come potevano esistere se non esisteva la cosa e anche il suo concetto era vanità?

Portamondezza si diceva in paese. In collegio no, pattumiera si diceva. L'acquisii subito. Era pattume ciò che la scopa radunava? Sì. Dunque era giusto dire pattumiera. Tanto più che esso raccoglieva proprio il contrario di ciò che era mondo. Si sarebbe dovuto dire portaimmondezza, se mai.
Incominciava un po' di pignoleria che si gonfiava di se stessa senza pensare che quell'*i* c'era, solo che nella pronunzia era ingoiato.

In fondo è tutto questione di parole. Se a me, quando mi costringevano a strimpellare il mandolino che odiavo, mi avessero detto che era la mandola solo un po' più piccolo, che era quasi uguale all'antico liuto. Oh, allora il tempo e la nostalgia del liuto e della mandola mi avrebbero portato via col mio miserabile mandolino.

Che orrore se uno avesse detto: ho fame! Si doveva dire: « Ho appetito » e forse si sarebbe intimamente approvata quella che avesse detto: « Avrei appetito ». In casa io dicevo sempre « ho fame » anzi dicevo veramente « hoffame » Zizì si diceva: *Che appetito!* La zia non diceva né fame, né appetito.
Per il collegio metterci qui la descrizione di quando suonava il pranzo o la cena...

In paese si diceva indifferentemente fiezza o

matassa. In collegio c'era la matassa, della fiezza neppure il ricordo.
Del resto fiezza non indicava solo una matassa di cotone, di lana, di seta, di lino, ma anche dei capelli scomposti che ricadessero fuori della linea segnata dalla pettinatura: « rimetti a posto quella fiezza di capelli ». In collegio se si trattava di capelli era « ciocca » come le viole che usavano per Pasqua, del resto noi eravamo così tirate nelle nostre pettinature che una ciocca non poteva scappar fuori.

La saccoccia che in paese io avevo visto sui vestiti delle donne, spesso nascosta sotto la gonna nella quale come un taglio ben nascosto era dissimulata l'apertura, nei vestiti di noi bambini mancava.
In collegio invece ne fummo caricate, due nella gonna, dissimulate anch'esse, due sui grembiulini, ben visibili. Giravamo con quattro saccocce, ma chi le avesse chiamate così si sarebbe mostrata ben volgare, le nostre quattro erano *tasche*

In paese correva una parola, « pappola » « pappole » « pappolona ». Erano bugie non cattive, invenzioni esibizioniste. « Quante pappole racconta quella là! » « E tu ci credi? È tutta una pappola ». In collegio la parola restò fuori della porta, lontana anche. Una delle tante dimenticate, una di quelle che stavano nella fossa comune delle parole.

In paese quelle tende esterne fatte di cannucce tinte di verde o lasciate al naturale, che tirando una cordella salivano arrotolandosi, si chiamava

« incannucciata » ma noi e gli altri che parlavano bene come noi, dicevamo « storino ». In collegio c'erano ugualissime, ma senza l'erre, erano gli « stoini ».
In paese quella specie di avvolgibili fatti di cannucce tessute da un forte filo, che si mettevano alle finestre, si chiamavano l'incannucciata, in collegio si chiamavano gli stoini ed erano dipinti di verde.

Mischiare si diceva in paese. Mescolare si diceva in collegio. Mischiare, mischiato, azione veloce fatta a mano, mescolare azione sublimata (mediata) da una palettina.

« Il corno » diventò il calzante. Questa sì fu una delusione. Le altre parole mi esaltavano, mi conferivano una segreta distinzione, le adottavo e ripudiavo senza remissione le parole di casa.
Ma il corno no. Il corno era un vero corno, sia pure spaccato a metà, curvo, piegato leggermente all'indietro. Aveva la posizione del collo di una dama aristocratica che tenesse il capo eretto piegato piuttosto all'indietro.
Aveva un suo volto. Io anche ora lo riconoscerei tra i mille corni, credo che fosse il più bel corno del mondo. Solo lo zio lo adoperava e stava appeso al muro con un nastrino rosso. « I calzanti » del collegio erano di alluminio, di metallo comunque, erano tutti uguali, non avevano fisionomia.

– Le cerase diventarono le ciliege
– le persiche, le pesche

– le albicocche restarono albicocche perché in casa non s'era mai detto le biricoccole come dicevano i paesani.
– La carta di Francia, diventò tappezzeria

– pignatta
pentola

– mattera
madia

– Lo scrimine,
la scriminatura

In collegio: la divisa
Credo che in questo caso avesse ragione la plebe sulla nobiltà.

Si diceva far cagnara, in paese. Figurarsi se quella parola avesse mai potuto entrare là dentro. La dimenticai. La ritrovai a Roma, la riconobbi come una paesana e conobbi quella che non conoscevo: la caciara

Un'altra voce che non aveva diritto di cittadinanza in collegio era « caterva ». Se qualche volta avrò pensato con quella parola, certo pronunziandola l'avrò tradotta. Era tanto volgare. Eppure a Treia la dicevano forse dai tempi di Traiano, ed esprimeva così bene il grosso mucchio delle cose di cui si diceva

In paese si diceva: una rama di pesco, una rama di rose.
In collegio qualunque rama la trovai ramo.

La scucchia, che parolaccia!
Come poteva vivere in collegio? Lì si diceva mento. In paese però il mento si diceva anche barba, anche quello infantile anche quello femminile.

La ganascia, le ganascie, si diceva in paese. Allora non esisteva la profusione di bocche larghe che comportano spesso ganasce tipo Jacqueline Onassis, chi le aveva poderose a quel modo era considerato piuttosto brutto. In collegio ganascione non ce n'erano e neppure la parola, non assente, inesistente. Mascelle si diceva e si leggeva anche a 4 palmenti. Non so se è sicuro il numero e non so ancora se i palmenti erano le mascelle.

« La crocchia » quella sì era la vera parola nuova, crocchia non stava né in cielo, né in terra, stava solo lì, sulla nostra nuca appuntata con le forcine di metallo che se non appuntate (infilate) con maestria facevano tanto male e non si trovava il modo di farle star quiete.

In paese se uno diceva robba non dava fastidio a nessuno; anzi la maggior parte della gente diceva così.
In collegio, in quanto a parole certo più aggiornato del paese, la roba era con una sola bi. Però chi mi dice che in paese più che sciatteria quella pronunzia non fosse altro che la sopravvivenza di una vecchia parola? Ci può essere più o meno longevità nelle parole come negli uomini.

In paese poveri e ricchi, ignoranti e dotti dicevano il bove. In collegio mai più bove, solo bue. Però quando arrivai al « t'amo pio bove » ritrovai la parola ch'era rimasta fuori del monastero.

In paese c'era la lana e lo stame che ne prendeva tutta la morbidezza lasciando alla lana tutta la ruvidezza. In collegio forse viveva come materia, ma non ricordo d'averlo visto mai, come nome morto e sepolto.

Dopodomani si diceva a casa, credo anche in tutto il paese, ma in collegio dicevano doman l'altro e io seppellii i dopodomani. Lo riprenderò

Io sapevo che i portogalli si chiamavano anche aranci, ma lo dovetti dimenticare i portogalli, lì esistevano solo gli aranci ed erano piccoli, brutti, acerbi

I tutuli del paese qui si chiamavano pannocchie. Ma c'erano anche di persona o solo di nome?

In paese c'erano le ciavatte, e le povere ciavattavano tutto il giorno per casa e anche per strada, in collegio diventarono ciabatte, meglio ancora pianelle, ma se i nomi erano due, la presenza loro era nulla. Perché con tanto titolame, con tante signorie non erano prescritte le pianelle nel corredo.
Le scarpe s'infilavano la mattina nel discendere da letto e si sfilavano la sera nel montarci

In collegio diventò maschile la rama, una rama

carica di mele si diceva a Treia, ma lì solo il ramo aveva diritto d'asilo.
Scordai la rama. Ma l'ho ritrovato e ho sentito l'aria, il silenzio, l'odore, il chiacchiericcio di quell'epoca

La prima.
Ero ancora fuori, ma udii una parola strillata là dentro dalle educande: i moscerini, i moscerini!
Io avevo sempre detto i moschetti. Non ne sentivo il suono militaresco.

– Sciocchezza, si diceva in paese.
Pur non essendo esclusa questa parola in collegio, quella che circolava più facilmente era « scemenza ».
Aveva un che di tabaccoso, di « terriero », di sorpassato. Per questa parola io non ebbi inchini.

Le pulizie in grande
La merenda in grande
Andare al gabinetto in grande
La comunione in grande
Processione in grande
Questa parola merita un posto *da superiora* tra le parole del collegio.

– C'è un fume che acceca, si diceva a casa.
– La cucina piena di fume
Diceva tutto il paese se il fume nelle singole cucine ci fosse stato.
– Il *fumo* si disse in convento. E in convento il fume si voltò non si vide più. Non c'era caminet-

to, non c'era camino, c'era un *fumo* retorico, come c'era la vita retorica

C'erano certe sere d'estate in cui l'aria pareva fatta di pappataci. Più ne schiacciavi, più ti pizzicavano.
Punture voraci e silenziose.
Ma fuori del convento non c'erano? Io non li avevo mai visti. Ci saranno stati, ma il loro nome non correva per il paese.

Invidiavo quelle che dicevano Mammà, ma io non potendolo dire ero più moderna. Allora ignoravo che erano gli ultimi di una vecchia società a dire mammà.
Nel primo Ottocento già si diceva Mammà. Una moda che dura più di un secolo è longeva assai

I paini la domenica sull'abito delle feste portavano un garofalo.
I garofali insieme con i gerani erano i fiori che si affacciavano da molte finestre. Negozi di fiori non esistevano in paese, però chi andava nei dintorni, o si spingeva dentro la campagna, in uno dei tanti casini, a far visita ai proprietari se c'erano o approfittando della loro assenza per farsi dare sottomano uova e verdura dai contadini che lo custodivano, tornavano spesso con un mazzo di fiori in cui c'erano sempre i garofali. Mazzi di soli garofali, non so.
In convento i garofali erano i garofani. Poca differenza, ma bastava una lettera a rendere signorile ciò che era certamente volgare.

Tutte le parole che si usavano lì dentro per

comunicare mi parvero più eleganti, più signorili, più belle di quelle che si usavano a casa.
Un solo caso mi lasciò perplessa.
Avevo sempre detto e sentito dire – riferendosi alle ore –: Le otto e mezza... le sei e mezza, le dieci e mezza...
In convento si diceva invece: le otto e mezzo, le sei e mezzo.
Io pensai che era più giusto il femminile perché si riferiva a cosa femminile: sono otto ore e mezza ora. Per il solo fatto che a casa si diceva mezza e qui mezzo, io adottai immediatamente questa forma.

Avevo sempre detto pupa, in collegio imparai subito a dire bambola, per quanto fosse una parola che, per tutte noi, rappresentava un passato, non un presente. Di bambole non ci fu mai neppure l'apparenza.

A casa avevo sempre detto: *niente*, in convento imparai a dire *nulla*. Questa paroletta mi dette veramente il senso di avere acquistato signorilità, aristocrazia.
Era così elegante quel nulla! Mi pareva ovale come la forma di un cammeo.

Una sola parola mi sembrò più banale di quella usata a casa.
Qui si diceva: prendi la granata e scopa.
In collegio si disse: Prendi la scopa e spazza.
Spazzare era più aristocratico di scopare, ma anche « granata » mi sembrò più aristocratico di « scopa ».
Ci fu su questo argomento un certo livellamen-

to. Mentre il convento superò in signorilità la casa per la « spazzola » che in casa si chiamava « scopetta ».

Fuori di lì dentro credo che tutti dicessero:
– Se non fai il buono *ti meno*.
– Mamma... mi ha menato!
In collegio si diceva un'altra parola, picchiare, tutto al più bastonare, ma di rado. E sia col picchiare che col bastonare era sempre parola che significava una cosa lì dentro inesistente. Io, in principio, credo di avere alzato la mano, senza abbassarla però.

Perché mi ricordo qualcosa di simile a uno scandalo così.
Avevo quel buffo vestito rosa di cui solo per due minuti fui orgogliosa, poi mi vergognai

a casa, e credo in tutto il paese, se si parlava di una coperta o di una fetta di prosciutto che non fossero leggere, ma avessero uno spessore considerevole per la loro natura [?], si diceva: aveva addosso una coperta erta un dito e aveva freddo – taglia il prosciutto erto.
In collegio si diceva « spessa e spesso ». Da principio la parola mi faceva pensare a spesso (avverbio?), ma mi abituai presto a dire spesso e erto mi pareva molto zotico, zoticale anzi.

Venne fuori, nuova fiammante, ma con un vestito vecchio come quelli che scappavano fuori dai bauli della zia, la parola « pittima » « è una pittima » ed era detto tutto.
La sentii sempre, non la dissi mai

Sulla strada, via dei Giubbonari.
Orgoglio per essere romana sì, ma dentro di me io ero dalmata. Vivevo di parole in collegio, quando seppi che dopo le sue sfuriate san Girolamo diceva « Parce mihi Domine quia dalmata sum » io [subii] un fascino tale che diventai dalmata perché neppure io trattenevo le mie ire

Una parola che in paese non avevo mai sentito, certo ci sarà stata, ma non capitò mai che io l'incontrassi, fu incubo. In convento feci la conoscenza di quella voce e mi parve piena di sussiego, di profondità, di cose sconosciute ai poveri mortali

In convento non ritrovai il travaglio di stomaco, tanto che lo dimenticai come espressione, perché la cosa c'era, ma si diceva nausea. Sì! Se era leggera, se no altro che nausea, era travaglio; e vomito era la conclusione

C'erano anche le parole riservate. Una era « adorato », « adorare »

– Si adora solo Dio, neppure la Madonna!

Per tutto il tempo che fui in collegio la parola panegirico che era nata là dentro era una parola solenne, addobbata come la chiesa nei giorni di feste centenarie. Non la sfiorò mai il sospetto di esagerazione.

Una sola parola clandestina arrivò alle mie orecchie e, al solito, non ne compresi il significato, né lo chiesi, rimasi col mio piccolo, un po' sudicio mistero.
Seppi che quel fenomeno per cui c'era la perifrasi « essere in quei giorni » si chiamava « il marchese ».
Lo seppi, ma nessuno lo disse mai apertamente

Dire Beppe e Beppino non è una forzatura? Giuseppe è Giuseppe, non è Giusebbe, perciò il volgare Peppe e Peppino mi pareva più giusto e questa fu l'unica pronunzia che non accettai.

In casa mamma Paolina diceva spesso « è mollo » invece di « è bagnato ». Zizì non lo diceva mai, la servitù sempre, io qualche volta, ma in convento non lo dissi mai più, lo mollai definitivamente come se l'avessi proprio mollato.

Dio che umiliazione quella volta che avendo io detto: « Mi ha dato un cazzotto » non mi sentii redarguire perché lì dentro bisticciare con una compagna, sino ad alzare le mani una verso l'altra, era cosa assurda, c'era voluta la mia impetuosità per arrivare a questo scandalo inaudito. Ma l'orrore della suora fu la parola « cazzotto ». Come doveva essere brutta se essa sola attirava la dura censura. « Come devo dire? » chiesi. « Pugno » mi si rispose.

In casa si diceva indifferentemente cortello e coltello, ma in convento esisteva solo il coltello.
Monaldo Leopardi diceva cortello, ma io allora non lo sapevo.
L'avessi saputo mi sarei [*manoscritto interrotto*]

Per fortuna non c'era neppure là dentro il verbo rincrescere, ma era sostituito dal rammarico, dal dispiacere. Rincrescere, quella brutta parola di cui il paese risuonava spesso e che a me evocava la crescie, in convento non era entrata.
« Che rincrescimento » dicevano fuori e io vedevo il petto delle persone gonfiarsi come la pizza nella teglia.
« Mi rincresce » e io aspettavo quel singhiozzo di chi ha rigurgitato con avidità un pezzo di crescia, torta.

In casa non avevo mai pensato di chiamare la zia così, la chiamavo mamma, in convento, siccome mamma non era e io di lei mi vergognavo, e tutti la dicevano zia, se alludevano a lei, dissi zia anche io. Era per me la stessa cosa, solo la temperatura era diversa. Calda la prima, fredda la seconda

Viveva ancora lì dentro, in bocca alle vecchie monache, una parola che mi parve antichissima, « consobrina » le più ignoranti dicevano « consubrina »; due cugine erano consobrine

Si diceva *te* invece di *tu* in tante circostanze. « Se me lo dici te, ci credo ». Questo *te* sgrammaticato (?) non lo ritrovai neppure corretto, perché lì tutti ci trattavamo con il lei. Il tu era abolito e dimenticato

In casa si diceva sedia (poltrona mai perché non ce n'erano, questa si nominava per dire di chi l'aveva, oppure di un malato che era tra la poltrona e il letto).

Sedia, « prendi la sedia », « sta buona con quella sedia », sempre sedia, solo per Raffaello si diceva « seggiola ».

La Madonna della Seggiola. Stava seduta col viso volto verso di me, ma il resto era di spalle. Aveva sulle spalle uno sciarpone grande a righe grosse come quelle delle fusciacche attorte alla vita dei romani d'altri tempi, quelli che portavano ancora i calzoni corti.

Ma la sedia su cui stava la madonna era una sedia con una spalliera tornita come se ne vedevano tante nelle case dei poveri. Però si chiamava seggiola.

Quella sola per me era seggiola, le altre erano sedie. Anche sul libro di lettura trovavo seggiola, ma il libro di lettura era libro di scuola proprio perché conteneva parole che non si pronunziavano, parole aristocratiche.

In convento tutte le sedie erano seggiole. Un elemento di più per farmelo sentire aristocratico, colto come il libro di lettura della quinta.

(in casa) per me seggiola era solo la sedia della Madonna.

Si diceva ancora una parola che ora è vecchia e come tale restata solo nel gergo ufficiale.
– Parla pure, tanto non ti do udienza.
– Dammi udienza per favore.
In convento già era caduta, si riservava solo al vescovo che poteva « dare udienza ».
Ma si diceva già: Parla parla tanto non ti ascolto.
Ascoltami, per favore.

Altra parola mai entrata in collegio era « tappo », non nel senso di tappo delle bottiglie, che quello vi aveva cittadinanza, ma nel senso di meno che basso.
Suor Margheritina sarebbe stata « tappa » in paese, lì era solo margheritina, una primula invece della margherita. In collegio esisteva basso e nano, ma tappo proprio no, e qui forse aveva ragione, una delle poche.

Com'era devoto quel modo di dire allusivo alla preghiera, ai sacramenti, « far le devozioni »
– Hai fatto le tue devozioni?
In collegio, dove le monache s'erano rinchiuse per devozione, questa parola era assente

In paese dicevano « far le devozioni », era un modo allusivo alla preghiera, ai sacramenti: « Hai fatto le tue devozioni? »
In collegio dove le monache s'erano rinchiuse

per devozione, quel modo di dire così devoto non esisteva.
Si doveva ascoltare la Messa *con* devozione.
Devozione era un modo, non era sostanza come in paese

In paese c'era la risata, ma quando questa passava i limiti diventava squacquerata. In educandato la squacquerata non c'era e la risata era educata.

In paese dicevano presciutto, certo è che in collegio distinsi chiaramente che dicevano prosciutto. Così com'era certo che le fettine del convento erano grandi come le carte da gioco per bambini. Le avete viste mai? Sono un quarto di quelle normali, fate una croce in una carta normale e vengono fuori 4 fette di prosciutto del collegio. Invece quelle del presciutto di zio parevano un calzone

In paese si diceva: è una schifenza.
In convento: è una schifezza.
Forse la sola parola che mi sembrò più pulita quella del paese che quella del convento. Schifenza aveva qualche cosa che assomigliava all'arredamento delle cliniche.

Alcune parole le ritrovavo, ma di sesso cambiato. Come orecchia che in convento diventò orecchio, la fanga che diventò il fango. Mi duole un'orecchia. In convento: ho male a un orecchio.
Quanta fanga oggi per la corta (dicevano a Treia)

– Quanto fango

Parole che cambiavano sesso.
In paese si diceva « i muri ».
I muri delle case.
« Le Mura » era solo la passeggiata intorno all'abitato e nessuno pensava che la parola restasse per le vecchie mura di cui restava solo qualche pezzo incorporato nelle case. Andar per le mura era andare a spasso. In convento ogni muro al plurale diventava femminile.

In paese e a casa si diceva odore. Odore dei fiori, acqua d'odore.
« Senti come odora questa rosa ». In convento si diceva profumo. Non si parlava certo dei profumi sinonimi delle acque d'odore, ma di quello dei fiori, di quello delle virtù, di quello dell'incenso.
Odore rimase solo per la morte dei santi che morivano tutti in odore di santità. Quell'odore era per me nauseante.

In paese tutto il popolo chiamava il padre col nome di babbo. I più maleducati dicevano addirittura *babbu*...
Pochi dicevano papà, ed erano i privilegiati o quelli che fingevano di esserlo.
In convento tutte le compagne dicevano papà.
E io che non avevo consuetudine né col babbo, né col papà, giudicavo questo tanto più ridicolo di quello e sorridevo dentro di me pensando alla potenza di un accento. Papà senza accento diventava il surrogato di Cristo sulla terra, una specie di Vice-Dio

In paese sentii dire da qualche vecchio « Giuggiule! », Nespole come qualcuno diceva invece « Accidenti » per meraviglia.
In Educandato per la stessa cosa tutte dicevano « capperi »

– Erbetta si diceva in paese, ed era fresca, stava sulle cassette sopra i davanzali delle finestre.
– Prezzemolo, si diceva in convento, ed era il sapore aspro con un qualcosa di [*manoscritto interrotto*]

In paese c'era la mattina che arrivava fino all'ora di pranzo, c'era il dopopranzo che arrivava sino alla sera, all'avemaria circa, al crepuscolo.
– Ma quando vieni a farmi una visita?
– Verrò giovedì dopopranzo.
In convento il dopopranzo diventò pomeriggio... era così dotto vicino a quel prosaico dopopranzo, così astronomico, che io mi guardai bene dal dire mai: E dopopranzo che faremo? Ma sempre: Che faremo nel pomeriggio?

La bambagia – altra parola che non ritrovai là dentro, forse perché non c'erano gioielli da proteggere, forse perché il male d'orecchie si curava col contagocce e il cotone idrofilo. Subito mi parve che la bambagia lì fosse sostituita dal cotone e dall'ovatta, ma poi vidi che queste erano altre cose, la bambagia non poteva essere sostituita se era bambagia.
le 5 pallotte per l'olio santo che vidi e non vidi

– In casa erano *boccole*, sempre boccole, fossero grandi, fossero piccole, preziose, non preziose.

Erano *pendenti* solo se erano boccole lunghe. Quelle che ondeggiavano così bene, coi loro pendagli di corallo sul collo brunito delle contadine.
In convento trovai solo « orecchini » ma solo come parola, non come oggetto. Nessuno ne portava. Ma quegli orecchini erano così meschini in confronto con boccole, con pendenti. Orecchini, assomigliavano a uno strumento di tortura.
Ora diciamo sempre così

Parole escluse
A Treia si parlava di cagnara.
« Avete sentito la cagnara che hanno fatto ieri sera? »
« Che è 'sta cagnara? »
Litigio era cagnara, chiasso di voci era cagnara. Ed era parola giusta. I cani fanno cagnara solo che abbaino. Quella parola non varcò mai la porta di clausura. Tutti i suoi sinonimi sì, lei no, restò sempre esclusa

– Dove vai?
– Vado a spasso
....
– Venite a spasso con me
Passeggio lo si diceva ironicamente quando le signore vestite con gli abiti della domenica andavano su e giù per il corso nelle feste; la mattina per la messa cantata nel pomeriggio per ore e ore.
In convento si diceva passeggio benché noi non ci si andasse mai. Una delle poche parole che era entrata senza il suo corrispettivo attivo.

Qualcosa si trovava intatto. Corpetto e sottana, per esempio. Si chiamavano così quei due pezzi di vestito che ora si chiamavano: corpino e gonna.
Anche noi in convento eravamo vestite di corpetto e sottana, ma portavamo quello sotto e questa sopra alla vita.
Le donne del popolo invece lo portavano fuori, era tenuto fermo dalle fettucce del zinale.
– in paese era zinale
– in convento era grembiule

In paese dicevano: « gli puzza il fiato ».
In convento dicevano: « ha l'alito cattivo »
Il puzzo era lo stesso e anche il fastidio.

Moscio, serviva per tante cose in paese. Anche per designare un particolare carattere.
In convento moscio scomparve. Al suo unico posto c'erano [tanti altri] vocaboli: molle, [soffice]

A Treia si diceva:
« Che? Hai il muso? »
« Il tale mi tiene il muso »
In convento questa espressione non entrava. Al posto di muso si diceva broncio

In paese a casa, a scuola si scriveva con il « cannello ». Era di legno e molti ragazzi lo succhiavano, lo masticavano, lo riducevano nella parte opposta della penna ad una specie di pennello legnoso.
Masticare il cannello per molti era segno di attenzione.

Veramente dicevano « stroncicare »
Io non stroncicai mai il cannello forse perché non avevo quelli di legno e latta, ma quelli più raffinati, torniti, lisci, lucidi. E forse anche perché l'attenzione non era il mio forte, mentre la mia debolezza era certo la schifiltosità.
In convento anche questa voce maschile diventò femminile e lì dentro scrivevamo con la « cannetta ».
Naturalmente nessuno la masticava.

Quella che in paese si chiamava « la dottrina » e bastava così, lì dentro rimpicciolì a « catechismo », quel poco che gli uomini potevano dire di Dio, la Dottrina era uguale a sei anni e a novanta, di Dio possiamo sapere poco, ma quel poco è tutto, è *la Dottrina*.

Quello che in paese era il cabaré diventò vassoio

A casa, in paese, si diceva « stracco », in collegio « stanco ».
Io dissi subito « sono stanca », senza capire come la mia stanchezza che era totale, fosse espressa meglio da stracca. In « Sono stracca » c'è qualcosa di spezzato, di buttato giù, di abbandonato, in stanca c'è solo stanchezza

Almeno una parola del convento era preferibile a quella del paese: pancia invece di panza. Quel panza, panzetta, panzone, era più brutto di pancia, pancina, pancione che del resto non si flettevano mai perché anche pancia era più pensato che detto.
« Ho avuto un mal di panza! » dicevano di fuori,

di dentro si sarebbe detto « un mal di pancia » se la frase fosse esistita, ma per quella parte del corpo il male era in assoluto « i dolori ». Avere i dolori era averli nella pancia, per le altre parti del corpo si distingueva: dolor di testa, di denti ecc.

Dicevamo: tela di ragno
Dissi: ragnatela. Mi sembrava una parola più brutta, più vecchia, più polverosa, ma tutto quello che si faceva lì doveva essere più bello, quindi dissi subito ragnatela.

Calzette-calze
Patetica-perla e fagiolo

In paese si diceva: « La senti questa puzza? » In collegio, dove sempre era preferibile il femminile al maschile, in questo caso la puzza era « il puzzo ». Anzi il puzzo era troppo volgare, se qualche volta a qualcuno sfuggiva e lo pronunziava, c'era sempre qualch'altro che lo correggeva: « Dica cattivo odore » è meglio.

Le stesse cose con parole diverse
– A casa dicevo « figuretta », lì dicevano « imaginina », al massimo immaginetta. La differenza vera era che a casa non ce n'erano, le pochissime erano come segnalibro nel « Rivalefilotea » della zia. In collegio ce n'era un'invasione,

– Scopetta-spazzola

– Quella roba giallastra che veniva quando una

ferita andava a male, quella che nei « giraditi » bisognava pungere la pelle per farla venire fuori in paese si chiamava « materia », in collegio si chiamò pus. La materia stava al pus, come il berretto da muratore stava al cilindro.

In paese si diceva indifferentemente *orinale* e *vaso da notte* ma noi in casa si diceva: orinale. Entrò il vaso da notte col programma stampato del collegio dove era la lunga lista delle cose che dovevo portare, il corredo.
Tra queste c'era il vaso da notte in ferro smaltato. Da quel momento mi sentii già un essere nobilitato.

In convento non dissi mai più tappo per basso. Non lo sentii più dire da nessuno. Tappo fu solo quello delle bottiglie

In paese si giocava a nascondarella, io dicevo così perché parlavo bene e vivevo in famiglia signorile, ma il popolo diceva nasconnarella. In convento diventò nascondino e anche più noioso perché il gioco era sorvegliato.

– In casa ciò che non era pulito era sporco. E quando aveva perduto il suo nome originale per essere troppo sporco, si diceva che era una porcheria.
In convento trovai che la stessa cosa si chiamava sporcizia. E questa fu l'unica parola che adottai con antipatia perché sapeva di convento, di muffa, di antiquato.
Però siccome si diceva così giudicai che fosse più dotto dire così e lo dissi anche io.

In paese si diceva « strofinare » e il mezzo per farlo era lo strofinaccio.
In convento ritrovai strofinare nobilitato in « strusciare », ma quello che assolutamente non ritrovai fu lo strofinaccio. C'era come sostanza, ma non aveva nome.

Materia!

In paese si diceva barba invece di mento. E non faceva ridere affatto. Se era di misura sopra al normale e piegata in su, come se volesse vedere il naso, allora si diceva scucchia. Questo era derisorio. Ma l'altro normalissimo. « Pulisciti, non senti che hai un acino di riso sulla barba? »
In collegio scomparve la barba, al suo posto ci fu il mento. La barba era solo quella di stoppa che ci mettevamo a carnevale legata sulla testa con due fettucce che passavano dietro gli orecchi, forse per quella vecchia abitudine di chiamare barba il mento, mi meravigliò tutto quel da fare dei dantisti per sapere se Dante aveva la barba o no. Responsabile di quel discutere era anche Beatrice che gli aveva detto: « Alza la barba! » Per me era chiarissimo. Beatrice parlava come si parlava a Treia.

In casa si diceva « credenzone », qui si diceva « armadio ».
Naturalmente abbandonai subito credenzone per armadio. Per quanto questo cambio lo facessi con meno zelo e meno convinta.
Riconoscevo sì che credenzone era troppo casalingo, troppo grosso, c'era una assonanza col

panzone, ma in credenza c'era pure un accento di fede (vedere etim.) io credo, io contengo una verità... mentre in armadio c'era solo l'ospizio delle armi e per le armi ho avuto sempre estrema insofferenza anche se apparissero solo come ricordo.

« Non zompare così » dicevano a me.
« Ho fatto uno zompo!... » dicevo io.
Zompo, zompi, zompare lo diceva tutto il paese, ma in convento si diceva *saltare*. Era la stessa cosa, ma che differenza nel vestito della cosa: uno volgare, l'altro raffinato – uno cafone l'altro distinto.

– In convento ritrovai le lagrime di Giobbe. Ce n'erano due o tre alberelli e i grappoli così dolcemente violacei si tagliavano per mescolarli agli altri fiori per i mazzi degli altari.
Però non si chiamavano più lagrime di Giobbe, ma lillà, con l'accento sull'a. Io avevo avuto un vestito color lilla, senza accento, e capivo da me che si chiamava così perché era il colore dei fiorellini della lilla, che in convento si chiamava erba luisa per le vecchie, cedrina per le giovani.
Lillà certo era più elegante di lagrime di Giobbe. Però io avevo per tanto tempo visto quei grappoli di lacrime violacee che più assai del racconto della storia sacra mi offriva l'immagine dell'abbondante pianto di Giobbe che quel lillà, certo più spiccio e che faceva tanto francese, mi sembrò non appropriato.
Però non dissi mai lagrime di Giobbe, dissi solo lillà.

Mischiare, dicevamo in casa e in paese.
– Mischia la minestra, se no s'attacca
– Ha mischiato tutto
Mescolare si diceva in convento

Quel che in paese era chiamato « baratto » e in genere consisteva in generi alimentari, in convento si chiamava « *scambio* », e consisteva in immaginette sacre

Col ramaiolo si scodellava la minestra in paese e si chiamava ramaiolo anche se era d'argento o di stagno.
In convento pure si scodellava la minestra col ramaiolo, ma si chiamava *mestolo*.

Chi non aveva ancora la rete o le molle nel letto, aveva il *paglericcio* sotto il materasso, con 4 asolone dove entravano le mani per rivoltare le foglie (?) di granoturco e pareggiare il letto e farlo più soffice.
In convento i paglericci erano fissi, imbottiti e trapunti, forse erano davvero pieni di paglia e il nome sarebbe stato più appropriato per loro, ma più aristocraticamente si chiamavano sacconi.

« Nottola » la paura era anche nel nome. Portava buio, portava notte, portava silenzio mosso dalle ali vellutate. Portava una cosa brutta. Questo in paese.
In convento il suo nome era Pipistrello, e allora invece che una paura morbida, faceva una paura acida.
Una paura con l'uncino.

E in convento seppi che se il pipistrello si scontra con i nostri capelli ci rimane impigliato per quell'uncino.
I miei capelli hanno conservato la paura del pipistrello

Quello che in paese si chiamava il lesso, in convento diventò il bollito. Certo era strabollito perché ne venivano fuori delle fettine come pezzi di domino, fibrosi, asciutti, da poter sfilare come un tessuto. E il brodo? Quella poca carne doveva avere bollito in caldaie gigantesche, [perché] [*manoscritto interrotto*]

In paese si diceva:
« Che porcheria »
in convento:
« Che sporcizia »
La materia era la stessa

In casa degli zii si mangiavano i portogalli: in convento gli stessi frutti si chiamavano solamente aranci. I portogalli erano tanto più dolci degli aranci, e io non credo che la differenza fosse solo nella parola; le monache comperavano certo quelli più scadenti. Assomigliavano agli aranciagri coi quali noi si condiva la verdura, olio e agro, il limone non esisteva.

Certo non dissi mai più melarancia o portogallo, ma arancio. Però come erano piccoli e brutti gli aranci del convento, mentre i portogalli di Zizì erano grossi e sugosi, e lui mi ritagliava la buccia in modo che ricostruiva alla perfezione la melarancia. Ma com'era bravo Zizì mio

Una persona disordinata nella casa, soprattutto nel vestire, in paese la si qualificava: *ciaffona*, qualche volta anche: ciaffosa.
In convento dicevano invece: cialtrona.
Io, naturalmente, dissi subito cialtrona invece di ciaffona, ma pur sembrandomi che in cialtrona ci fosse una pesantezza a cui corrispondeva altrettanta leggerezza in ciaffona. *Ciaffo* difatti voleva dire cencio; cosa usata, logora, sciatta.

– Che vassallo!
E significava che il ragazzo era cattivo.
– Quella donna ha due vassalli.

E anche di una ragazza se era vivace, birbantella si diceva: vassalla, e sorridendo « vassallaccia ». In collegio questo termine compariva solo nella storia, dalla vita attuale scomparso,

– persica e pesca
– portogallo e arancio
– briccoccole
– cerasa e ciliegie
– lauro-alloro
– chicchera-tazza
– fijo-famija
– popolo minuto
– sedia-seggiola
– credenza-credenzone
– cantoniera-armadio
le armi?
– piccare-pungere

In paese la gente quasi tutta, tutta quanta la più povera diceva piancito, a casa nostra qualche volta pavimento, ma era più sbrigativo il piancito – in collegio ci fu solo pavimento, in tante cose la raffinatezza era una povertà

In paese era sempre zinale, diventava parananza quando era bianco e colorato, di tessuto grosso messo solo per le fatiche grosse, bucato, conserve, pulizie grosse. In collegio fu grembiule e basta. La parananza la portavano le monache cuciniere ma come la chiamassero non so

Chicchera nessuno lo diceva, neppure io lo pensai più. La chicchera del paese era la tazza del collegio. Chicchera era allegro, tazza proprio no.

Si potrebbe ridurre tutto a questo:
In paese si parlava plebeo e borghese
In convento aristocratico.
In casa noi parlavamo borghese. Per es.: non dicevamo mai a qualcuno: Bocca, bocca, ma dicevamo, Entra, entra pure.

In casa si diceva « stracca » invece di stanca. « Sei stracca? » se si riferiva alla stanchezza del corpo. Se invece una cosa aveva annoiato, si diceva « sono stufa di dolci ». « Quel tale mi stufa ».
In collegio in tutti i casi si diceva stanca... Sono stanca. Quel tale mi ha stancato.
Stufare non si diceva mai (a meno che si parlasse di cucina ed era retorico, non pratico) tanto meno si usava *seccare* che in paese era comunissimo. « Non mi seccare ». In collegio solo le piante... si seccavano.

In paese si chiamavano le calzette o i calzetti, a piacere. Là dentro per i calzetti non ci poteva essere posto, ma non ci fu neppure per le calzette. Troppo dimesse con quella parola, più jeratiche « calze ».

Se facevo male, qualcuno mi gridava.
Dovevo andare in collegio per sapere che quella stessa reprimenda si chiamava sgridata.
Quella esse era il costume che faceva parere un'altra la stessa persona.

In paese la gente volgare diceva « ganascia », i

signori, da quella parola derivavano « ganascino » e ti davano un pizzicotto sulla guancia, non con la punta delle dita, col fianco.
Noi non si diceva ganascia, ma guancia.
Entrai in convento: scomparvero le due parole, si sostituì « gota ». Neppure il guanciale si chiamava più così, ma cuscino! Come mi parve bello dire cuscino invece di guanciale, federa, invece di foderetta!!!

In paese sentii dire le sere d'autunno: come fa scuro presto!
E qualcuno ti aveva raccontato che aveva sbattuto perché era andata di là allo scuro.
In convento non c'era lo scuro, c'era il buio.
Però la parola s'era trasferita agli sportelli interni delle finestre.

In paese alle finestre dopo i vetri, più dentro casa, c'erano gli sportelli. Erano di legno e servivano a dosare luce e ombra come facevano, più fuori casa, anche le persiane.
In convento li ritrovai, più necessari anche perché non c'erano persiane, ma si chiamavano gli scuretti, qualcuno diceva senz'altro « gli scuri ».

Le *sedie* diventarono *seggiole*.
Il *banchetto* diventò lo sgabello
La *tavola* diventò il *tavolo*
Tavolino, che in casa era una tavola piccola, non esisteva come nome.

– Dicevo: saccoccia – dissi tasca.
– Unico errore che in convento colsero di me fu *curto* invece di *corto*. Strano! Quel mio Zizì così

dotto ed enciclopedico, diceva: passo per la curta. E io non misi in dubbio che si dovesse dire così. Tanto più che per me era più logico curto che non corto. Il suo contrario era lungo, non longo.

immettere nelle penne d'istrice
« cannello » anche De Amicis li chiamava così perché allora dicevamo il cannello, cannetta in collegio.

il brocchetto e il catino in convento diventarono logicamente femminili.
La brocca e la catinella

Quei calzettini corti che in paese si chiamavano pedalini, lì dentro si chiamarono calzini. Calzini era il loro nome, ma nessuno li aveva, non ne esistevano lì dentro.

A Treia si diceva « indovinello » ed era birichino come un diavoletto buono. Alla Visitazione si diceva enigma e c'era già di mezzo la vita.

A Treia la gente diceva: non ci hai azzeccato. Non ci azzecca mai.
Sempre a Treia, ma al di là della porta di clausura, quella parola non penetrò mai. Si diceva: non ci ha indovinato.

« Smorza bene il fuoco »
« smorza la candela »
« smorza la sete lentamente »
Spegni

– In paese si chiamavano melangole. Non ne sopportavo il gusto, meno ancora l'odore.
– In convento si chiamavano cetrioli, ma il puzzo e il disgusto erano gli stessi.

in paese si diceva: scrollare. « hai scrollato la tovaglia? » In convento si disse: scuotere, ma anche sbattere, e sbattere si diceva anche fuori.

in paese si diceva « acino ». « Nella mia fetta di salame m'è capitato un acino intero di pepe ». In convento questo esempio era impossibile, perché le fette di salame erano talmente sottili che anche l'acino di pepe veniva affettato più volte.
Però se il caso si fosse dato si sarebbe detto: m'è capitato un grano di pepe.

fino allora avevo sempre detto « figurette ». « Dammi una figuretta », « Alla Messa hanno dato le figurette ».
In collegio imparai subito a dire « immaginine ». E fu un altro pezzetto di crosta che si sovrappose alla natura.
Figuretta è più natura
Immaginina è più artificio.
Se io non fossi stata in collegio, ma solo con gli zii, sarei stata molto più matura.
Se mi avessero lasciato venir su nella campagna romana, sarei stata io.
Oppure non sarei mai sbocciata. Ma a metà no.

Nel paese e in casa si diceva: salciccia, in convento: salsiccia.
Ci dovetti mettere un po' d'attenzione a sostitui-

re quella difficile esse a quel naturalissimo c, ma credo di non aver detto mai salciccia là dentro. Sentii che si diceva salsiccia e io abbandonai subito il mio vecchio appetitoso salciccia per il salsamentario salsiccia.

– Parole che vivevano in paese e non entravano in convento.
– Parole che ci entravano, ma ripulite, modificate, ingentilite.
– Parole che io lasciai fuori dalla porta convento e ritrovai quando ne uscii.
– Parole che non ritrovai più come compagni d'infanzia deceduti avanti l'adolescenza.

(Prima descrivere la vita in educandato – la sua sostanza deleteria con l'iniettare aspirazioni di sagrificio – col trascurare la salute – col falsare la vita normale « del mondo »).
Per il resto la differenza era nelle parole.
(porre, come una grossa parentesi il vocabolario)
E poi continuare *con la mia vita* nel convento.
Con la distruzione che fu mia.

Principio
In fine tolto il costume fisso delle suore e la nostra divisa, tolto quel sistema di vita rigido e assurdo per cui dovevamo patire il freddo, mangiare poco e alzarci avanti giorno, tutto il resto era parole:
Novità o diversità di parole
Parole la dottrina
Parole la religione

Naturalmente in ogni campo senza fiori cercando bene un fiorellino si trova. Io ho avuto sempre la possibilità di trovare fiori dove non esistono e con poca fatica

principio
Cambiavano le parole,
le cose restavano le stesse,
cambiava la vita
più che all'esterno dentro.
Cambiava il sentimento (oppure)
Ci si sentiva cambiate

Nei danni di quell'educazione rientravano anche parole troppo spesso ripetute:
Dovere – obbligo – colpe,
quante parole troppo spesso ripetute, facevano su di me quel che fanno le piccole martellate sul rame battuto « lasciano il segno »

Principio per *parole*
Sulle parole filosofeggiano i filosofi. Io che con la filosofia mi son trovata sempre agli antipodi; peggio, gli antipodi possono far supporre un contrasto, in me non c'è neppure questo, c'è la cecità. Figuriamoci allora, nel travagliato sviluppo adolescenziale! Le parole mi si imponevano a seconda delle passioni che mi suscitavano. A volte solo per la loro musicalità, per la loro lontananza nel tempo, per il loro mistero.

In paese l'universo per me era negli occhi e nelle parole.
In collegio, stando quasi sempre chiusa, l'universo degli occhi si restrinse a quel panorama,

sempre quello, ai corridoi, ai cameroni, si moltiplicò quello delle parole.

La parola era un mito per quel che appariva a noi, ogni parola poteva diventare leggenda; per loro era di certo logos, parola sì, ma con un perché

Grande, piccolo erano parole usate in paese senza importanza. Un oggetto era grande, l'altro era piccolo. Un ragazzo pure.
Ma in convento quelle due parole diventarono quasi persone.
Non era più questione di altezza o di grossezza, era questione di solennità.
Persino la Comunione per pochissime feste diventava comunione in grande. Tacitamente tutte le altre dovevano essere in piccolo.
Il giovedì si facevano le pulizie in grande, gli altri giorni in piccolo. Due o tre volte l'anno «merenda era in grande». Era una merenda posticipata e una cena anticipata. Sostanza: si cenava prima saltando la merenda. Ma la festa era indescrivibile. Tutte le altre merende erano in piccolo. Qualche volta le due pere che ci davano, o le due fettine di salame erano non piccole, ma microscopiche (trovare altri «in grande»)

Andando al gabinetto, o meglio al camerino, si distingueva: in grande e in piccolo.
Così si aveva diritto di rimanerci un po' di più se era in grande.

I modi di dire propri del nostro Educandato.

« In grande ». La merenda, le pulizie, la pettinatura e... faceva parte di tutto.
– Color carancà – mi viene la calatia.

In realtà era un gruppo di parole per il quale la clausura fosse veramente tale.
Alcune avevano il diritto alla conventualità come noi educande per un certo periodo.
Altre invece erano parole propriamente claustrali. Avevano varcato la soglia un certo tempo e ci erano rimaste, come le monache, per sempre.
E come queste erano state donne e ora erano monache, così quelle parole avevano acquistato un loro carattere claustrale.

Come a casa i colori mi trasmettevano fascinose impressioni sensuali, qui il piacere era fonico; una parola poteva diventare sensualità.
[Diventai l'innamorata dei nomi e lo sono rimasta]

fine ottobre 1979
Cratilo, il filosofo maestro di Platone diceva che nel nome sta il modello della cosa, nel contesto sta la rosa [o cosa?] e tutto il Nilo nella voce Nilo.
Figuratevi se ho mai conosciuto questo, l'ho letto oggi sul giornale. Eppure io ho sempre sentito nel nome l'anima delle cose e della persona.

Principio
In fondo fu un grande cambiamento di parole, per il resto, un peggioramento, piantarono nel-

la mia coscienza scrupoli, paure, ossessioni, che Zizì, prete, non aveva mai sognato.
Rovinarono la mia vita.

In fondo tutto il cambiamento fu nelle parole e in quell'insistenza sui richiami religiosi che né Mamma Paolina, né Zizì avevano mai esercitato.
Veramente il cambiamento delle parole era cominciato in casa quando con il programma stampato alla mano si preparava il mio corredo.
Dio, come mi sentii importante quando quei due fogli stampati che riguardavano me, dal convento che l'aveva dato passò in casa dove era attentamente studiato e discusso!
Nel programma si parlava di 6 federe che dovevo portare. In casa si chiamavano « foderette ».
C'era nel programma stampato che dovevo portare 6 tovaglioli; in casa si chiamavano « salviette ».
Si diceva anche di cose che erano nuove per me: spazzolino da denti e pianelle. Due cose mai possedute.
(Però non riesco a ricordare quando e se veramente ci lavavamo i denti in convento)
Si diceva di un bacile (?) di una brocca, di un vaso da notte in ferro smaltato che io dovevo portare.
In casa quelle tre cose s'erano sempre chiamate: catino, brocchetto, orinale.

Al principio della parte composta da vocabolario mettere che
Tante cose erano cambiate là dentro.

Le monache erano vestite da monache, nessuna sottana rossa a balza turchina, nessun fazzoletto a rose, niente, nero e bianco, un grande nero e un poco bianco.
Il colore nostro era quello della cannella, non certo eccitante. I grembiuli rosa d'estate e turchini d'inverno, nella loro uniformità spegnevano il colore.
In paese la gente era colorata, il martedì e la domenica poi quando la campagna saliva la china e raggiungeva il paese, il colore era vario, intenso, come un prato di primavera se ci si dessero convegno tutti i fiori dei campi. Anche se pioveva il colore restava, smorzato dall'assenza del sole, ma aumentato dalle ombrelle (femminile o maschile?) che si aprivano larghe, immense a volte, turchine listate di strisce rosse e gialle, rosse e listate di verde, bianco, azzurro. I colori degli ombrelli si alzavano su quelli dei vestiti e la piazza e le strade intorno al Duomo era un solo movimento di colore.
In convento era scomparso il colore. Restava solo quello rosso dei damaschi quando si tiravano fuori per addobbare la chiesa, quello delle pianete che secondo la liturgia dovevano essere o bianche, o rosse, o viola, o verdi, qualche volta nere, eccetto il nero gli altri colori potevano essere sostituiti dall'oro o dall'argento a seconda che il colore fosse caldo o freddo. Ma erano sempre colori fuori della vita.
Le abitudini erano diverse, sì, è vero, si andava a mangiare quando la campana avvertiva che ne era l'ora; si camminava in fila di coppie per i corridoi e per le scale; si pregava assai; si respirava un'aria di superiorità; noi, in convento, i

perfetti, i privilegiati, gli ottimi, gli altri, nel mondo: pupù o quasi.
Differenze è vero ce n'erano, ma la differenza somma, sostanziale, formativa, *era nelle parole.*

Introdurre così il gioco delle parole
In paese tutti dicevano « l'altro ieri » a significare lo ieri di ieri quando era oggi. In collegio invece tutti dicevano « ier l'altro ». La stessa cosa, eppure un'altra cosa.
Non che la vita lì dentro non fosse assai diversa da quella di fuori, però quello che la rendeva vita di un altro mondo erano le parole.
Palloncini gonfi di gas leggero quelle parole per le quali (o i quali?) lievitavamo in una purificata atmosfera dove s'incontravano sempre le stesse cose: il dovere, la carità, il sagrificio, la rinunzia, l'obbedienza, la pietà. Le bestie e Dio no. Le bestie sul gradino più basso della creazione non potevamo incontrarle in quella altezza stratosferica dove noi volteggiavamo. Dio stava più [su], dove finisce il creato, ma s'interessava lo stesso a ogni capello della nostra testa, a ogni foglia degli alberi. Quei palloncini erano attaccati alla nostra divisa, una specie di scafandro che ci isolava dall'umanità. Doveva essere così perché se per qualche tempo deponevamo la divisa indossando abiti comuni, l'effetto dei palloncini scompariva quasi, eravamo più simili a quelle coetanee che, poverette, non beneficiavano della nostra educazione.

La mia trasformazione avveniva attraverso le parole.

Molte si trasformavano, cioè indicavano la stessa cosa, ma con sillabe diverse, altre cadevano e là dentro non le ritrovai più, pochissime erano nuove di zecca.
Il primo vocabolo nuovo fu « biascicare ». Mi dissero: non biascicare. Capii subito che cosa voleva dire, voleva dire non mangiare a un certo modo. A casa degli zii avevo mangiato come avevo voluto, anzi non avevo mai saputo che si potesse mangiare diverso, quindi non poteva esistere la parola

Come se varcando quella soglia solenne, misteriosa, semibuia, per me paurosa, automaticamente qualcosa in me si capovolgesse, per un segno di mortificata vergogna, Zizì, il mio Zizì meraviglioso che non faceva prediche, che sapeva tutto, che sorrideva sempre con un sorriso dove c'era moto, arguzia, intelligenza, un sorriso mai ritrovato sulla terra, il mio Zizì lo nascosi dietro la fredda parola di « zio », anzi « lo zio ». E mamma Paolina diventò zia, anzi « la zia ». Di tutti e due mi vergognavo, ma per questa la vergogna era bruciante.
Nascosi i nomi coi quali li avevo chiamati dal giorno che mi avevano raccattata, nascosi il bene che mi legava a quei due vecchi, nascosi la pena di averli lasciati, nascosi tutto quello che era stato fino allora e cominciai ad essere quel-l'altra, quella delle parole diverse.
Già! E quando varcai quella soglia claustrale, Zizì dov'era? Forse si era nascosto lui prima di me per paura...

Là dentro per me la vita cambiava nelle parole.

In casa m'ero sempre lavata nel catino. « Butta l'acqua del catino » mi diceva mamma Paolina, « prendi il catino ».

In collegio il catino diventava femmina e si chiamava catinella. Le più brave anzi dicevano « la bacinella » ma siccome lì l'operazione fotografica era all'ordine giornaliero e si faceva un gran parlare di « baccinelle » per l'idrochinone, per l'iposolfito, per il lavaggio, per non fare confusione io adottai « catinella », m'ero già abbastanza differenziata da casa.

La vita mi si trasformava con le parole. Quell'esercizio di cucito che era creare un punto avanti l'altro mettendo dentro l'ago dove prima era uscito, in convento si chiamava impuntura, mentre in casa mamma Paolina diceva righetta e in paese i poveri dicevano punturella.

In convento poi trovavo parole nuove mai sentite e altre ne perdevo. Perdetti subito « le smoracce » che lì dentro erano assenti in sostanza e in nome come il peccato lo è dal paradiso. E proprio come un innocente vive nel mondo tra peccatori senza conoscere il peccato, così io ero vissuta in casa degli zii sentendo nominare le smoracce ma senza averle mai viste. Del resto non erano neppure gli zii a nominarle. Chi non pecca non nomina neppure il peccato. A dire « smoracce » erano solo i poveri. « Che cosa hai mangiato oggi? » « Le smoracce » rispondevano. Le smoracce dovevano essere una verdura non coltivata, una verdura fuori commercio, che il povero raccoglieva andando in giro. Le donne portavano sempre in saccoccia un coltellino con la lama ripiegata nel fianco del suo manico, camminavano e ogni tanto vedevano, si

chinavano, drizzavano la punta del coltello scalzavano una piccola pianta dal terreno, qualche volta dai muri degli orti, e via. Dovevano certo raccogliere smoracce, al massimo cicoria. Ma la cicoria era già parecchi gradini più su delle smoracce. Io in casa degli zii dove vidi pure tanta miseria, non conobbi mai le smoracce.
E nel dire di queste ho ritrovato un'altra parola che cambiò di botto in convento: la saccoccia. Là dentro diventò tasca. Eppure era saccoccia. Come volete chiamare diversamente quella piccola tasca leggermente più larga alla base, con l'apertura nella facciata anteriore simile a una feritoia di torre uguale in tutto, salvo nelle proporzioni, a metà della bisaccia? Questa saccoccia era attaccata a una fettuccia che le donne si legavano alla vita sotto alla gonna in corrispondenza di un'altra feritoia. Lì dentro c'era il fazzoletto, le chiavi, la corona, il pane... già, dico le chiavi perché penso alla saccoccia di mamma Paolina, ma le donne povere non avevano chiavi. In quel paese le porte o erano aperte o socchiuse o chiuse. Ma se erano chiuse si aprivano col « saltarello ». Anche questo in collegio non si chiamò più così, ma « saliscendi ».
La bisaccia invece restò bisaccia anche in convento, ma era solo uno strumento per il lavoro dei frati, la questua. Mentre in paese la bisaccia serviva ai poverissimi che andavano alla questua anche loro, ma questuavano alla terra, alle strade, guardavano, si chinavano e raccoglievano. Di certo era roba più brutta delle smoracce,

★

Ed – parole

Vocabolario d'oggi

230

FEDERA — *Sopraccoperta di panno lino e drappo, fatta a guisa di sacchetto e per lo più ornata di gale o ricamata, dentro alla quale si mette il guanciale: «Guanciale con la federa di tela batista, ornata di trina». Probabilmente è forma alterata di fodera.* certo - [illegible] si diceva di fatti "foderetta" in collegio si dice federa

★

Ritagli di giornale e appunti di Dolores Prato per *Parole*

I guardiani

Positiva e in certo qual modo caratteristica è, infatti, la generosa disinvoltura in effetti non scevra da meravigliosa sveltezza di mente di molti nostri scrittori, saggisti e letterati impegnati e, del pari, zelanti collaboratori dell'organo che convoglia le tendenze più reazionarie della nostra borghesia: il massimo quotidiano milanese. Non si rinuncia a quel giornale: la sua voce è una sirena dolce e persuasiva. Alcuni fra costoro firmano onorevolmente manifesti incitosi, lottano consapevolmente per una risoluta svolta in direzione di uno sblocco definitivo di questa vocazione borghese al conservatorismo più cretino, ma sono di guardia, da anni, sul portone di via Solferino, a Milano, decisi a respingere, magari con la forza, intrusi e concorrenti.

Ora al Pasolini manca questa dote elettiva; egli è un ingenuo. Forse non arriverà mai al giornale milanese. La sua ingenuità non conosce obiettivi: tutta la sua breve e concitata vita pubblica e lettera-

genı
rani
tivo.
un'al
è un
figli
da u
Neri,
vigli
i rap
tadin
ti. Pi
conse
menz
no del
rebbe
rità al
ta che
come
gli ebr
to in
Ma ec
prio m
no in
cia de
giung
subito
degli
vera
per r
la sua
figlio
gli av
è ucc
tole
atto
polo
stific
e gli
accus
citta

Ar
loro
front
senta
tenu
to gl
la su
quale

Ed parola oggi è –

"Incitoso.

È tanto incitoso

Io credo di non averlo

detto mai:

In collegio poi le

parole non esistono"

Aprile 1967 l'adopera
Franco Monicelli su Paese sera

CRONACA DELLA VITA APPARENTE

DI GIORGIO ZAMPA

Durante il periodo che la protagonista di questa narrazione trascorre in quasi segregazione, nulla accade intorno a lei. Nel collegio, nessun avvenimento turba la quiete di giorni sempre uguali; anche la morte deve essere ignorata, per il potere che ha di sommuovere sentimenti. Nulla trapela della vita di fuori; se si potesse, si eliminerebbe il passato che la ricorda: si tenta di farlo, e in parte ci si riesce. Le norme che regolano le ore dell'internato fissano il succedersi delle stagioni nel quadro del calendario liturgico. Redatte dal santo fondatore e dalla santa sua collaboratrice, permangono immutate nei secoli, sebbene l'ordine per il quale furono elaborate sia stato abolito da Roma.
Nell'educandato delle visitandine di Treia (luogo irreale fino dal nome, considerato che le suore così designate vivevano in regime di clausura), in cui crescono e studiano fanciulle, ragazze, giovinette, la vita è sospesa. L'ordine immutabile delle occupazioni, delle preghiere, delle ricreazioni, l'importanza conferita a ciascuna di esse, determinano distacco dal mondo, assuefazione a una vita apparente, che nulla ha in comune con quella lasciata di là del portone del convento.

Solo per inciso Dolores ammette che quegli anni di isolamento, di lontananza dagli ambienti in cui aveva trascorso la puerizia, produssero in lei ferite mai chiuse. L'irregolarità della sua nascita, per il mancato riconoscimento del padre e l'abbandono, di fatto, della madre, se la costrinse, nella casa degli zii, a una solitudine per lei incomprensibile, le creò difficoltà insuperabili in un collegio che ammetteva soltanto discendenti da famiglie nobili, in una comunità che la faceva sentire a doppio titolo estranea, priva com'era di genitori certificabili e di quarti di nobiltà. Una fanciulla di dieci anni, cresciuta come una trovatella nella casa di un prete disagiato, quando comincia a trovare un po' di equilibrio, ad avvertire il sorgere degli affetti, il conforto, la saldezza dei sentimenti, viene strappata da un mondo sentito come protettivo e chiusa in un istituto di suore. Il luogo, prima e dopo, è Treia, città minuscola e completa tra Recanati e Macerata, prossima a Loreto, chiusa da secoli in un isolamento aristocratico, ancora più accentuato nel periodo seguìto all'Unità. Nell'educandato, così era chiamato il collegio, rimane dal 1902 al 1910; per anni continua a tornarvi in modo saltuario. Il racconto avrebbe dovuto avere un seguito relativo alla prima giovinezza, con la rievocazione di vicende spirituali e sentimentali che cominciavano a essere vissute consapevolmente. Forse si sarebbe concluso, alcuni appunti di Dolores consentono di supporlo, con i soggiorni compiuti nel convento durante il periodo universitario, quando la relazione con la « Madrina », con la suora che di fatto esercitava funzioni di superiora, aveva subìto una singolare evoluzione, per quello che lettere scambiate durante i periodi di separazione rivelano della vita di entrambe. Non sappiamo se fosse nei piani di Dolores dedicare a questa fase, complicata da vicende sentimentali, da esperienze che forse soltanto mistiche, come lei credeva, non erano, un'opera a sé. Probabilmente non fu scritta, e neppure avviata, per i temi settecenteschi, di un certo Settecento che toccava, per la necessità di chiarirli a se stessa, ammetterli nella loro evidenza: l'attrazione nei confronti di un padre spirituale che si evolve fino a diventare irresistibile, raccontata a una religiosa che da passioni profane in gioventù era stata, a sua volta, travagliata.

Niente poteva essere più lontano da tali vicende, sempre negate nella loro verità, rimosse, ma tuttavia presenti, da quelle che Dolores viveva, lasciata a se stessa, nella disordinata connessione di scale, corridoi, stanzoni, soffitte, cantine che la Madrina aveva via via fatto costruire, appoggiando parti nuove su un antico convento, per creare un educandato secondo suoi disegni. La Prato trascorse gli anni formativi in un collegio, retto con pugno di ferro da una donna di origine settentrionale, dove la rusticità sconfinava nello snobismo, la disinvoltura mondana nella sprovvedutezza, la religiosità nella superstizione, la devozione nella simulazione; da quelle esperienze, e dall'inutile rigore, dalla crudezza di certe imposizioni, dall'assurdità di altre, dall'artificiosità di atteggiamenti che fu costretta ad assumere, non si riebbe più. Gli anni precedenti, vissuti in casa dello zio prete e di sua sorella, la sua solitaria, selvatica puerizia, doverono sembrarle un paradiso; un eden la cittadina di cui conosceva ogni anfratto. Sulle strade, piazze, mura di Treia, sulle antiche case in cui era vissuta, sui suoi pochi affetti, sui tanti personaggi che animavano quinte e fondali, Dolores scrisse un libro vastissimo e delicato fino alla impercettibilità, sottile e crudele, innocente e impietoso. Attese, per comporne la maggior parte, di essere prossima alla fine, sebbene da decenni lo avesse dentro di sé.[1]

Le Ore, che si accinse a stendere subito dopo, differiscono profondamente da *Giù la piazza non c'è nessuno*; con l'opera precedente non paiono avere rapporto.[2] Tanto mobili, vivaci,

1. *Giù la piazza non c'è nessuno* fu pubblicato da Einaudi in edizione ridotta e rimaneggiata nel 1980, quando Dolores aveva compiuto ottantasette anni. Si trattava della rievocazione della prima infanzia, sul finire del secolo scorso; la narrazione si chiude con l'ingresso, sempre a Treia, di Dolores in un collegio di suore.
Per alcune settimane la stampa si interessò all'opera di esordio di una quasi nonagenaria. Fu una fiammata, alimentata da curiosità e indiscrezioni. Autrice di un solo libro pochissimo attuale, la Prato scomparve nel 1983, la sua fine passò quasi inavvertita. La storia di una bambina cresciuta in casa di un prete, in un paese isolato, fu avvicinata ad altre che avevano come teatro la nostra provincia, con personaggi e situazioni convenzionali, tra cucina, camera da letto, sagrestia: l'opposto di quello che il racconto era nella sua tagliente fermezza, nel suo rammemorare a ciglio asciutto, che la Prato ammirava in autori del Trecento.

2. *Le Ore* fu pubblicato dalla Libri Scheiwiller in due volumi, editi nel 1987 e nel 1988, su iniziativa e per conto del Comune di Treia. La Casa milanese si riservò un certo numero di copie, destinato alla vendita. Il titolo *Le Ore* non

alte di colore sono le pagine dedicate alla puerizia, tanto ferme, monocrome, prive di dialogo, povere di avvenimenti ma non meno intense e vibranti sono quelle degli anni nel monastero. In esse si trattava di raffigurare il vuoto; assenza di vicende e di sentimenti, estraneità, separazione dal mondo. Una forma di esistenza fondata sulla osservanza obbligata di precetti religiosi, tra dogmi incomprensibili e puerilità; ferma nell'asserire la negatività della vita.
Per fare della rievocazione una narrazione, era necessario agire sulla lingua, ridare vitalità, consapevolezza a parole mortificate, logorate dall'abitudine, rese inconoscibili dalla convenzione. E insieme inventare un tempo per una storia da cui il tempo è escluso. Sensibilità verbale e musicale, controllo assoluto del ritmo consentirono la conversione, un capovolgimento rispetto a misure, a colori adottati in precedenza.
Nell'esiguo dominio della Madrina le stagioni si succedono per avvicendare cerimonie liturgiche a pratiche di vita quotidiana, che per essere legittime esigono iterazione perfetta. Qualsiasi cambiamento è giudicato un attentato alla sacralità del luogo: tutto deve ripetersi, secondo

è ascrivibile con sicurezza all'autrice. Le due parole sono vergate, di mano presumibilmente della Prato, nella parte interna della cartella che contiene l'ultima e incompleta stesura della narrazione. Nulla autorizza ad asserire che esse si riferiscano all'opera interrotta. La responsabilità di attribuirle al racconto del monastero di Treia è mia. (Spero che il lettore trovi, come io ho trovato, le due brevi, indeterminate parole cònsone alla musica sommessa, ininterrotta di queste pagine).

moduli stabiliti da sempre, come in una monarchia assoluta. Proibito porsi domande sul senso, sull'efficacia di cerimonie, di devozioni, di riti imposti in ogni ora del giorno. Non esistono sviluppo, progresso, evoluzione individuali, se non nella rinuncia di sé, del proprio orgoglio. L'adolescenza è una ripetizione dell'infanzia, immune da cambiamenti. Su tale coatta staticità, sul vuoto che si forma intorno ad essa, campisce la serie dei personaggi in posa, suddivisi per gruppi. Prima le suore, dalle detentrici di autorità alle serventi, sagrestana, robiera, toriera, cuciniera; le convittrici poi, senza ordine che non sia quello della memoria (l'elenco dei loro nomi equivale a un elenco della nobiltà marchigiana); altri personaggi non mette conto rammentare. Neppure i preti o frati che celebravano messa e funzioni, perché dal chiuso dei coretti le ragazze non arrivavano a vedere nella chiesa sottostante.

Rilievo particolare, nell'assenza di vita del collegio, assumono le cose, non solo gli oggetti, le suppellettili, quanto arreda o ha uso pratico, ma i rari elementi naturali: l'orto-giardino, da cui si può scorgere il variare del cielo, il mutare delle stagioni; il frammento di un paesaggio remoto, inquadrato da una finestra, lo stesso che la bimba vedeva dalla casa degli zii. Tra presentazioni di personaggi muti o quasi e inventari di cose, le funzioni, le occorrenze: il sonno e il risveglio, i pasti nel refettorio, la merenda, la ricreazione, il canto; i riti della Settimana Santa, del Natale, la festa del Santo Fondatore e della Santa Madre,

della Madonna di Loreto, del Corpus Domini. Neppure una parola sull'insegnamento impartito dalla Madrina, unica a professarlo nell'educandato.
Nella loro vibrante precisione, nella nettezza dei loro contorni, le cose convivevano con chi le usava, le rendeva partecipi della propria vita, togliendole all'inerzia. Anche se con cautela, esse prendono parte ai lenti cicli che si ripetono nel convento, annullando il succedersi degli anni. Le suore trovano naturali questi ritmi; le compagne, alle quali è obbligo dare del lei, vi si assuefanno. La Madrina li codifica.
La biografia di Elvira Masi, madre Margherita Maria, nativa di Lugo di Romagna, intrinseca dei conti Pasolini, in rapporto con Giosue Carducci, fattasi suora per una delusione amorosa; arrivata nelle Marche dopo avere retto l'esclusivo educandato salesiano di Lucca – forse Dolores avrebbe voluto farne materia di racconto, di distesa narrazione, tanto la sapeva tormentata da contraddizioni, zeppa di conflitti, neppure nella clausura di Treia del tutto risolti. Un « romanzo » è anche adombrato nella vicenda che induce madre Maria Teresa a prendere il velo: nata Paolina dei conti Caccialupi Olivieri, per la sua avvenenza soprannominata, dal nome del luogo natìo, « la bella di Sanseverino ». Motivi, questo e altri, che trascorrono, guizzano con tinte delicate, sul fondo monocromo, si dissolvono: soltanto un'iridescenza, un richiamo appena percepibile della vita apparente.

Il « romanzo di Treia », come Dolores lo chiama in una lettera, s'interrompe alla fine del secondo movimento, un « largo » svolto su due motivi, quello di una felicità per sempre perduta, di un amore conosciuto nella purezza assoluta, e quello dell'indifferenza, della prudenza di fronte all'ingenuità. Il racconto non era forse lontano dalle rivelazioni di sé a sé, dallo schiudersi delle prime fessure sul mondo, allorché un sacerdote venuto « di fuori » ascolta la « confessione straordinaria » della fanciulla e questa per la prima volta prende coscienza della gravità di un peccato, prima sempre taciuto. Finisce l'età dell'innocenza, se ne apre un'altra, preannunciata dalla menzione di Peccato, mai intesa nel suo significato inquietante. È un caso che l'oratoriano in ascolto dietro la grata del confessionale sia il recanatese Clemente Benedettucci, in quegli anni uno dei più appassionati cultori di Leopardi, dote che Dolores di certo non gli conosceva, anche se la colpì ascoltare da un pulpito, per la prima volta, quell'uomo? Di caso, in coincidenza di tale genere, è bene non parlare. Sulla fine del racconto di Dolores, arriva un'eco del nome di Leopardi.

Rimane da dire della seconda parte di questo volume. Per anni la Prato compilò schede, brevi o brevissime, relative a vocaboli impiegati nella casa degli zii, quindi di origine settentrionale, ad altri proibiti in casa e usati solo da lei, parlando con gente di Treia, alle trasformazioni che gli uni e gli altri avevano subìto nell'educandato, sostituiti dal linguaggio medio-alto, con coloriture e sfumature lucchesi, imposte dalla Madrina. Dolores pensava di impiegare questi materiali, con il tempo diventati considerevoli, per rilevare ancora di più la diversità tra interno ed esterno del collegio: forse voleva redigere un lessico, facendone una parte della narrazione. In mancanza d'indicazioni precise, pubblichiamo i lemmi ordinati secondo varie categorie, come la scrittrice li ha lasciati.

Scritte con cura, le schede arrivano al fissaggio del significato di un vocabolo, dichiarano l'insostituibilità di una parola, dopo che un procedimento di sviluppo ha fatto riaffiorare la fase in cui avvenne la sua appropriazione ed è stata percorsa a ritroso la via dalla percezione alla conoscenza. Soltanto a uno scrittore dotato di infallibile istinto verbale poteva essere consentito tale procedimento, che non ha nulla di meccanico, è privo di pretese filologiche, lontanissimo da ogni ricorso all'erudizione. Gli appunti sono divisi in quattordici sezioni, ciascuna provvista di titolo, non solo a fine mnemonico o di classificazione; un foglio ripiegato specifica titolo e sottotitolo: *Parole - Nel Paese / Nel Collegio*. Singole voci potevano o dovevano avere collocazione diversa da quella stabilita; si è preferito non intervenire, presentando il repertorio nell'ordine in cui è stato trovato. Si sono lasciate particolarità, irregolarità anche ortografiche e grammaticali, per mantenere alle note il carattere d'immediatezza che hanno.

L'impiego che la Prato voleva fare del doppio e triplo lessico treiese, messo insieme con una cura, una costanza rivelatrici del peso che gli attribuiva, appare chiaro dall'appunto seguente:

« (Prima descrivere la vita in educandato – la sua sostanza deleteria con l'iniettare aspirazioni di sagrificio – col trascurare la salute – col falsare la vita normale "del mondo").

« Per il resto la differenza era nelle parole.

« (porre, come una grossa parentesi il vocabolario)

« E poi continuare *con la mia vita* nel convento. Con la distruzione che fu mia ».

Un altro appunto, probabilmente precedente, conferma:

« Principio

« In fine tolto il costume fisso delle suore e la nostra divisa, tolto quel sistema di vita rigido e assurdo per cui dovevamo patire il freddo, mangiare poco e alzarci avanti giorno, tutto il resto era parole:

« Novità o diversità di parole

« Parole la dottrina

« Parole la religione ».

Altre notazioni ritornano sulla pregnanza delle parole:

« ... In collegio, stando quasi sempre chiusa, l'universo degli occhi si restrinse a quel panorama, sempre quello, ai corridoi, ai cameroni, si moltiplicò quello delle parole ».

« *La parola* era un mito per quel che appariva a noi, ogni parola poteva diventare leggenda; per loro era di certo logos, parola sì, ma con un perché ».

A che cosa la Prato si riferisce, alludendo più volte alla distinzione linguistica che segnò il periodo della sua formazione, il lettore può intuirlo dalla densità e trasparenza della sua pagina. La forza, la verità della narrazione, è affidata alla parola singola. Per impiegare le *sue* parole ritrovate, Dolores attese l'ultimo, estremo periodo della vita, quando tornò sulla realtà dell'infanzia e cercò di decifrare gli aspetti del mondo, alle prime luci della coscienza. Il repertorio pubblicato come parte integrante delle *Ore* è essenziale per la comprensione della prima parte: senza di esso il fondo screziato, mosso, ignorato di un'anima non apparirebbe con evidenza lenticolare. Quello che pochi, sensibili lettori avevano avvertito all'uscita di *Giù la piazza non c'è nessuno*, l'importanza primaria, in esso, della lingua, la sua funzione costitutiva, risultato di un lavoro di scavo e di recupero, trova conferma in appunti che non sono soltanto di carattere linguistico, ma scandagli della realtà; non di rado ripetuti più volte, quando la sàgola non sembra avere lunghezza sufficiente. La Prato esemplifica in modo drammatico il contrasto che l'Appennino, un tempo più di ora, genera in chi si trova a vivere sul versante adriatico, quando per formazione, stato sociale, ragioni di casta è tosco-dipendente. Forse fu l'incapacità o l'impossibilità di comporre tale dissidio a disperdere le forze della scrittrice per troppi anni, indirizzandole in modo sbagliato, a fare sperperare, con frutto scarso o nullo, preziose energie. Solo quando, con decisione improvvisa, anche se a lungo preparata, Dolores identificò le cose con le parole, quando consapevolmente passò a un linguaggio germinale, cresciuto sul terreno del dialetto, nacque la mirabile scrittrice che conosciamo. Un'ultima considerazione, che a rigore avrebbe dovuto precedere le altre. Ogni scheda del lessico è una poesia in prosa, breve, vibrante. Una confessione indifferibile e vana, il rimpianto per un'occasione mancata, per un evento irripetibile.[1]

1. Per il loro valore di testimonianza si riproducono qui brani di lettere di Dolores Prato alla signora L.A.B., persona a lei vicina per decenni, prodiga di aiuti e di consigli; i documenti mi furono messi a disposizione da persona amica. In tali passi si parla del libro sul collegio, progettato e poi iniziato. Da essi appare manifesto il modo in cui la Prato lavorava: l'accumulo, la sedimentazione, per anni, di materiali, prima della precipitazione in scrittura.

26 ottobre 1978

« ... di libri autobiografici ne ho cinque; questo dell'infanzia naturalmente è il più lungo, perché l'infanzia è un vuoto immenso dove precipitano le cose... l'adolescenza che sarà il collegio con trecento pagine si fa, perché nel collegio non ci sono più cose, ci sono parole ».

21 ottobre 1979

« ... Lo sai che ho cominciato a mettere insieme l'adolescenza, vale a dire il collegio, secondo il tuo consiglio? ».

6 gennaio 1980

« ... E andiamo all'adolescenza; al collegio. Che non ho fatto nulla lo stato della mia salute, anche solo supposto e intravisto, te lo dice, ma lo voglio fare, tu lo sai. Sto lentamente scegliendo gli appunti, ma da settimane neppure una carta ho smosso... se voi vedeste... carte dappertutto; la mia stanchezza ora vuole il poco, la semplicità, l'ordine; solo questo mi aiuta a fare.
« Tu dicevi e la Ginzburg pure "adoperare i passi tagliati" per questo secondo libro e io lo ripetevo in una impossibile speranza perché supponevo già che ne avrei avuto anche troppo di materiale per questo secondo.

« E poi hanno scartato già loro un libro e mezzo... inutile pensarci.
« E sul collegio ho già tanto materiale che basterebbe per due libri e ne troverò chissà ancora quanto.
« Tu sai come ho fatto sempre (per alcuni lavori da decenni, per altri dalla prima giovinezza in su). Scrivere quel che mi viene in mente; un accenno per non dimenticare un fatto; un'immagine nuova; una nuova riflessione, ora di un lavoro ora di un altro; mettere in alto la sigla di quel tale lavoro e giù nel calderone. Mezzi metri cubi di carte di tutte le dimensioni, sino ai margini dei giornali; di lì bisogna dividere.
« Per fortuna da qualche tempo ho cercato di rimediare e ho diviso io via via che se ne presentava l'occasione; sicché ora una certa divisione c'è, ma ci sono ancora scatole e scatole mai aperte. È su queste che devo ancora cercare per il libro sul collegio ».

20 gennaio 1980

« ... Per l'adolescenza, il lavoro sul collegio, non credo che potrò utilizzare nulla di quel tanto che è stato scartato dall'infanzia. I miei lavori che sono rimasti aperti per tutta la vita senza mai concluderli, si sono elefanticamente arricchiti di materiale. Ora tutto quel materiale è un guaio serio, esige una fatica improba, ma voglio farla anche se continuo a non poter far nulla. Tu pure lo vuoi e questa è la mia sola forza.
« Dal collegio si usciva per le vacanze, ma poco, per Natale e Pasqua... però, vedrai si finiva col non uscir mai. Neppure per andare a Santa Chiara? Neppure perché il grosso monastero e il grande collegio abbracciavano la chiesa che era dentro di loro...
« Era come se fossimo state in Savoia ecc. perché erano suore originarie della Savoia, le Visitandine, fondate da S. Francesco di Sales e dalla baronessa Fremiot de Chantal, mi stavo inoltrando in un lungo discorso. Dimmi solo se vi mandai, in tempi lontanissimi, un mio elzeviro *Chi aveva ragione?*
« Dico di una simpatica contesa tra i due nei riguardi di Madre Angelica Arnauld di Port-Royal.
« Noi lì dentro si conoscevano meglio gli ugonotti di quel tempo che non Leopardi. Stavamo a Ginevra nello Chablais piuttosto che a Treia ».

NOTIZIA

Dolores Prato nasce a Roma il 12 aprile 1892. Dai cinque ai diciotto anni vive a Treia, cittadina di antica origine nel Maceratese. Apprende le prime nozioni in casa degli zii; dal 1901-1902 al 1910 studia nel collegio salesiano della Visitazione, a Treia; a Roma, negli anni successivi, frequenta l'Istituto superiore di magistero.
Ritorna nelle Marche come insegnante di lettere presso scuole di San Ginesio e di Macerata; successivamente è trasferita a Sansepolcro, in Toscana, e infine a Roma, dove si stabilisce definitivamente.
Pubblica articoli di cultura, specie romana, presso vari quotidiani. Resta tuttavia quasi del tutto sconosciuta e anche due volumi rimangono semiclandestini. La scoperta della Prato avviene quando la scrittrice ha compiuto ottantasette anni, grazie alla pubblicazione presso Einaudi del racconto autobiografico *Giù la piazza non c'è nessuno* (1980).
Muore il 13 luglio 1983 nella clinica Villa dei Pini ad Anzio.
Buona parte degli scritti, accumulati nel corso di una vita, sono conservati a Firenze presso l'Archivio contemporaneo del Gabinetto Vieusseux.

Opere pubblicate in questa collana:

1. Hermann Hesse, *Il pellegrinaggio in Oriente* (20ª ediz.)
2. Marcel Granet, *La religione dei Cinesi* (5ª ediz.)
3. Robert Musil, *Sulle teorie di Mach* (4ª ediz.)
4. James Boswell, *Visita a Rousseau e a Voltaire* (3ª ediz.)
5. Freud-Groddeck, *Carteggio* (4ª ediz.)
6. Nyogen Senzaki - Paul Reps, *101 storie Zen* (26ª ediz.)
7. Gertrude Stein, *Picasso* (7ª ediz.)
8. Pierre Klossowski, *Le dame romane* (3ª ediz.)
9. Konrad Lorenz, *E l'uomo incontrò il cane* (25ª ediz.)
10. Rainer Maria Rilke, *Ewald Tragy* (5ª ediz.)
11. Friedrich Nietzsche, *Sull'utilità e il danno della storia per la vita* (11ª ediz.)
12. Angus Wilson e Philippe Jullian, *Per chi suona la cloche* (2ª ediz.)
13. Elias Canetti, *Potere e sopravvivenza* (6ª ediz.)
14. Konrad Lorenz, *Gli otto peccati capitali della nostra civiltà* (21ª ediz.)
15. Lorenzo Magalotti, *Relazione della China*
16. Miguel León-Portilla, *Il rovescio della Conquista* (5ª ediz.)
17. Knut Hamsun, *Fame* (4ª ediz.)
18. *La Bibbia del Belli* (3ª ediz.)
19. Georges Dumézil, *Gli dèi dei Germani* (6ª ediz.)
20. Joseph Roth, *La leggenda del santo bevitore* (24ª ediz.)
21. Friedrich Nietzsche, *Sull'avvenire delle nostre scuole* (4ª ediz.)
22. *Il Fisiologo* (4ª ediz.)
23. Samuel Butler, *Erewhon* (5ª ediz.)
24. Samuel Butler, *Ritorno in Erewhon* (3ª ediz.)
25. Eugen Herrigel, *Lo Zen e il tiro con l'arco* (23ª ediz.)
26. Frank Wedekind, *Mine-Haha* (4ª ediz.)
27. Alberto Savinio, *Maupassant e "l'Altro"* (4ª ediz.)
28. San Girolamo, *Vite di Paolo, Ilarione e Malco* (2ª ediz.)
29. Giorgio Colli, *La nascita della filosofia* (13ª ediz.)
30. Louis-Ferdinand Céline, *Il dottor Semmelweis* (7ª ediz.)
31. Ludwig Wittgenstein, *Note sul "Ramo d'oro" di Frazer* (5ª ediz.)
32. Hermann Hesse, *Siddharta* (53ª ediz.)
33. Reuben Fine, *La psicologia del giocatore di scacchi* (4ª ediz.)
34. Robert Walser, *La passeggiata* (12ª ediz.)
35. Edoardo Ruffini, *Il principio maggioritario* (2ª ediz.)

36-37. Friedrich Nietzsche, *Così parlò Zarathustra* (17ª ediz.)

38. André Gide, *La sequestrata di Poitiers* (3ª ediz.)
39. J.R. Wilcock - F. Fantasia, *Frau Teleprocu*
40. Hugo von Hofmannsthal, *L'uomo difficile* (7ª ediz.)
41. James Joyce, *Dedalus* (12ª ediz.)
42. Søren Kierkegaard, *Enten-Eller, I* (4ª ediz.)
43. Paul Verlaine, *Confessioni* (3ª ediz.)
44. Pavel Florenskij, *Le porte regali* (5ª ediz.)
45. Adam Mickiewicz, *I sonetti di Crimea*

46. Friedrich Nietzsche, *La mia vita* (7ª ediz.)
47. Friedrich Nietzsche, *Al di là del bene e del male* (14ª ediz.)
48. Friedrich Nietzsche, *La nascita della tragedia* (15ª ediz.)
49. Alberto Savinio, *Sorte dell'Europa* (2ª ediz.)
50. Carlo Dossi, *Amori* (2ª ediz.)
51. René Guénon, *Il Re del Mondo* (10ª ediz.)
52. Arthur Schnitzler, *Doppio sogno* (17ª ediz.)
53. Søren Kierkegaard, *Enten-Eller, II* (3ª ediz.)
54. Friedrich Nietzsche, *La gaia scienza* (9ª ediz.)
55. Friedrich Nietzsche, *L'anticristo* (13ª ediz.)
56. James Hillman, *Saggio su Pan* (8ª ediz.)
57. Alfred Jarry, *Ubu* (4ª ediz.)
58. Hermann Hesse, *La cura* (17ª ediz.)
59. Jacques Derrida, *Il fattore della verità* (2ª ediz.)
60. Gerald Durrell, *Incontri con animali* (6ª ediz.)
61. Gershom Scholem, *Walter Benjamin e il suo angelo* (2ª ediz.)
62. Jonathan Swift, *Istruzioni alla servitù* (7ª ediz.)
63. Aleksandr Blok, *L'intelligencija e la rivoluzione*
64. Georg Büchner, *Teatro* (6ª ediz.)
65. Friedrich Nietzsche, *Aurora* (6ª ediz.)
66. Jaime de Angulo, *Indiani in tuta* (3ª ediz.)
67. Robert Walser, *I temi di Fritz Kocher* (3ª ediz.)
68. Søren Kierkegaard, *Enten-Eller, III*
69. Franz Kafka, *Il processo* (10ª ediz.)
70. August Strindberg, *Teatro naturalistico, I* (3ª ediz.)
71. Max Jacob - Claude Valence, *Specchio d'astrologia* (3ª ediz.)
72. Heinrich Heine, *Gli dèi in esilio*
73-74. Katherine Mansfield, *Tutti i racconti, I* (8ª ediz.)
75. Guido Ceronetti, *Il silenzio del corpo* (6ª ediz.)
76. Carlo Dossi, *Goccie d'inchiostro*
77. *I detti di Rābi'a* (2ª ediz.)
78. Giacomo Casanova, *Il duello* (2ª ediz.)
79. Vasilij Rozanov, *L'Apocalisse del nostro tempo*
80. Friedrich Nietzsche, *Scritti su Wagner* (4ª ediz.)
81. Platone, *Simposio* (15ª ediz.)
82. Friedrich Nietzsche, *Umano, troppo umano, I* (5ª ediz.)
83. Karen Blixen, *Ehrengard* (13ª ediz.)
84. Alberto Savinio, *Vita di Enrico Ibsen*
85. Walter Benjamin, *Uomini tedeschi* (2ª ediz.)
86. *Diotima e Hölderlin*
87. Mario Brelich, *Il navigatore del diluvio* (2ª ediz.)
88. Leonora Carrington, *Giù in fondo* (2ª ediz.)
89. Emanuele Severino, *Legge e caso* (4ª ediz.)
90. Hermann Hesse, *Una biblioteca della letteratura universale* (10ª ediz.)
91-92-93. Katherine Mansfield, *Tutti i racconti, II* (5ª ediz.)
94. Giorgio Colli, *Scritti su Nietzsche* (3ª ediz.)

95. Salvatore Satta, *De profundis*
96. Walter Pater, *Ritratti immaginari* (2ª ediz.)
97. René Guénon, *La Grande Triade* (6ª ediz.)
98. August Strindberg, *Teatro da camera* (2ª ediz.)
99. Gerald Durrell, *Luoghi sotto spirito* (5ª ediz.)
100. Gustave Flaubert, *Dizionario dei luoghi comuni* (9ª ediz.)
101. J. Rodolfo Wilcock, *Poesie* (2ª ediz.)
102. Mumon, *La porta senza porta* (5ª ediz.)
103. Jean Rhys, *Il grande mare dei sargassi* (3ª ediz.)
104. Guido Morselli, *Incontro col comunista* (2ª ediz.)
105. Sergio Quinzio, *Dalla gola del leone* (2ª ediz.)
106. Karl Valentin, *Tingeltangel* (2ª ediz.)
107. Jean-Jacques Langendorf, *Elogio funebre del generale August-Wilhelm von Lignitz*
108-109. O. Henry, *Memorie di un cane giallo* (2ª ediz.)
110. Rainer Maria Rilke, *Lettere a un giovane poeta* (7ª ediz.)
111. Carl Seelig, *Passeggiate con Robert Walser* (2ª ediz.)
112. Charles Duff, *Manuale del boia* (3ª ediz.)
113-114. Franz Kafka, *Il messaggio dell'imperatore* (9ª ediz.)
115. Alberto Savinio, *La nostra anima* (4ª ediz.)
116. Jean Paul, *Giornale di bordo dell'aeronauta Giannozzo* (2ª ediz.)
117. Fausto Melotti, *Linee*
118. Ibn'Aṭā' Allāh, *Sentenze e Colloquio mistico* (3ª ediz.)
119. Carlo Emilio Gadda, *Le bizze del capitano in congedo* (3ª ediz.)
120. Søren Kierkegaard, *Enten-Eller, IV*
121. Friedrich Nietzsche, *Umano, troppo umano, II* (5ª ediz.)
122. Arthur Schnitzler, *Fuga nelle tenebre* (11ª ediz.)
123. Joseph Roth, *Viaggio in Russia* (7ª ediz.)
124. Misia Sert, *Misia* (2ª ediz.)
125. Anonimo romano, *Cronica* (2ª ediz.)
126. Emilio Cecchi, *I grandi romantici inglesi* (2 voll.)
127. Russell Hoban, *Il topo e suo figlio* (3ª ediz.)
128. J. Rodolfo Wilcock, *L'abominevole donna delle nevi*
129. Paul Scheerbart, *Architettura di vetro* (2ª ediz.)
130. Giacomo Leopardi, *Pensieri* (6ª ediz.)
131. Carlo Michelstaedter, *La persuasione e la rettorica* (6ª ediz.)
132. Hugo von Hofmannsthal, *La mela d'oro e altri racconti* (3ª ediz.)
133. Plutarco, *Il demone di Socrate - I ritardi della punizione divina* (3ªediz.)
134. Friedrich Nietzsche, *Ditirambi di Dioniso e Poesie postume* (3ª ediz.)
135. Alexander Lernet-Holenia, *Il barone Bagge* (5ª ediz.)
136. Carlo Emilio Gadda, *Il tempo e le opere*
137. Gerald Durrell, *Storie del mio zoo* (5ª ediz.)
138. Jayadeva, *Gītagovinda* (2ª ediz.)
139. August Strindberg, *Teatro naturalistico, II* (2ª ediz.)
140. Samuel Johnson, *Riflessioni sugli ultimi fatti relativi alle Isole Falkland (1771)*

141. E.M. Cioran, *Storia e utopia* (3ª ediz.)
142. Jean-Jacques Langendorf, *Una sfida nel Kurdistan*
143. Gilberto Forti, *Il piccolo almanacco di Radetzky*
144. Elvio Fachinelli, *Claustrofilia*
145. Giorgio Colli, *Per una enciclopedia di autori classici* (2ª ediz.)
146. Thomas de Quincey, *Gli ultimi giorni di Immanuel Kant* (2ª ediz.)
147. Charles Baudelaire, *Il mio cuore messo a nudo* (5ª ediz.)
148. Plutarco, *Dialoghi delfici* (3ª ediz.)
149. Adalbert Stifter, *Abdia* (3ª ediz.)
150. Charles Alexander Eastman, *L'anima dell'indiano* (4ª ediz.)
151. György Lukács, *Diario (1910-1911)*
152. Arthur Schnitzler, *Gioco all'alba* (9ª ediz.)
153. Aleksandr Zinov'ev, *Appunti di un Guardiano Notturno*
154. Friedrich Nietzsche, *Crepuscolo degli idoli* (5ª ediz.)
155. Franziska zu Reventlow, *Il complesso del denaro* (2ª ediz.)
156. Pier Candido Decembrio, *Vita di Filippo Maria Visconti*
157. Lope de Vega, *La Gattomachia* (3ª ediz.)
158. Simone Weil, *Riflessioni sulle cause della libertà e dell'oppressione sociale* (4ª ediz.)
159. Alexander Lernet-Holenia, *Il Signore di Parigi* (2ª ediz.)
160. David Garnett, *Il ritorno del marinaio*
161. Alfred Jarry, *Gesta e opinioni del dottor Faustroll, patafisico* (2ª ediz.)
162. Elio Aristide, *Discorsi sacri*
163. Maria Maddalena de' Pazzi, *Le parole dell'estasi* (2ª ediz.)
164. Colette, *Chéri* (6ª ediz.)
165. Mario Bortolotto, *Introduzione al Lied romantico*
166. Adalbert Stifter, *Cristallo di rocca* (5ª ediz.)
167. Friedrich Nietzsche, *Genealogia della morale* (6ª ediz.)
168. Georges Dumézil, *Matrimoni indoeuropei* (2ª ediz.)
169. *Lettere di Mademoiselle Aïssé a Madame C...*
170. Saul Israel, *La leggenda del figlio del Re Horkham*
171. Albert Caraco, *Post mortem*
172. Gilberto Forti, *A Sarajevo il 28 giugno*
173. Emilio Cecchi, *Messico*
174. Joseph Roth, *Ebrei erranti* (8ª ediz.)
175. Meister Eckhart, *Sermoni tedeschi* (4ª ediz.)
176. Elena Croce, *Due città*
177. Karen Blixen, *Ombre sull'erba* (7ª ediz.)
178. Georges Simenon, *Lettera a mia madre* (5ª ediz.)
179. Plutarco, *Iside e Osiride* (4ª ediz.)
180. Giorgio de Santillana, *Fato antico e Fato moderno* (3ª ediz.)
181. Colette, *La fine di Chéri* (3ª ediz.)
182. Edme Boursault, *Lettere di Babet*
183. Henri Maspero, *Il Soffio Vivo*
184. Friedrich Nietzsche, *Schopenhauer come educatore* (2ª ediz.)

185. Ernst Jünger, *Il problema di Aladino* (2ª ediz.)
186. E.M. Cioran, *Il funesto demiurgo* (4ª ediz.)
187. Alberto Savinio, *La casa ispirata*
188. Plutarco, *Sull'amore* (4ª ediz.)
189. Arthur Schnitzler, *Beate e suo figlio* (8ª ediz.)
190. Gottfried Benn, *Cervelli* (2ª ediz.)
191. Colette, *La nascita del giorno* (2ª ediz.)
192. Karen Blixen, *Il matrimonio moderno* (5ª ediz.)
193. *Sir Gawain e il Cavaliere Verde* (5ª ediz.)
194. *L'epopea di Gilgameš* (7ª ediz.)
195. Louis Dumont, *La civiltà indiana e noi*
196. Joseph Roth, *Le città bianche* (6ª ediz.)
197. Giuseppe Rensi, *Lettere spirituali*
198. Fabrizio Dentice, *Egnocus e gli Efferati* (2ª ediz.)
199. John McPhee, *Il formidabile esercito svizzero* (2ª ediz.)
200. Simone Weil, *Venezia salva* (2ª ediz.)
201. Elsa Morante, *Pro o contro la bomba atomica*
202. M. Granet - M. Mauss, *Il linguaggio dei sentimenti* (3ª ediz.)
203. Guido Ceronetti, *Pensieri del Tè* (6ª ediz.)
204. Carlo Michelstaedter, *Poesie* (5ª ediz.)
205. Carl Schmitt, *Ex Captivitate Salus* (2ª ediz.)
206. Celso, *Il discorso vero* (2ª ediz.)
207. Thomas Bernhard, *L'imitatore di voci* (3ª ediz.)
208. Alberto Savinio, *Capri* (4ª ediz.)
209. Arthur Schnitzler, *La signorina Else* (7ª ediz.)
210. Milan Kundera, *L'arte del romanzo* (6ª ediz.)
211. Eugenio Montale, *Mottetti* (2ª ediz.)
212. Iosif Brodskij, *Dall'esilio*
213. Gerald Durrell, *La terra che sussurra* (3ª ediz.)
214. Henry James, *L'altare dei morti* (3ª ediz.)
215. Osip Mandel'štam, *Viaggio in Armenia*
216. Friedrich Dürrenmatt, *La morte della Pizia* (8ª ediz.)
217. Guido Ceronetti, *L'occhiale malinconico*
218. Fernando Pessoa, *Lettere alla fidanzata* (3ª ediz.)
219. Alexander Lernet-Holenia, *Il giovane Moncada* (2ª ediz.)
220. Giovanni Macchia, *I moralisti classici* (2ª ediz.)
221. Hippolyte Taine, *Étienne Mayran*
222. Carlo Michelstaedter, *Il dialogo della salute*
223. E.M. Cioran, *Esercizi di ammirazione*
224. Joseph Roth, *La ribellione* (4ª ediz.)
225. Benedetto Croce, *Contributo alla critica di me stesso* (3ª ediz.)
226. Giovanni Macchia, *Tra Don Giovanni e Don Rodrigo* (2ª ediz.)
227. Alberto Savinio, *Capitano Ulisse* (2ª ediz.)
228. Vivant Denon, *Senza domani*
229. Rudolf Borchardt, *Città italiane*
230. Colette, *Sido* (2ª ediz.)
231. Aldous Huxley, *L'arte di vedere* (5ª ediz.)

232. Søren Kierkegaard, *Enten-Eller, V*
233. Ernst Jünger - Martin Heidegger, *Oltre la linea* (3ª ediz.)
234. Christopher Marlowe, *Tamerlano il Grande*
235. Leonardo Sciascia, *Alfabeto pirandelliano* (3ª ediz.)
236. Georg Büchner, *Lenz*
237. *Vijñānabhairava, La conoscenza del Tremendo* (3ª ediz.)
238. Leonardo Sciascia, *Una storia semplice* (12ª ediz.)
239. Jean-Pierre de Caussade, *L'abbandono alla Provvidenza divina*
240. Joseph Roth, *Il peso falso* (3ª ediz.)
241. Manlio Sgalambro, *Anatol*
242. Simone Weil, *Sulla Germania totalitaria*
243. Benedetto Croce, *Breviario di estetica – Aesthetica in nuce* (3ª ediz.)
244. Ivo Andrić, *I tempi di Anika*
245. C.S. Lewis, *Diario di un dolore* (6ª ediz.)
246. E.M. Cioran, *Lacrime e santi* (2ª ediz.)
247. Vladimir Zazubrin, *La scheggia*
248. Ernst Jünger, *Trattato del Ribelle* (4ª ediz.)
249. Nina Berberova, *Il giunco mormorante* (9ª ediz.)
250. Leonardo Sciascia, *Occhio di capra* (2ª ediz.)
251. Wolfgang Goethe, *Favola* (4ª ediz.)
252. Calderón de la Barca, *La vita è sogno*
253. Sergio Quinzio, *Radici ebraiche del moderno* (4ª ediz.)
254. Elena Croce, *Lo snobismo liberale*
255. Jeremy Bernstein, *Uomini e macchine intelligenti*
256. Alfred Jarry, *L'amore assoluto*
257. Giorgio Manganelli, *Lunario dell'orfano sannita*
258. Alberto Savinio, *Alcesti di Samuele e atti unici*
259. Iosif Brodskij, *Fondamenta degli Incurabili* (4ª ediz.)
260. Giuseppe Rensi, *La filosofia dell'assurdo*
261. James Hillman, *La vana fuga dagli Dei* (2ª ediz.)
262. Fabrizio Dentice, *Messalina*
263. F. Gonzalez-Crussi, *Note di un anatomopatologo* (3ª ediz.)
264. Manlio Sgalambro, *Del pensare breve* (2ª ediz.)
265. Jacques Derrida, *Sproni. Gli stili di Nietzsche*
266. Mario Soldati, *La confessione*
267. Giovanni Macchia, *Vita avventure e morte di Don Giovanni*
268. Colette, *Il grano in erba* (2ª ediz.)
269. Nina Berberova, *Il lacchè e la puttana* (7ª ediz.)
270. Ingeborg Bachmann, *Il buon Dio di Manhattan*
271. Bruce Chatwin-Paul Theroux, *Ritorno in Patagonia* (5ª ediz.)
272. Benedetto Croce, *Ariosto*
273. Plutarco, *Il volto della luna*
274. Arthur Schopenhauer, *L'arte di ottenere ragione* (14ª ediz.)
275. Friedrich Nietzsche, *David Strauss* (2ª ediz.)
276. Friedrich Nietzsche, *Ecce homo* (3ª ediz.)
277. Friedrich Nietzsche, *La filosofia nell'epoca tragica dei Greci e Scritti 1870-1873* (2ª ediz.)

278. Alberto Savinio, *Dico a te, Clio*
279. Leonardo Sciascia, *Morte dell'inquisitore* (5ª ediz.)
280. Elvio Fachinelli, *La freccia ferma*
281. Ivo Andrić, *La Corte del diavolo*
282. J. Rodolfo Wilcock, *Fatti inquietanti*
283. Sergio Quinzio, *La sconfitta di Dio* (4ª ediz.)
284. Hugo von Hofmannsthal, *Il cavaliere della rosa*
285. *Montaigne. Testi presentati da André Gide*
286. Marijan Molé, *I mistici musulmani*
287. Matilde Manzoni, *Journal* (2ª ediz.)
288. Giorgio Manganelli, *Esperimento con l'India* (4ª ediz.)
289. Roger Martin du Gard, *Confessione africana* (4ª ediz.)
290. Angela da Foligno, *Il libro dell'esperienza*
291. Giacomo Leopardi, *La strage delle illusioni* (2ª ediz.)
292. Tommaso Landolfi, *Le due zittelle* (4ª ediz.)
293. Marius Schneider, *La musica primitiva*
294. Luciano di Samosata, *Alessandro o il falso profeta*
295. Robert Walser, *La rosa*
296. Arthur Schopenhauer, *La filosofia delle università*
297. Colette, *Gigi* (2ª ediz.)
298. Martin Heidegger, *Seminari*
299. Derek Walcott, *Mappa del Nuovo Mondo* (3ª ediz.)
300. Charles Nodier, *Inés de Las Sierras* (2ª ediz.)
301. Manlio Sgalambro, *Dialogo teologico*
302. Jasper Griffin, *Snob* (2ª ediz.)
303. André Leroi-Gourhan, *Le religioni della preistoria*
304. Herman Melville, *Clarel*
305. Oswald Spengler, *A me stesso*
306. Samson Raphaelson, *L'ultimo tocco di Lubitsch*
307. Danilo Kiš, *Dolori precoci*
308. David Garnett, *Un uomo allo zoo*
309. E.M. Cioran, *Sillogismi dell'amarezza*
310. Derek Walcott, *Ti-Jean e i suoi fratelli - Sogno sul Monte della Scimmia*
311. Leonardo Sciascia, *Dalle parti degli infedeli*
312. Tommaso Landolfi, *Cancroregina*
313. Bernard Berenson - Roberto Longhi, *Lettere e scartafacci 1912-1957*
314. Milan Kundera, *Jacques e il suo padrone* (2ª ediz.)
315. Arthur Schopenhauer, *Sul mestiere dello scrittore e sullo stile*
316. Benedetto Croce, *La mia filosofia*
317. Aleksandr Herzen, *Dall'altra sponda*
318. Carlo Emilio Gadda, *«Per favore, mi lasci nell'ombra»*
319. Friedrich Nietzsche, *Appunti filosofici 1867-1869 • Omero e la filologia classica*
320. René Guénon, *Scritti sull'esoterismo islamico e il Taoismo*
321. Giovanni Guidiccioni, *Orazione ai nobili di Lucca*
322. William S. Burroughs, *Il gatto in noi* (6ª ediz.)

323. Ennio Flaiano, *Diario notturno* (2ª ediz.)
324. Salvatore Satta, *Il mistero del processo*
325. Guido Morselli, *La felicità non è un lusso*
326. Julien Green, *Suite inglese*
327. Djuna Barnes, *Fumo*
328. Giovanni Macchia, *Manzoni e la via del romanzo*
329. Guido Ceronetti, *Tra pensieri*
330. Léon Bloy, *Dagli Ebrei la salvezza*
331. *La vita di Marpa il Traduttore*
332. Leonardo Sciascia, *L'affaire Moro*
333. Manlio Sgalambro, *Dell'indifferenza in materia di società*
334. Tommaso Landolfi, *Le labrene*
335. Alberto Arbasino, *Mekong* (2ª ediz.)
336. Ludwig Klages, *Perizie grafologiche su casi illustri*
337. August Strindberg, *Il sogno*
338. Gerald Durrell, *Il naturalista a quattro zampe*
339. W.H. Auden, *La verità, vi prego, sull'amore* (4ª ediz.)
340. Tommaso Campanella, *La Città del Sole*
341. Erwin Schrödinger, *Che cos'è la vita?*

Stampato nel febbraio 1995
dal Consorzio Artigiano « L.V.G. » - Azzate

Piccola Biblioteca Adelphi
Periodico mensile: N. 342/1995
Registr. Trib. di Milano N. 180 per l'anno 1973
Direttore responsabile: Roberto Calasso